KB219796

그을린 예술

그을린
예술

예술은 죽었다
예술은 삶의 불길 속에서 되살아날 것이다

심보선

민음사

이 책을 독학자이자 아마추어 예술가였던
아버지의 영전에 바친다.

예술은 죽었다.
예술은 다른 곳에서 되살아날 것이다.
삶 속에서, 삶의 불길에 그을린 채.

　돌이켜 보건대 이 글들은 책으로 묶이지 않을 수도 있었다. 이 글들은 내가 홀로 계획하고 실행한 기획에서 나온 것이 아니었다. 대부분은 외부의 요청에 의해 시작된 것들이었다.(공동 연구와 강연 제안, 원고 청탁 등.) 그러나 그 요청은 친구들과의 대화, 낯선 이들과의 만남, 사건들과의 조우라는 두 번째 요청에 따라 한 번 더 조정되었다. 이 글들에서 개진된 이야기, 주장, 문체들은 나를 에워싸고 있던 구체적인 영향하에서 가다듬어졌다. 마지막으로 피할 수 없는 요청이 하나 더 있었다. '나'라는 정체성으로부터 오는 요청이 그것이다. 그런데 생각해 보니 이 마지막 요청은 다시 여러 갈래로 나뉜다. 시인, 사회학자, 산문가, 예술가, 사랑에 빠진 사람, 환멸에 빠진 사람, 어느 순간 결심을 내리

는 사람, 자기도 모르게 결심을 버리는 사람, 언제나 주저하는
사람, 기어이 일을 저지르는 사람…….

이 책에 실린 글 하나하나는 수많은 요청들이 묶인 매듭이
라고 말할 수 있다. 물론 각각의 매듭들은 서로 다른 모양새로
묶여 있다. 어떤 것은 단단하고 어떤 것은 느슨하다. 그러나 그
매듭들을 풀면 남는 것은 뿔뿔이 흩어진 경험들, 경험들을 추스
르지 못하는 상념, 상념을 받아쓰지 못하는 손가락, 손가락 아래
놓인 백지 같은 것들이 아니다. 남는 것은 없다. 이 글들은 단순
히 그 모든 요청들을 하나로 묶은 결과물이 아니다. 오히려 그것
들은 쓰기라는 행위 속에서 뚜렷한 형상을 띠게 됐고, 사유와 감
각의 장소로 소환됐고, 글이라는 고유한 매듭으로 엮이게 됐다.
그런 의미에서 각각의 글들은 매듭인 동시에 어느 날 갑자기 이
루어진 모임 같은 것이기도 하다. 누가 그 모임을 주선했는가는
중요하지 않다. 중요한 것은 그 모임이 한순간 만들어졌고 그 모
임의 결과로 매번 한 편의 글이 써졌다는 것이다. 긴박하게, 혼
란의 와중에, 마감에 임박하여, 글의 완성 이후 또다시 전개될
삶과 글쓰기에 대한 불투명한 예감 속에서 한 편 한 편 글들이
써졌다는 것이다. 나는 그저 그 모임의 속기사였다. 그러므로 나
는 이 글들을 쓰면서 '책'을 생각할 겨를이 없었다.

글 하나하나가 일종의 속기였기에 이 책은 통일된 주제와
대상과 문체로 모아지지 않는다. 그럼에도 책 속의 글들을 아우
르는 대강의 공통분모가 있다면 그것은 문학과 예술과 삶이다.
나는 20대 이후, 문학작품을 쓰는 사람으로, 동시에 예술사회학

을 전공하는 학자로 살아왔다. 시인 그리고 사회학자, 이것이 내 이중생활의 두 축이다. 이중생활이란 표현이 정확할는지 모르 겠다. 이중보다는 더 많이 분열되어 있지 않은가 하는 점에서, 그리고 이중이라고 하기에는 이도 저도 아니게 명멸해 온 것에 지나지 않은가 하는 점에서, 이중생활이라는 표현은 부정확할 수 있다. 그러나 그 표현은 적절하다고 할 만하다. 내부와 외부 로부터의 무수한 요청들은 그 두 축을 향해 원을 그리며 다가오 고 또 멀어졌다. 내 이중생활의 두 축은 자기장의 두 극과 같았 다. 별 생각 없이, 주어진 일정을 좇아, 생활 습관대로, 자연스러 운 기질과 성향에 따라 살다가, 어느 순간 중요한 결정을 내려야 할 때, 누군가와 일을 도모해야 할 때, 세상과 나의 잘못을 가려 야 할 때, 스스로에게 진실을 추궁해야 할 때, 무엇보다 글을 써 야 할 때, 그 두 축은 내 의식의 지평에서 달아오르고 솟아올랐 다. 그렇게 그 두 축은 어색하고 부끄럽지만 할 말은 해야겠다는 두 명의 판관 같은 역할을 수행해 왔다.

내 이중생활의 두 축은 떨어져 있었지만 완전히 분리되지 않았다. 만약 그랬다면 나는 두 축 사이를 왕복운동하며 계속해 서 스스로를 기억상실증에 빠트려야 했을 것이다. 그렇게 어느 한쪽을 망각한 채, 시인일 때는 철저하게 시인으로, 사회학자일 때는 철저하게 사회학자로 살았을 것이다. 그러나 그 왕복운동 은 기억상실이 아니라 오히려 끈질긴 기억 축적의 연속이었다. 한쪽의 흔적은 언제나 다른 한쪽의 작업으로 끌려와 뒤섞였다. 그 흔적이 한 점의 얼룩일지라도 말이다. 이 과정은 중단 없이 이어졌다. 그렇기에 나는 언제나 시인이자 사회학자였다. 아니, 시인도 아니고 사회학자도 아닌 제삼자였다. 아니, 내가 누구인가는 중요하지 않았다. '이름'은 나에게 고통과 기쁨을 주지 않았다. 하나의 이름을 썼다가 지우고, 완전히 지워지지 않은 흔적 위에 다른 이름을 다시 쓰는 이 이중생활의 와중에 지속되는 말과 행동, 글을 쓰고 삶을 사는 과정만이 내게 고통과 기쁨을 주었다.

이 책은 사회학 쪽으로 끌려온 시의 기억과 흔적이 묻어 있는 글들로 이루어져 있다. 이 글들은 두 가지 질문을 함축한다. 첫 번째 질문은 시를 쓰는 내가 사회학적 관점에서 예술과 삶을 분석하고 전망할 때, 스스로에게 제기하는 질문이다. 사회학은 실증주의적 전통을 계승하는 과학으로 그 정당성을 정립해 왔다. 사회학은 행위자 외부의 실재를 진리의 조건으로 전제하고 그 전제하에서 행위자가 수행하는 실천의 가능성과 한계를 따진다. 물론 실증적 사회학의 객관주의에 대항하여 해석학적 전통, 현상학적 전통, 비판 이론적 전통을 계승하는 사회학의 흐름이 있다. 이 흐름은 외적 실재의 무게와 구조를 수동적으로 수용하지 않는 인간의 마음과 행동에 주목한다. 이때 행위자는 외적인 실재를 해석하고 성찰하고 비판하는 내적 능력을 일상적 생활 세계에서, 제도적 공간에서, 집단적 관계망에서 발휘하는 존재로 여겨진다. 나는 지금껏 이 같은 사회학적 계보를 따라 연구를 해 온 편이다. 그러나 이때에도 사회학자는 세계와 인간과 거리를 둔다. 사회학자는 자신을 구속하는 구조에 맞서는 인간들의 눈물, 탄식, 분노, 기쁨, 경탄, 동경, 희망에 참여하지 않는다. 사회학자는 인간이 꾸는 꿈, 오류와 과장이 가득한 그 유토피아적 충동을 해석할지언정 그것들과 적당한 거리를 두려 한다. 사회학자는 그렇게 몇 발짝 떨어진 채 꿈틀거리는 꿈들을 들여다보고 그것들에 의미 있는 시공간적 맥락을 부여할 뿐이다. 확실히 사회학자의 기쁨은 사람들의 낯선 꿈과 그 꿈으로부터 빚어지는 낯선 세계의 건설에 참여하는 기쁨이 아니다. 사회학자의 기쁨은 별빛을 만드는 기쁨이 아니라 별빛들을 이어서 별자리를 완성하는 자의 기쁨이다. 그것은 원초적 기쁨을 건너뛴 이차적 기쁨이라 할 수 있다.

이 책이 담고 있는 첫 번째 질문은 다음과 같이 요약된다. "'사회학자인 나'는 '시인인 나'가 꾸는 꿈에 어떻게 동참할 것인가? 사회학자인 내가 분석하는 사회적 실재와 시인인 내가 그려 내는 꿈은 어떻게 만나는가? 열정에 이끌리는 문학적 글쓰기와 행동은 어떻게 사회적 실재의 운동과 연결되는가? 그것은 과연 가능한가? 가능하다면 어떻게 가능한가?" 나는 이 질문에 답하면서 학문적 엄밀성과 합리성과 성실성을 제일의 기준으로 삼지 않았다. 나는 이 책의 글들에서 현대사회의 구조적 변동이 가져오는 예술의 위기와 삶의 비참을 사회학적으로 분석하고 전망하는 데서 멈추려 하지 않았다. 나는 내가 사랑하는 예술과 내가 살아가는 삶이 어떻게 만나는지, 어떻게 서로를 변화시키는지, 온몸으로 실감해 보고 싶었다. 결과는 마구잡이 실험에 가까웠다. 나는 이 글들을 쓰면서 사회학은 물론이고, 철학, 미학,

문학, 영화, 다큐멘터리 등을 참조했다. 어떤 글들은 내가 직접 참여한 예술적 실험과 사회적 행동의 기록을 담았다. 나는 학술적 담론에 의존하는 동시에, 그때그때의 직관과 관심사를 따라, 나를 고양시키거나 좌절시킨 사건들과 사람들에 주의를 기울이면서, 내가 당사자로 참여하고 있는 예술과 삶의 관계에 대해 말하고자 했다. 그러므로 이 책의 글들은 지난 몇 년간 내 삶의 개인적 이력을 노골적으로, 때로는 우회적으로 풀어내고 있다. 요컨대 이 책에는 내가 관계 맺은 타인들, 내가 연루된 세계가 두꺼운 밑그림으로 깔려 있다.

첫 번째 질문은 자연스럽게 두 번째 질문으로 이어진다. 사회학자가 볼 때는 죽어 가고 있는 현대의 문학과 예술이, 파괴되고 있는 현대의 삶에 제공하는 꿈의 정체는 도대체 무엇인가? 나는 이 책에서 거리와 철거 공간에서의 예술 행동, 새로운 예술 실험, 예술가들 사이의 우정, 공동체 속의 예술, 생활 속의 예술, 문맹자의 시를 살펴보았다. 즉 구체적 삶 가운데 표현되는 예술적 꿈의 형상과 효과를 탐색해 보려 노력했다. 삶에 꿈을 기입할 때, 삶에서 꿈을 실현하려 할 때, 어떤 일이 벌어지는가? 그것의 의미와 효용은 무엇인가? 사회학자 막스 베버라면 삶과 예술을 하나로 만들려 하는 시도에 대해 준엄하게 경고했을 것이다. 그는 말했다. "괴테 정도의 인물이라도 자기 '생활'을 예술 작품으로 만들려고 제멋대로 했다면, 예술에 관한 한은 그 업보를 받았을 것입니다. 그러나 이 말을 의심한다 하더라도, 어쨌든 그것을 감히 해도 좋기 위해서는 정말로 괴테 정도가 되어야 합니다. 그리고 적어도 천년에 한 번 나타나는 그와 같은 사람의 경우에도 그 대가를 치르지 않을 수 없다는 것은 모든 사람이 인정할 것입니다."* 베버는 삶과 예술을 분리시키라고 권했다. 그는 예술과 삶을 하나로 합치려는 시도는 예술적 성취에도 좋지 않고 삶의 건강에도 좋지 않다고 말했다. 그는 예술의 과도한 열정으로 삶을 망치지 말고 그것을 잘 훈육된 직업적 헌신으로 바꾸라고 말했다.

그러나 내가 이 책에서 살펴본 것은 삶 속에서 자신의 천재성을 드러내려는 예술가들의 자기도취적 존재 증명이 아니다. 사회학적으로 볼 때, 그토록 숭고한 예술가 신화는 신자유주의의 시장 논리에 의해 위축되고 변질되고 있다. 예술계는(그것이 아무리 소규모일지라도) 경쟁 논리를 강화하고 성공에의 욕망을 부추기면서 대다수 예술가들의 내면에 낙오의 불안과 공포를 심어 주고 있다. 오죽하면 예술가들의 불안과 공포를 달래 준다는 『예술가여, 무엇이 두려운가!』라는 컨설팅 서적이 예술가들 사이에 비밀스러운 베스트셀러가 되었겠는가. 나는 이 책에서 예술가의 비장한 자아 드라마에 관심을 기울이지 않는다. 오히려 소외되고 내몰리는 각박한 삶 속에서 작동하는 소박하지만 생생한 예술의 꿈을 이야기하고 있다. 그것은 시인인 내가 꿈꾸어 왔던 꿈이기도 하다. 회의 시간에 짬짬이 남몰래 시 한 편을

---

* 막스 베버, 이상률 옮김, 『직업으로서의 학문, 직업으로서의 정치』(문예출판사, 1994), 23쪽.

프롤로그

써 내려갈 때 나는 투사나 영웅이 되려 했던 것이 아니었다. 나는 다만 살고 싶었다. '마지못해, 죽지 못해' 살고 싶은 것이 아니라 조금 더 잘, 조금 더 자유롭게, 조금 더 행복하게 살고 싶었다. 이러한 동경과 소망은 소시민의 자기 위안으로 치부할 수 없다. 삶의 한가운데에서 추구되는 소박하고 생생한 꿈은 사회구조가 할당한 역할과 기능을 거스르는 장소를 만들어 내기도 한다. 그 꿈의 장소는 피난처이자 서식지이자 투쟁 거점이 될 수 있다. 앤디 메리필드의 표현을 빌리자면, 예술의 꿈은 "약간의 마력이 스며든 보통의 일에 관한 이야기"이다. 그런데 그 '약간의 마력'이야말로 현대 자본주의가 강요하는 동물화, 노예화, 속물화에 저항하는 인간적 장소를 우리에게 제공해 줄 수 있는 것이다.*

　나는 삶 속에서 꾸는 꿈으로서의 예술을 '그을린 예술'이라고 부르고 싶다. 이때의 예술은 순수한 예술, 자율적 예술, 천재라 불리는 예외적 개인의 예술, 지상에 떨어진 타락한 천사의 예술, 진리를 선포하고 미래를 예언하는 선지자적 예술이 아니다. 단언컨대 그런 예술은 죽었다. 그런 예술은 껍데기 신화의 모습으로만 살아 있는데, 그 점에서 예술 숭배 신화를 아직도 진심으로 믿고 입에 올리는 사람들은 의도치 않게 자기 조롱과 허세 부리기의 덫에 빠지곤 한다. 반면 그을린 예술은 지나치게 엄숙하지도 않고 지나치게 가볍지도 않다. 그을린 예술은 타들어 가

---

* 앤디 메리필드, 김채원 옮김, 『마술적 마르크스주의』(책읽는수요일, 2013).

고 부스러지는 현대인의 삶, 자본주의의 격렬하고 성마른 불길에 사로잡힌 우리네 삶 가운데서 꿈틀거리는 꿈, 긍정성의 몸짓, 유토피아적 충동이다. 그러므로 그을린 예술은 언제나 위기에 직면해 있다. 그것의 얇은 살갗은 뜨거운 불길에 노출돼 있다. 그것은 철거 지역에 그려진 벽화처럼 또다시 철거될 운명에 처해 있다. 그러나 그을린 예술은 불길의 위협 앞에서 웃고 노래하고 춤춘다. 살기 위해서, 조금 더 잘 살기 위해서, 조금 더 자유롭게 살기 위해서, 조금 더 행복하게 살기 위해서. 그을린 예술은 삶을 재창조하려 한다. 그을린 예술은 우리에게 삶의 주인 자격을 되돌려주려 한다. 나는 지난 몇 년간 그을린 예술의 꿈을 탐구했고 그 꿈이 출몰하는 장소들을 방문했고 그 꿈을 실행하는 사람들과 대화를 나눴다. 이 책은 그 과정을 사유하고 느끼고 기록한 결과물이다. 그런 의미에서 이 책은 연구서이면서 동시에 르포라고 할 수 있다.

　마지막으로 용기를 내서 말하면, 나는 이 책이 하나의 선언이 되기를 소망한다. 그 선언은 다음과 같다. 예술은 죽었다. 예술은 다른 곳에서 되살아날 것이다. 삶 속에서, 삶의 불길에 그을린 채.

차례

일러두기

1   1부의 「1987년 이후 스노비즘의 계보학」은 김홍중과 함께 썼다. 5부 「예술과 민주주의」는 2012년 6월 16~20일에 4회에 걸쳐 진행된 성공회대학교 동아시 아연구소 오픈클래스의 강의를 요약 및 보완한 것이다.

2   본문의 인용문 중 원문에는 없으나 문맥상 이해를 돕기 위해 덧붙인 문구는 [ ] 로 표기했다.

3   본문에 사용한 문장부호 중 『 』는 전집이나 단행본을, 「 」는 개별 작품이나 논 문, 기사, 강연회, 전시회, 영화 등을, 《 》는 신문이나 잡지를 의미한다.

1부

동물과 속물 사이의
인간, 우정, 예술

예술은 삶의 평범함과 궁색함을 수용하면서 거부하는, 증언하면서
저항하는 실천으로 등장한다. 삶의 평범함과 궁색함을 창작과
해석, 친구-타인과의 관계 속에서 지각하고 나눌 때, 인간은
비범해지고 위대해진다. 평범한 비범함, 궁색한 위대함이야말로
우정으로서의 예술이 밝히는 인간적 실존이다.

우정으로서의
예술

2006년 유학을 마치고 귀국했을 때, 한국은 더 이상 예전의 한국이 아니었다. 나는 그 변화를 무엇보다 대학에서 확인했다. 나는 '을'을 자처하는 교수들이 '갑' 앞에서 "우리에게 기회를 주시면, 귀하를 최고로 만들어 드리겠습니다."라고 목청 높여 장담하는 장면을 목도했다. 다수의 대학생들은 학점과 스펙에 연연하고 있었다. 학교를 졸업한 이들 또한 크게 다르지 않았다. 예술가들은 발표 기술을 연마하고 경력 관리에 몰두하고 상금의 액수를 따지고 있었다. 직장인들은 술자리에서 상사에게 대들기는 고사하고 "부장님, 사랑합니다."라는 낯 뜨거운 고백을 남발하고 있었다. 모두들 치열한 경쟁과 언제 낙오될지 모른다는 불안 심리에 사로잡혀 있었으나 "나는 할 수 있어.", "나는 행복해."라는 주문을 스스로에게 강요하는 것처럼 보였다. 오로지 극소수의 개인들만이 불안 없는 행복과 자유를 만끽하고 있었는데, 그것은 그들이 운 좋게 얻은 사회적 지위가 아니었다면 불가능했으리라는 게 명백했다. 대다수 사람들은 '세계와의 불화'라 불리곤 했던 청춘의 태도와는 오래전에 이별을 고한 채, 물리적 환경에 적응하는 것이 존재의 유일한 목적인 원자 알갱이처럼 열에 들떠 분주하게 살고 있었다.

귀국 후에 내가 한동안 젖어 있던, 이 같은 상황에 대한 당혹과 환멸은 나의 오랜 친구이자 학문적 동료인 김홍중과 함께 썼던 「1987년 이후 스노비즘의 계보학」(이하 「스노비즘」)이란 글에 고스란히 반영되었다. 우리는 그 글에서 IMF 외환 위기 이후 한국에 등장한 신자유주의라는 경제적 체제를, 철학적으로는 탈진정성, 문화적으로는 스노비즘이라는 키워드로 파악했다. 나에게 「스노비즘」은 어떤 인간상에 대한 간절한 그리움, 혹은 모색을 담고 있는 글이었다. 그 인간상의 전모를 파악할 수는 없겠지만, 「스노비즘」에서 나는 적어도 그 인간상에 대한 접근법을 조금은 명확히 풀어 보려 했다.

우리는 1987년 이후의 한국 사회를 설명하는 데, 정확히 말하면 한국 사회가 상실한 인간상을 파악하는 데, 찰스 테일러가 헤겔의 철학적 정식을 따라 정의한 진정성(authenticity) 개념에 의존했다. 진정성이란 완성된 인격적 상태를 지칭하지 않는다. 진정성이란 외부의 현실과 마주하고 맞부딪치는 인간이 스스로를 갱신하고 고양시키며, 세계와의 불화로부터 세계와의 화합으로 나아가는 변증법적 운동을 지칭한다. 이 운동 속에서 인간은 자아를 표현하는 동시에 공동체의 규범에 조회하며 앞으로 나아간다. 이 나아감의 정치는 머뭇거림, 또는 흔들림의 윤리와 겹친다. 그는 외부의 규범과 합리적인 손익 계산을 거부하고 내면의 목소리에 귀를 기울인다. 그러나 그 목소리는 사실 얼마나 불분명한가? 「스노비즘」에서 우리는 내면으로부터 흘러나오는 목소리를 "떨리는 나침반"으로 삼아 한 발 한 발, 지그재그 전진하는 인간을 바람직한 인간이라 여겼다. 번민하되 계산하지 않고, 신념을 지키되 맹신하지 않고, 비판하되 냉소하지 않는 인간을 정치적으로, 윤리적으로 바람직한 인간이라 여겼다. 우리는 그 인간을 '진정성의 인간'이라고 명명했다. 「스노비즘」은 물었다. 현실을 사는 우리의 얼굴을 되비쳐 주던, 그 진정성의 인간은 어디로 갔는가? 아련한 기미(幾微)의 형태를 띠었으나 언제나 우리의 길을 인도했던 그 인간상은 어디로 갔는가? 진정성의 인간을 사회 바깥으로 추방한 것은 물론이고 껍데기만 남은 '진정성'이라는 용어를 수사적인 관용어로, 윤기 흐르는 유행어로 전락시킨 이 냉혹한 힘의 정체는 도대체 무엇인가?

우리는 신자유주의라는 새로운 경제 체제에서 그 원인을 구했다. 신자유주의는 진정성의 인간상을 우리의 눈앞에서, 마음에서 제거해 나가며 '탈진정성 체제(post-authenticity regime)'를 구축한다. 1990년대 이후, 노동시장의 유연화와 금융자본주의의 확산이라는 거스를 수 없는 물결은 승자 독식의 경쟁 체제와 그에 따른 불안 심리를 사람들의 마음 구석구석에까지 확산시켰다. 다수의 사회 구성원이 자존감을 박탈당하고 생존과 생계 문제에 매달려 '연명'하고 있는 동물의 처지로 몰락했다. 그 와중

우정으로서의 예술

에 자존감의 회복을 위해 사람들이 거머쥐려는 것이 있다면 그 것은 바로 '취향(taste)'이었다. 그러나 이때 취향이란 진정성의 인간이 자아를 표현하고 공동체와 대화를 하는 도구로 삼았던 취향, 자신과 세계 사이의 거리를 조절하는 척도로 삼았던 취향 과는 사뭇 다르다. 신자유주의에서 취향을 통한 자아 표현은 소 비에 의존하는 자아 과시로 전락했고, 공동체와의 대화는 폐쇄 적 취향 공동체의 자기 확신으로 전락했다. 그렇게 취향은 자아 와 공동체의 연결을 단절시켰고, 자아가 스스로를 갱신하고 고 양시키는 변증법적 운동을 중단시켰다.

취향은 이제 스노비즘의 열역학 연료로 소모되고 충전된 다. 스노비즘이란 무엇인가? 그것은 자아가 세계를 '좋아요.'와 '싫어요.'의 일람표로 파악하고 그 출구 없는 일람표의 미로에 서 맴돌며 자신의 우월함을 입증하려는 프로젝트이다. 스노브 (snob)에게 세계는 전쟁터이다. 취향을 무기로 만인이 만인과 적 대하는 전쟁터이다. 우리는 「스노비즘」에서 단언했다. 신자유주 의 체제에서는 그 누구도 스노비즘의 열역학에서 자유로울 수 없다고. 우리는 2000년대 이후의 스노브를 '합리적 스노브', '비 판적 스노브', '룸펜 스노브'로 구별했는데, 이는 '취향'에 기대어 자신의 우월감을 확보하려는 상층계급, 지식인-예술가, 하층계급 이라는 계급적 분류법에 상응하는 것이었다. 「스노비즘」은 그 외 의 인간들, 취향이라는 사치품을 소유하고 소비할 여력이 없는 나 머지 인간들을 생존과 생계에 연연하는 동물적 존재로 파악했다. 아니, 실은 스노브조차도 취향이라는 대체 먹을거리로 자존심을 채우는 '문화 동물'의 다른 이름이었다. 이 같은 논리를 따라 「스노비즘」은 신자유주의 체제의 인간을 속물화와 동물화에 철저하게 예속된 존재로 보았다.

다시 말하지만 우리는 「스노비즘」에서 신자유주의 시대가 소멸시킨 모종의 이상적 인간상을 되찾으려 했다. 그러나 「스노비즘」은 이론적으로는 진정성이라는 관념론적 프레임을 채택하고, 현실적으로는 신자유주의 체제를 출구 없는 감옥으로 받아들이면서, 그 이상적 인간상의 복원을 사실상 불가능한 것으로 그려 내고 있었다. 이제 우리에게 주어진 존재 양식은 속물 아니면 동물이었다. 진정성의 인간상은 그 둘 사이에서 거의 멸종했다 해도 과언이 아니었다. 그러나 우리는 「스노비즘」에서 애도의 감정을 애써 자제하고 어떻게든 그 딜레마에서 빠져나와 희망을 제시하고자 했다. 우리는 '양가성'을 도입함으로써 그 딜레마를 해결하려 했다. 이를 테면 스노브는 이기적이면서 정의롭고, 소비하면서 생산하는 존재로 정의되었다. 물론 이 양가성이야말로 인간 존재에 핵심적이다. 만약 이 양가성을 인정하지 않는다면 인간은 선과 악, 상식과 비상식, 야만과 문명의 두 세력으로 분리될 것이며, 사회가 진보하느냐, 퇴행하느냐는 이 두 세력의 투쟁의 결과로 결정될 것이다. 이러한 논리는 불가피하게 어느 한편을 파멸시키는 또 다른 전쟁을 사회 내부로 불러들일 수밖에 없다. 그러나 양가성을 인정하는 것만으로는 희망을 보장할 수 없다. 중요한 질문은 인간 존재가 언제, 어떻게 그 양가성에서 한쪽으로 기울어지는가이다. 인간 존재가 언제, 어떻게 자신의 자

우정으로서의 예술

유를 입증하는가이다. 인간 존재가 언제, 어떻게 속물화와 동물화라는 예속으로부터 벗어나는 해방의 출구를 찾을 수 있는가이다. 「스노비즘」은 이 질문에 대한 답을 제시하지 못했다.

후에 나는 「환승, 인간적인, 가까스로 인간적인」(이하 「환승」)이라는 글에서 그 질문에 대한 하나의 답을 가늠해 볼 수 있었다. 나는 그 답의 편린을 아주 오래전 텔레비전에서 보았던 한 편의 영화에 대한 기억으로부터 우연히 찾았다. 「허수아비」(1973)에는 도저히 인생에 출구가 보이지 않는 두 패배자가 주인공으로 나온다. 영화에서 떠돌이 삶을 전전하던 사기 전과자 맥스와 전직 선원인 라이언은 우연히 만나 의기투합하여 피츠버그에서 세차장을 차리자고 계획한다. 그러나 라이언은 병에 걸려 혼수상태에 빠지고, 맥스는 의식이 없는 라이언의 귀에 "너를 돌봐줄게. 반드시 돌아올게."라고 말한 후 피츠버그로 떠난다. 바로 그 둘의 우정이 나에게 인간이 속물화와 동물화 과정으로부터 가까스로 벗어나는 길을 보여 주었다. 주인공 맥스는 일명 '텅 빈 우정'이라고 부를 만한 타인과의 관계 맺기를 예시한다. 텅 빈 우정이란, 약속이라는 수단 그 자체에 충실한 우정이다. 약속이 목표한 바를 실현하는 것이 불확실하고 심지어 불가능할지라도 약속의 말과 행동을 진심으로, 최선을 다해 감행한다. 맥스는 그의 곤궁한 처지로 보건대 현실적으로 지킬 수 없는 약속을 지키기 위해 왕복표를 구매한다. 영화는 맥스가 신발 뒤축에 숨겨 놓은 돈까지 탈탈 털어 왕복표 값을 지불한 후 뒤축을 바로잡기 위해 매표소 테이블 위에 신발을 두들겨 대는 장면으로 끝난다.

텅 빈 우정의 현실성은 친구를 '실제로' 돌봐 줌, 친구를 위해 '실제로' 돌아옴에 있지 않다. 그 우정의 현실성은 차라리 기차역에서 신발 뒤축을 두들기던 바로 그때 맥스가 짓던 난처한 표정, 그의 구차한 몸짓에 있다. 그 우정은 지킬 수 없는 약속을 지키기 위해 그가 기꺼이 감내하는 수치와 기어이 감행하는 행동을 통해 증명된다. 이 텅 빈 우정은 조르조 아감벤이 정의한 우정의 의미와 상통한다. 아감벤은 우정을 "자신의 고유한 존재감 속에서 친구의 존재를 함께-지각"함이라고 정의하는데, 여기서 우정은 출생, 법, 장소, 취향의 나눔이 아니라 "존재한다는 사실, 삶 자체의 대상 없는 나눔"에 다름 아니다.* 요컨대 이때의 우정은 현대 자본주의 사회에서 우리가 흔히 우정이라고 오해하는 관계, 함께 몫을 늘이고 지분을 나누고 상호 간의 갈등을 줄이고 합의를 이루려는 목적으로 '잠정적'으로 맺은 전략적 파트너십과는 분명히 다른 것이다. 오히려 우정이란 함께 살고 함께 존재하고 함께 지각하는 것, 그 자체가 좋고 즐겁기 때문에 맺는 타인과의 관계이다. 「허수아비」에서 맥스는 애초에 세차장이라는 공통의 비즈니스를 위해 라이언과 의기투합했다. 그러나 라이언이 의식불명 상태에 빠진 후 맥스와 라이언의 관계는 전략적인 파트너십으로부터 벗어나 비로소 우정의 상태에 이른

---

* 조르조 아감벤, 양창렬 옮김, 「친구」, 조르조 아감벤·양찰렬, 『장치란 무엇인가? · 장치학을 위한 서론』(난장, 2010), 62~67쪽.

우정으로서의 예술

다. 맥스는 라이언과 함께 있는 것, 그를 돌봐 주는 것, 그러기 위해 그에게 돌아오는 것이 자신의 존재에 적합성을 띠기 때문에, 자신의 존재를 좋고 즐겁게 하기 때문에, 언제 돌아올 수 있을지, 과연 친구를 도와줄 수 있을지 확신할 수 없으면서도 왕복표를 구매한 것이다.

타인과 함께 삶을 나눌 때, 인간은 '말'("너를 돌봐 줄게.")과 '행동'(기어이 돌아오려 함)을 통해 '가까스로' 자신의 존재를 보다 나은 존재로 갱신하고 고양시킨다. 이것은 명백히 정치적이고 윤리적인 차원을 내포한다. 텅 빈 우정의 정치는 친구와의 약속을 위선과 허세로 축소시키는 속물화의 강박에 저항하며, 동시에 친구와의 약속을 엄두도 못 내게 하는 동물화의 압력에 저항한다. 또한 텅 빈 우정은 타인의 고통을 외면하지 않으면서도 타인을 동정의 대상이 아닌 동등한 존재로 바라보며 그 곁에 머물려 하는 윤리적 태도를 보여 준다. 이때 강조할 것은 이 우정이 드러내는 인간상이 진정성의 인간상과 구별된다는 점이다. 진정성의 인간은 고전적 의미에서는 자유롭고 위대한 개인이라 할 수 있다. 그런데 진정성의 인간의 말과 행동은 오롯이 개인의 내면의 표현이라는 점에서 지나치게 고독하다. 또한 그의 말과 행동을 규정하는 지평은 민족-국가라는 공동체라는 점에서 지나치게 광대하다.* 요컨대 진정성의 인간은 친구-타인과

---

* 찰스 테일러는 정체성의 형성에 가장 중요한 것이 타인에 의한 인정(recognition)이라고 했다. 비록 테일러가 친구, 연인, 가족 같은 구체적 타자를 언급하고 있으나 궁극적으로 그가 말하는 인정 개념은 조지 허버트 미드의 '일반화된 타자

의 구체적이고 일상적인 관계를 결여한 존재이다. 그의 정체성은 교육과 경험을 거쳐 개인의 자유와 공공선을 조화시키는 능력을 얻게 된 모델 시민에 가깝다고 볼 수 있다. 이 모델 시민에 대해서는 다양한 비판이 가능하다.(이념적으로는 중산층의 허위의식에 불과하며, 이론적으로는 공동체주의와 자유주의의 절충에 불과하다고 운운하며.) 게다가 신자유주의 체제에서는 그처럼 교양과 이성을 두루 갖춘 시민을 육성하는 교육과 경험마저 철저하게 파괴되어 가고 있다.

반면 텅 빈 우정이 빚어내는 말과 행동은 맥스의 표정과 몸짓에서 나타나듯 지극히 평범하고, 심지어 궁색하기까지 하다. 진정성의 정치와 윤리가 소수의 계몽된 시민의 말과 행동을 통해 수행된다면 텅 빈 우정의 정치와 윤리는 자신의 인간다움을 가까스로 실현하려는 어느 누구에게나 귀속된다. 바로 그 평범함과 궁색함 때문에 텅 빈 우정의 약속은 이 비참한 세계에서도 희망의 빛을 잔존케 한다. 텅 빈 우정으로 맺어지는 친구-타인과의 관계 속에서 인간은 평범하고 궁색한 삶을 지각하고 나누는 동시에 그것을 극복하려 한다. 그 노력은 초월적 계시와 명령을 따르지 않는다. 그 노력은 친구-타인과 함께 좋고 즐거운 삶의 형태를 찾으려 안간힘을 쓰는 일상적이고 구체적인 노력이

(generalized others)' 개념에 의존한다. 이때 일반화된 타자는 개인의 행위에 도덕적 준거를 제공하는 '추상화된 구체적 타자'라고 할 수 있다. 바로 이 같은 추상성으로 인해 테일러의 인정 개념은 집합적 수준에, 집단 간의 상호 인정이라는 차원에 국한되는 경향이 있다.

우정으로서의 예술

다. 그러한 일상성과 구체성, 즉 '지금 여기'에의 충실성으로 인해, 그 노력 속에서 인간은 자신에게 추상적으로, 소외된 형식으로 부과되는 모든 집단적, 개인적 행복 또는 불행에 맞설 수 있다. 삶 안에서의 좋음, 삶 안에서의 즐거움을 끝내 포기하지 않고 쟁취하려 하기에 우리는 평범하면서도 비범하고, 궁색하면서 위대한 인간의 계기를 속물화와 동물화의 거센 물살로부터 구출할 수 있는 것이다.

그렇다면 우리는 이렇게 결론 내릴 수 있다. 텅 빈 우정의 친구는 추상적 공동체의 일원이 아니다. 그렇다고 해서 일상생활의 구체적 인간관계에서 만나는 흔하고 빤한 친교의 대상도 아니다. 텅 빈 우정의 친구는 일상적이고 구체적이지만 동시에 나에게 윤리적이고 정치적인 몸짓, 표정, 말, 행동을 요청한다. 텅 빈 우정의 친구는 나에게 어떤 존재로 변화할 것을 요청한다. 그런데 나는 이러한 '되기(becoming)'를 사전에 주어진 공식에 의존하지 않은 채 추구하고 성취한다. 나에게 기쁨과, 내가 누구인지에 대한 해답을 주는 것은 '되기(becoming)' 그 자체이다. 마치 사랑에 빠진 사람이 자신이 평생 찾아 헤맨 사람이 바로 자신의 연인이라는 것을 사랑에 빠진 다음에야 깨닫게 되는 것처럼 말이다.

나는 「스노비즘」을 쓴 후 「환승」을 거쳐 지금에 이르기까지 '텅 빈 우정', 혹은 삶 자체의 함께-나눔이라는 관점에서 예술에 대한 고민을 이어 왔다. 나에게 예술은 타인과 비교하며 자신의 우월성을 입증하는 무기로서의 취향을 뜻하지 않는다. 만약 내가 예술을 취향이라 한다면, 그것은 구별의 기제가 아니라 삶의 형태를 지각하고 나누는 우정의 수단이 될 때 의미가 있을 것이다. 그런데 예술이 빚어내는 삶의 형태는 고유한 특징을 갖는다. 무엇보다 예술은 창작이다. 즉 예술은 재료와 감각과 사유를 반죽하여 소위 작품이라는 형태의 말과 행동을 빚어낸다.(독자나 관객의 경우는 예술의 말과 행동을 해석한다. 이것은 또 다른 의미에서의 창작이다.) 요컨대 나는 예술이 창작(해석)을 통해서 고유한 삶의 형태를 빚어내며 이 삶의 형태는 우정을 통해서 타인과 나눠진다고 본다.

하지만 상식적으로 보자면 우정과 창작(해석)은 서로 어울리지 않는 것 같다. 당장 다음과 같은 질문이 떠오른다. 예술적 능력은 재능과 통찰력을 지닌 개인들에게만 허락되지 않는가? 예술은 특별한 개인들이 미래를 내다보는 선지자적 능력에서 나온 것이 아닌가? 예술은 우정이 아니라 개인숭배와 더 어울리지 않는가? 이 믿음을 포기하지 못하는 자들에게는 안타까운 소식이지만, 신자유주의 체제에서 예술을 특정 개인들의 예외적 능력으로 드높이던 신화는 뚜렷이 퇴조하고 있다. 혁신과 독창성이라는 예술의 주문은 자본의 광고 카피로 전락한 지 오래다. 이제 예술은 그 광휘를 잃어버린 채 평범하고 궁색한 차림으로 사람들 앞에 서 있다. 그런데도 여전히 예술은 우정의 손길을 거부한다. 왜냐하면 예술은 자신의 평범함과 궁색함을 견딜 수 없기 때문이다. 그리하여 예술은 즉각 시장(market)의 도움을 빌려 자신의 지위를 되찾으려 한다. 시장의 컨설팅을 수용하는 대가

우정으로서의 예술

로 예술은 다시금 비범해지고 위대해진다. 물론 차이가 있긴 하다. 과거에 비범함과 위대함을 예술에 부여했던 독자와 관객의 해석 능력은 상징적/경제적 구매력으로, 예술가의 아우라는 브랜드 가치로 바뀌었다는 점이 그것이다.

이와 관련해서 흥미로운 일화가 있다. 몇 년 전 오랜만에 고등학교 선배를 만난 일이 있었다. 그는 법무 회사에서 일하는 기업 변호사였는데 술에 좀 취하더니 내게 이런 말을 했다. "네가 하는 예술은 참 '공허'한 거 같아. 그러니까 잘해. 사회가 너희 같은 사람들에게 관용을 베풀고 있으니까 말이야." 나는 선배가 무슨 일을 하는지 물었다. 선배의 일은 'M&A'라고 했다. 나는 그가 하는 일은 공허하지 않으냐고 되물었다. 그는 자신의 일은 기업의 성장에 실질적인 도움을 주기에 나의 공허한 직업과 달리 '생산적'이라고 했다. 그는 생산성이라는 기준에서, 그것도 산업자본주의의 생산성이 아니라, 금융자본주의의 생산성, 기업을 사고팔고 합병하며 주식 가치를 높이는 생산성의 기준에서 예술을 공허한 것이라고 말했다. 그리고 그는 이어서 말했다. "내가 하는 일은 생산적이지만 지루해. 그런데 너를 만나면 참 신선해. 예술가들은 어쨌든 신기하고 재밌는 인간들이야." 그는 예술을 비생산적이지만 흥미로운 것으로 보았고 변호사라는 자신의 직업을 생산적이지만 지루한 것으로 보았다. 우리 사이에는 우정이 존재하지 않았다. 차라리 일종의 거래가 있었다. 나는 그의 여가 시간에 활력소를 제공해 주었고 그는 나를 매력적인 존재라고 승인(approval)해 주었다.(물론 이 거래 관계는 하루 만에 종결됐다.)

왜 이 일화가 언급할 만한 것인가? 사실 과거에 예술가와 법률가는 공적 지평에서 상호 연결되어 있었다. 한나 아렌트에 따르면 고대 그리스인들은 법률가라는 직업을 예술 직업과 함께 '고차원적이고 위대한 인간 활동'으로 여겼다고 한다. 예술가와 법률가는 모두 공인이었고 그들의 일은 공공선에 복무했기 때문이었다. 그러나 현대 자본주의 사회에서 두 직업은 공적 지평에서 빠져나온다. 변호사는 사적 이익과 필요를 충족시키는, '생산적'이지만 '지루한' 직업으로, 예술가는 사적 명성과 성공을 좇는, '비생산적'이지만 '매력적인' 직업으로 각각 변하고 상호 분리된다. 그 둘은 어떻게 다시 만나는가? 변호사 선배와 시인 후배 사이에 일어난 짧은 일화는 현대의 예술과 시장의 거래 관계를 상징적으로 잘 보여 준다. 그 거래 관계란 자신의 지루함을 쇄신하려는 시장과, 자신의 평범함과 궁색함을 극복하려는 예술 사이의 전략적 협약에 다름 아니다. 현실에서 예술과 우정이 어긋나는 이유는 예술과 시장 사이의 전략적 협약이 세계를 지배하고 있기 때문이다.

결국 내가 관심을 기울이는 '우정으로서의 예술'은 이 같은 지배적 현실을 가로지르는 희박하고 희미한 경로의 모습을 띨 수밖에 없다. 그것은 예술이 창작(해석)을 통해 고유한 삶의 형태를 빚어내고 그것을 타인과 함께 나누는 경로이다. 그리고 동시에 인간이 속물과 동물 사이에서 가까스로 자신의 길을 확보하는 경로이기도 하다. 이때 예술은 자신이 처한 평범함과 궁색

우정으로서의 예술

함을 강박적으로 부정하지 않는다. 또한 패배감에 젖어 그러한 처지를 체념적으로 수용하지도 않는다. 오히려 예술이 처한 평범함과 궁색함이야말로 친구의 존재를 더욱더 절실하게 만든다. 우리가 예술을 창작하고 해석할 때 행복한 이유는 자신의 평범하고 궁색한 처지를 어떤 표정과 몸짓으로 표현하고, 나아가 그것을 친구-타인과 함께 지각하고 나누면서 인간적으로 갱신되고 고양되기 때문이다. 이 행복감은 단순히 심리적인 위로의 차원에 머물지 않는다. 그것은 창작(해석)이 이루어지고 친구-타인과의 우정이 맺어지는 장소와 관계 속에서 현실화된다. 우정으로서의 예술이 실행되는 이 희박하고 희미한 장소, 관계야말로 속물화와 동물화를 강요하는 신자유주의의 지배적 현실에 대항하는 현실적 거점이다. 바로 이 거점에서 예술의 말과 행동은 삶의 평범함과 궁색함을 수용하면서 거부하는, 증언하면서 저항하는 실천으로 등장한다. 따라서 예술은 겉으로는 모순어법처럼 보이지만, 생생한 현실성을 가진 감각과 신체를 구현한다. 삶의 평범함과 궁색함을 창작과 해석, 친구-타인과의 관계 속에서 지각하고 나눌 때, 인간은 비범해지고 위대해진다. 평범한 비범함, 궁색한 위대함이야말로 우정으로서의 예술이 밝히는 인간적 실존이다. 이 실존으로 인해 인간은 가까스로 타인과 함께 평등해지고, 가까스로 자신의 자유를 되찾고, 가까스로 세계의 비참으로부터 해방될 수 있는 것이다.

환승, 인간적인,
가까스로 인간적인

2010년에 잡지 「1/n」은 '환승'이라는 제목의 특집을 기획하며 내게 에세이 한 편을 청탁했다. 이때 '환승'이란 직업이나 직장 바꾸기를 뜻한다고 했다. 확실히 현대사회에서 평생직장이나 천직 같은 말들은 낡은 것이 되었다. 사람들은 이제 일생에 걸쳐 직업과 직장을 갈아탄다. 하지만 나는 궁금해졌다. 왜 하필 '환승'이어야 하는가? 이직 또는 커리어 전환을 왜 군이 환승이라 불러야 하는가? 여기서 나는 환승이라는 말을 에워싼 세련되고 현대적인 이미지의 결을 느낀다. 그 이미지는 자의적이고 심지어 얄팍하기까지 하지만 그럼에도 어떤 현실성을 말에 부여한다. 그 이미지의 부피감 때문에 말에 균열이 생기지만 분열은 일어나지 않는다. 그 이미지의 무게감 때문에 말은 진동하지만 부유하지는 않는다. 그 이미지의 현실성은 일순 내 기억 하나가 끼어들 수 있는 공간을, 균열하고 진동하는 말 속에 마련해 준다.

그 기억은 이런 것이다. 내가 아는 일본인 친구 하나는 공무원이었다. 그는 정부 장학금을 받고 뉴욕에 유학을 오게 됐다. 그는 나를 볼 때마다 자기 직업에 대한 혐오감을 털어놓으며 언젠간 꼭 그만두겠다고 다짐하곤 했다. 결국 그는 학위를 받으면 원래 공무원직으로 복귀해야 한다는 규정을 어기고(그는 받았던 장학금을 정부에 돌려줘야 했다.) UN에 취직했다. 연락이 끊긴 지 오래인 어느 날 나는 그에게서 메일 한 통을 받았다. 아프리카 초원에 드리운 진홍빛의 아름다운 노을 사진과 함께. 당시 그의 일은 아프리카에서 야생동물을 지키는 것이었다. 나는 지루한 학업을 이어 가는 중간중간에 그 사진을 보고 또 보면서 친구의 직업을 얼마나 부러워했는지 모른다. 나는 논문이고 학위고 다 때려치우고 떠나고 싶어졌다. 과감하게 인생을 다시 시작하고 싶었다. 아프리카 초원의 노을을 응시할 수 있는 직업이라면 뭐든 좋지 않겠는가. 이 관점에서 보자면, 환승은 단순한 이직 또는 커리어 전환이 아니다. 환승은 매혹적인 이미지, 즉 '지금 여기'가 아닌 다른 삶에 홀린 자의 선택과 행동을 뜻한다. 현실에 대한 환멸감이라면 그와 나는 같았지만 그는 떠났고 나는 머물렀다. 그러나 말은 여전히 균열하고 진동한다. 그리하여 다음과 같은 의문을 흘린다. 그는 과연 떠났는가? 그리고 나는 과연 머물렀는가?

환승에 대해 이야기하기 전에 '이동(mobility)'에 대해 먼저 이야기해 보자. 이동은 환승의 필요조건이라고 볼 수 있다. 환승을 하기 위해서는 반드시 어디에서 어딘가로 이동을 해야 하니까. 그러나 물리적 이동성 자체는 그 어떤 매혹적 이미지와도 필연적 연관성을 갖지 않는다. 오히려 반대인 경우가 많았다. 인류의 탄생으로부터 산업사회에 이르기까지 이동은 '필요성(necessity)'의 논리를 따랐다. 따라서 생존에 적합한 장소를 찾아 자원이 적은 곳에서 많은 곳으로 이동한 인류의 발자취 옆에는 언제나 먹고 싸는 '배변'의 흔적이 나란히 놓여 있었다. 그 시절, 동물의 이동과 인간의 이동이 달라 봤자 얼마나 달랐겠는가? 심지어 산업혁명을 야기한 '원초적 축적'과 '도시화'란, 농민에게서 생산수단을 박탈하여 그들을, 가진 거라곤 노동력밖에 없는 임금노동자로 전락시키고 생존을 위해 도시로 갈 수밖에 없도록 내몬 '동물화'의 역사였다. 그렇기 때문에 오랫동안 인류에게 "떠나라."라는 말에는 '이미지의 유혹'이 아니라 '필요성의 명령'이 담겨 있었다. 단순화의 위험을 무릅쓰고 말한다면, 인류가 이동한 것은 그저 더 잘, 더 많이 '먹고 싸기' 위해서였다.

그러나 환승에 대해서 이야기하자면 이미지를 떠올릴 수밖에 없다. 역사적으로 보면 이 이미지는 환승의 주요 매체라 할 수 있는 열차와 연결돼 있다. 열차가 출현했을 때, 그것은 산업혁명을 완수하는 최적의 수단이면서 동시에 매혹적인 이미지로 여겨졌다. 초기 영화에 빈번히 등장한 열차 이미지는 관객에게 산업혁명에 대한 '감성 교육'을 수행했다. 열차 이미지는 '설득과 계도'가 아니라 '충격과 경이'의 형태로, 관객의 아랫배를

37

야릇한 울렁거림으로 채우면서 산업혁명의 가치를 교육시켰다. 그렇게 열차 이미지는 '지금 여기'가 아닌 유토피아에 대한 상상을 생생한 감각적 체험의 형태로 제공했다.

열차와 관련된 환승의 매혹적 이미지는 산업혁명의 자기극복으로서의 포스트포디즘 체제하에서, 모든 이의 시선을 사로잡고 모든 이의 생활을 가로지르는 스펙터클로 거듭난다. 산업혁명을 지탱했던 현실적 필요성과 도덕적 근면성의 원칙은 포스트포디즘 체제하에서 쾌락원칙으로 대체된다. 보다 나은 세계에 대한 진보의 열정은 보다 근사한 라이프스타일에 대한 편집증적 추구로 대체된다. 더군다나 현대의 환승은 복수의 목적지와 복수의 노선이 존재한다는 사실을 암시한다. 보다 나은 삶이란 하나가 아니라 여럿이다. 그것을 향해 나아가는 길도 하나가 아니라 여럿이다. "떠나라. 하지만 일직선으로 가지 마라. 건너뛰고 옮겨 타라. 그리고 목적을 잊어도 좋다. 목적을 잊는 것이 더 합목적적일 수 있다." 이 모호하고도 즐거운 환승은 분열하고 명멸하고 겹치고 갈라지는 현란한 탈주의 모습과 닮아 있다.

이제 환승이 표상하는 이동성은 이렇듯 난분분하는 스펙터클에 다름 아니다. 그러므로 현대사회에서 물리적 이동은 더 이상 환승의 필요조건이 되지 않는다. 중요한 것은 물리적 이동이 아니라 이미지의 전환과 편집이다. 어디에 살든 '영화처럼'('영화 주인공처럼'이 아니라) 살면 되는 것이다. 현대의 직업시장에선 막스 베버가 말한 프로테스탄티즘의 직업윤리와 정반대의 감성

혁명이 일어난다. 창조 계급(creative class)*이 집중적으로 모여 사는 미국의 실리콘밸리에는 "당신은 주차장을 바꾸지 않고도 당신의 직장을 바꿀 수 있다."라는 경구가 회자된다고 한다. 떠나지 않아도 그곳에 풍부하고 다양한 선택지로서 라이프스타일이 있으면 충분하다. 그리고 환영을 현실로 바꿀 수 있는 자본이 있으면 충분하다. 만약 온 세계가 바로 눈앞에 있고 그 세계를 누릴 능력이 있다면 여행을 떠날 필요는 없다. 창조 계급은 직장을 바꾸고 심지어 직업을 바꾸기도 한다. 하지만 바꾸지 않는 것이 있으니 그것은 바로 개성, 취향, 웰빙, 자기 계발 등등의 키워드로 표상되는 라이프스타일이라는 이름의 대타자이다.

그런 의미에서 창조 계급은 이 시대의 새로운 속물이다. 19세기 영국의 풍자 작가 새커리는 당대의 속물을 "천박한 것"을 욕망하는 자라고 정의했다. 이때 속물의 반대편에는 비밀과 고독 속에서 '비과시적'으로 참자아를 찾는 진정성의 인간이 있었다. 그러나 현대의 속물은 '세련된 것'을 욕망하면서 '과시적으로' 참자아를 찾는다. 참자아에 대한 추구조차 속물의 욕망 안으로 편입되면서 그 반대편에 있었던 진정성의 자리는 희미해졌다. 본래 비밀과 고독의 자리였던 그곳에는 벌거벗은 삶으로서의

* 창조 계급 개념은 경제학자 리처드 플로리다가 만든 것으로, 후기 산업주의 시대의 자본주의 혁신을 선도하는 새로운 경제 주체를 뜻한다. 주로 IT와 문화 산업 같은 지식 기반 산업에 종사하는 이들은 고소득의 수입뿐만 아니라 세련된 취향과 매력적인 라이프스타일을 영위한다. 이에 대해서는 다음을 참고하라. 리처드 플로리다, 이원호 외 옮김, 『도시와 창조 계급』(푸른길, 2008).

환승, 인간적인, 가까스로 인간적인

동물성만이 존재한다.

창조 계급을 위해 세워진 하이테크 산업과 주상복합 건물로 이루어진 뉴타운은 도시 빈민의 삶 전체를 지우고 이들을 철거민으로 전락시키고 끝내는 도시 공간으로부터 추방해 버린다. 여기서 이미지의 유혹을 따르는 창조 계급-속물의 '선택하는 환승'에 대한 반대의 환승, 즉 필요성의 강제 명령을 따르는 벌거벗은 삶-동물의 '강요된 환승'이 부각된다. 산업혁명을 폭력적으로 잉태했던 원초적 축적의 반복, 그러나 더 비참한 반복, 정규직 저임금 노동이라는 최소한의 거처도 없는 떠돎으로서의 환승 말이다. 결국 속물의 환승이 늘어날수록 동물의 환승도 늘어난다. 이것은 빈익빈 부익부라는 경제학적 산술로는 포착될 수 없는 현상이다. 속물이 늘어날수록 동물이 늘어난다는 것은 매우 질적인 차원의 문제이다. 이것은 속물적 삶의 형태가 부정적인 방식으로 동물적 삶의 형태를 양산한다는 뜻이며, 동시에 늘어나는 속물과 동물의 삶 사이에서 인간적 삶의 자리가 사라지고 있다는 뜻이다. 그렇다면 이제 아주 중요한 질문이 남는다. 속물의 환승도 동물의 환승도 아닌 환승은 없는가? 어떤 이미지에도 유혹되지 않고 어떤 필요성에도 종속되지 않는, 어쩌면 우리가 가까스로 '인간적'이라 부를 수 있는 그런 종류의 환승은 불가능한가?

여기서 균열하고 진동하는, 예의 그 환승이라는 말 속으로 또 다른 기억 하나가 끼어든다. 그 기억은 「허수아비」라는 영화에 관한 것이다. 줄거리는 이렇다. 길에서 우연히 만난 사기꾼

전과자인 맥스와 전직 선원인 라이언은 떠돌이 삶을 접고 의기 투합하여 피츠버그에서 세차장을 열기로 한다. 그러나 라이언 은 갑자기 의식불명이 되어 병원에 입원하고 맥스만이 피츠버 그로 떠난다. 맥스는 버스 터미널에서 피츠버그로 가는 왕복표 를 사려 하지만 돈이 모자란다. 그는 문득 신발 뒤축에 돈을 숨 겨 놓았다는 사실을 떠올리고는 신발을 벗어 뒤축을 휴대용나 이프로 벌린 후 돈을 꺼낸 다음 겨우 표 값을 지불한다. 영화는 맥스가 신발의 어긋난 모양새를 바로잡기 위해 매표소 계산대 위에 뒤축을 두들겨 대는 장면에서 갑작스러운 암전으로 끝을 맺는다.

이 이야기는 얼핏 보면 벌거벗은 삶의 강요된 환승에 대한 것처럼 보인다. 그러나 실은 그렇지만도 않다. 맥스는 왜 군이 돌아오려 했을까? 이것은 무엇을 위한 환승인가? 조금 더 값이 싼 편도 티켓을 샀더라면, 냄새나는 신발을 벗어 구겨진 비상금 을 꺼내고 뒤축을 두들겨 대는 궁색한 짓을 할 필요가 없었을 텐데 말이다. 이유는 단 하나다. 그것은 병원에 의식불명으로 누 워 있던 라이언에게 했던 그의 약속, "너를 돌봐 줄게."라는 약 속을 지키기 위해서이다. 이 약속은 그 어떤 이미지나 필요성과 도 무관하다. 이 약속은 그 어떤 유혹이나 강제도 따르지 않는 다. 그가 돌아온다면 친구를 위해 무엇을 해 줄 수 있단 말인가? 그는 정말 돌아올 수 있기나 한가? 이 덧없고 실현 불가능한 '텅 빈 우정'을 지키기 위해 맥스가 라이언에게 돌아오면서 감행하 는 환승은 윤리적인 동시에 정치적이다. 오로지 약속 자체에 충

환승, 인간적인, 가까스로 인간적인

실하기 위해, 병들어 죽어 가는 친구와 연대하기 위해 감행하는 이 환승에 대해서 속물들은 무관심할 것이며 동물들은 버거워할 것이다.

우리가 만약 우정과 약속이라는 관점을 고집한다면, 단지 개인의 근사한 라이프스타일을 위한, 이직과 커리어 전환을 지칭했던 환승이라는 말은 새로운 현실성을 띠게 될 것이다. 이때의 현실성이란 세련되고 현대적인 이미지보다는 오히려 궁색한 몸짓의 반복으로 이루어질 것이다. 바로 맥스가 영화 마지막에 보여 준 그 몸짓, 돈을 꺼낸 후 어긋난 뒤축을 바로잡기 위해 테이블 위에 신발을 두들기던 그 몸짓, 버스를 갈아탈 때마다 반복될 그 몸짓. 그리고 이 궁색한 몸짓의 반복으로부터 생성되는 현실성은, 균열하고 진동하는 말 속에 새로운 체험과 기억을 기입할 것이다. 그리하여, 직장을 옮기든, 혹은 커리어를 바꾸든, 뭘하든, 혹은 뭘 안 하든 간에, 우리는 이제 덧없고 불가능한 우정의 약속이라는 기준에서, 다시금, 가까스로, '인간적'이라 불릴 수 있는 질문들을 던져 볼 수 있을 것이다. 그 질문들은 이를테면 이런 것이다. 우리는 과연 무엇을 위해 떠났는가? 그리고 우리는 과연 누구를 위해 돌아올 것인가?

1987년 이후
스노비즘의 계보학

진정성에 대하여

1987년 이후 지난 20여 년 동안 한국 사회에서 발생한 문화 변동의 지배적 경향을 '탈진정성 체제'의 부상이라 명명해 보자. 그것이 체제인 한, 시기적 구분에서 연대기적 절단은 큰 의미가 없다. 중요한 것은 삶의 일반적인 감각, 문화적 실천의 주된 패턴들의 변화, 새로운 감수성의 부상과 낡은 감수성의 퇴조, 징후들의 발생, 그에 대한 해석들의 발생, 주체 형성 과정의 새로운 경향 등의 무수한 차원들을 포괄하는 문화적 지층에 새겨진 일종의 단절의 감각이다. 이 단절을 성찰하기 위해서 탈진정성에 선행했던 문화적 체제의 요체인 '진정성 에토스'를 먼저 살펴보자.

진정성이란 인간이 자신의 내면으로부터 삶의 준거를 찾고

자 하는, 근대적 삶의 태도이다. 진정성의 에토스 속에서 주체
는 자신의 정체성과 자기 삶의 궁극적 의미를 외재적 도덕률과
권위, 기계적 척도로부터 구하지 않는다.* 그는 외부의 지침을
의심하면서 내면의 목소리에 귀 기울인다. 그러나 자기실현의
여정에 합목적성을 부여하는 유일한 나침반인, "내면의 목소리
에 귀 기울이라."라는 이 정언명제는 사실 부조리하고 불가해
한 면을 갖고 있다. 내면의 목소리란 누구의 목소리인가? 그것
이 진실인지 또 다른 환각인지를 보장해 줄 수 있는 자가 존재
하는가? 그 목소리를 어디까지 의심하고 어디부터 따라야 하는
가? 이 불분명한 목소리로부터 불현듯 드러나는 '기미(幾微)로
서의 참자아'를 좇는 여정이 자기실현의 과정일 터,** 그런 의미
에서 진정한 자아에 대한 모색은 '나는 스스로 존재하는 자(I am
who I am)'라는 식의 손쉬운 유아론적 주관주의와 혼동될 수 없
다. 여기에는 또 다른 이유가 있다. 무엇보다 정체성이란 상징
형식, 즉 문화를 통해 표현되는데, 이때 상징과 문화는 반드시
공동체를 전제로 한다.(대표적으로 언어가 그렇다.) 따라서 자기실

---

* 진정성의 정의에 대해서는 다음을 참조하라. 찰스 테일러, 송영배 옮김, 『불안
한 현대사회』(이학사, 2001); Charles Taylor, "The Politics of Recognition", Charles
Taylor et al., *Multiculturalism*(Princeton University press, 1994).
** 진정성 기획에서는 흔히 예술가와 작가가 이 '기미로서의 참자아'를 형상화하는
주요 역할을 맡는다. 신형철은 시인 김경주의 「기미」에 대해 평하면서 "영혼의 '기
미'를 포착하고 그것을 바람 혹은 음악의 형식으로 사로잡는" 시인의 능력에 대해
찬사를 보낸다.(신형철, 「감각이여, 다시 한 번」, 《문예중앙》 117호(2007년 봄호),
68쪽.)

현을 추구하는 진정성의 태도는 독백적이라기보다 대화적이며 타자와의 호혜적 인정 관계에 기초한 역사적이고 사회적인 지평을 내포할 수밖에 없다. 주체는 이러한 지평으로부터 주어진 가치들을 선택하고 재정의하며 의미 있는 삶을 추구하게 되는 것이다.*

진정성 에토스는 이처럼 내면성-문화-공동체의 세 가지 상보적이고 갈등적인 요소의 개념적 성좌로 정의할 수 있다. 내면은 문화를 매개로 공동체를 품고 있으며, 공동체는 다시 문화를 매개로 내면성 속에서 구현된다. 중요한 것은 이 매개의 고리를 구성하는 문화의 역할과 내용이다. 진정성 에토스를 구현할 수 있게 하는 문화는 어떤 문화인가? 이와 연관하여, 헤겔의 논의는 매우 시사적이다.** 헤겔에게 '정신의 자기실현 과정'은 주체가 자신의 외부에 존재하는 두 가지 근본적인 힘, 즉 국가와 부(富)와 맺는 관계로부터 시작된다. 자기실현의 최초 단계는 개인이 이 힘들과 조화를 유지하며 스스로를 이와 동일시하는 단계이다. 헤겔은 이를 존경과 감사의 의식인 '고귀한 의식'이라 부른다.*** 그런데 이 조화가 파괴되는 순간이 도래한다. 그것은 정신이 자신의 본성인 자유를 추구하면서 외적이고 사회적인 압

---

* 진정성과 사회 역사적 지평의 관계에 대해서는 찰스 테일러의 『불안한 현대사회』 4장을 참조하라.
** 라이어넬 트릴링은 이를 저서 『진실성과 진정성』에서 언급하고 있다. Lionel Trilling, *Sincerity and Authenticity*(Harvard University Press, 1972), p. 34.
*** G. W. F. 헤겔, 임석진 옮김, 『정신현상학 2』(한길사, 2005), 67쪽.

1987년 이후 스노비즘의 계보학

력과 대립하는 순간이다. 이때 형성되는 의식을 헤겔은 '고귀한 의식'과 대립하는 '비천한 의식'이라 부른다. 비천한 의식은 "지배 권력을 자기의 독자성에 족쇄를 채우고 억압하는 것으로 보고 지배자를 증오하는 가운데 음흉한 속셈을 안고 복종하는 척하면서 언제라도 반란에 뛰어들 태세를 갖고 있"는 의식이며, "마음껏 여유 있는 삶을 누리도록 베풀어 주는 부에 대해서도 자기의 본뜻과는 어울리지 않는 부정한 면만을 눈여겨보려고" 하는 의식이다.*

고귀한 의식으로부터 비천한 의식으로의 이행은 타락이 아닌 진보이다. 그것은 정신이 자신의 족쇄로부터 해방되는 과정이기 때문이다. 그렇다면 이 비천한 의식이 어떻게 스스로의 고귀함을 변증법적으로 되찾을 수 있는가? 헤겔에 의하면 그것은 교양(Bildung)을 통해서 가능하다. 교양은 자연 상태의 존재 양식을 소외(극복)시키면서 참다운 본성과 실체를 찾도록 도와주는 문화, 달리 표현하면 주체가 현실 혹은 현상태와 불화하는 것을 허용하는 동시에 '지금 여기'를 넘어서는 이상적 공동체로의 지향성을 품고 있는 문화의 다른 표현이다.** 현실과 적대하는 비천한 의식은 문화를 통해서 스스로를 지양하고 본래의 자아를 실현하며, 이와 동시에 미래의 현실, 즉 공동체에서 자신의 참된 자리를 찾을 수 있게 된다. 이런 관점에서 보면 내면성-문

---

* G. W. F. 헤겔, 위의 책, 80~81쪽; Trilling, Ibid., p. 36.
** G. W. F. 헤겔, 위의 책, 69쪽.

화-공동체는 정태적 삼각형이 아니라 변증법적 나선형 고리를 타고 전개되는 동태적 삼각형이라고 할 수 있다.

자아의 변증법적 운동을 요청하는 진정성 체제는 '진정한 (authentic)' 문화의 시대를 의미하는 것이 아니다. 진정성 체제란 진정성이 실현된 상태가 아니라 진정성 원리를 추구하는 실천적 기획과 규범적 장치들로 조직된 미학적, 정치적, 윤리적 시스템이다. 이 점에서 진정성 체제의 자아는 영원히 '비천한 의식'에 머물 수밖에 없다. '고귀한 의식'이 현실화되면 그 순간 그것은 다시 부정되어 미래에 실현되어야 하는 잠재적 가능태로 밀려나기 때문이다. 따라서 진정성 체제의 가장 중요한 몸짓은 결단의 그것이 아니라 망설임의 그것이며 진정한 행위의 주요한 공간은 현장이 아니라 현장에 이르는 거리이다. 진정성의 주체는 초월을 향한 가능성들이 초월 그 자체보다 더 중요하다는 사실을 문화 속에서 습득한다. 존재론적 불안과 인식론적 불투명성에 고귀한 의식과 공동체와의 합일을 향한 벡터(vector)를 부여하는 것이 바로 문화이기 때문이다. 우리 사회에서 이처럼 '세계와 불화하는 비천한 의식'을 '미래의 공동체를 소망하는 고귀한 의식'으로 견인했던 문화의 생산, 즉 내면성-문화-공동체의 진정성 삼각형으로 이어진 변증법적 나선형 운동을 추동했던 문화적 기획의 주목할 만한 시도로서 거론해야 하는 것은 무엇보다도 민족주의적 이데올로기에 의해 추동되었던 진정성 프로젝트이다.

민족과 스노브

테일러가 진정성 개념의 발전에 기여한 인물로 평가하는 헤
르더에 의하면, 한 사회는 다른 사회와 구별되는 고유한 문화 공
동체이며, 공동체의 정체성은 다른 공동체와 구별되는 고유한
습속과 전통에 의해 형성된다. 이런 관점에서 보자면, 민족주의
는 진정성 기획의 중심인 자율적 주체를 '개인'에서 '민족 공동
체'로 확장시키는 이념적 장치이며, '민족문화'란 외부의 세력
들로부터 민족 공동체의 자율성을 입증하고 천명하는 상징 형
태로 이해할 수 있다. 한국 사회의 경우, 이런 집합적 진정성의
민족적 프로그램은 1960년대 이후부터 1980년대까지 권위주
의 정권의 통치성에 정당성과 효율성을 부여하는 핵심 서사로
기능한다. 독일에 민족 경제의 전위로서 4만 명의 광부와 간호
사를 파견하고 이들의 3년분 급여를 담보로 1억 5000만 마르크
(4000만 달러)의 상업차관을 약속받은 1964년을 회고하는 다음
과 같은 장면을 보자.

　　탄가루와 때에 찌든 작업복을 입고 우리를 맞는 광부들을 보
자 가슴이 턱 막혔어요. 박 대통령은 이들을 부둥켜안고 통곡을
했지. 그는 "이게 무슨 꼴입니까. 내 가슴에서 피눈물이 나요. 우린
이렇게 못살지만 후손에겐 잘사는 나라를 물려줍시다. 열심히 합
시다. 나도 열심히 할게요."라고 연설을 했어요. 그러곤 애국가를
불렀고, 마지막엔 모두 눈물을 흘렸죠. 서독 대통령도 울었고, 박

대통령 곁에 있던 육영수 여사도 울었어. 광부들은 대통령이 탄 리무진 창문을 붙들고 "아이구, 아이구." 하면서 통곡을 해 댔지.*

이 장면의 원초적인 '감격성'은 민족이라는 '상상적 공동체'에 대한 '진정한' 감정이입이 선행되지 않는다면 이해할 수 없는 것이다. 모두가 울고 있는 이 장면에는 민족적 숭고의 일말이 녹아 있다. 그러나 여기서 우리는 진정성 윤리의 왜곡과 전도를 발견한다. 원래 진정성의 기획은 무엇보다도 '자아의 기획'이다. 공동체는 성찰적 주체가 선택하고 개입하고 풀어내야 하는 하나의 수수께끼로서 의의를 갖는다. 그러나 민족주의적 문화의 프로젝트에서는 이 같은 자아의 '기투(engagement)'는 불가능하다. 왜냐하면 공동체는 자아의 외부에 실체로서, 물신으로서 선험적으로 '현존'하고 있기 때문이다. 이런 점에서 유신 정권과 이를 계승한 1980년대 전두환 정권의 민족주의적 진정성 프로젝트는, 비록 그것이 민족의 웅비나 민족문화의 창달에 대한 진정한 지향을 연기(演技)하고 있었음에도 불구하고, 하나의 기만에 불과했다. 더구나 이들의 기획은 진정성의 또 다른 주요한 원리를 위반하고 있었다. 즉 거기에는 민족 구성원 내부의 '평등한 존엄'이라는 윤리적 원칙이 결여되어 있었다. 경제적 부와 사회적 위신의 불균등한 분배는 평등한 존엄의 원칙을 허상으

---

* 「백영훈 한국산업개발연구원장에게 듣는 개발연대 비화」, 《신동아》 통권 561호 (2006년 6월 1일), 346~359쪽.

1987년 이후 스노비즘의 계보학

로 만든다. 테일러의 날카로운 지적에 의하면, 평등한 존엄과 일반의지가 일치해야 한다는 루소적 원칙이 결여된 사회조직에서는 필연적으로 경쟁 심리가 발생한다. "(평등한 존엄의 이념에 기초한) 일반의지를 추구하는 사회에서 사회는 하나이며 이 안에서 시민들은 누구나 존중의 대상이며 평등하게 취급된다." 이러한 사회에서 개인의 성취에 대한 외적 인정은 다른 개인의 존엄과 충돌하지 않는다. "그러나 위계적인 명예의 시스템 속에서 우리는 상호 경쟁한다. 한 사람의 영예는 다른 사람에게 수치심을 불러일으키는 것이다."*

이 위계적 명예의 시스템에서 탄생하는 주체의 형식이 바로 스노브다.** 스노브의 에토스, 즉 스노비즘(snobbism)은 진정성의 참된 안티테제이다. 타자를 짓밟으면서 영예롭고자 하는 자, 인정받기를 갈구하지만 자신은 결코 타자를 인정하지 않는 스노브는 진정성의 구조를 '형식적으로' 공유한다. 바꿔 말하면 스노브에게도 내면성-문화-공동체의 삼각형이 존재하며, 스노브 역시 세계와 불화한다. 그는 세계 속의 자신의 위치에 대해 강한 불만을 품고 있으며, 자신이 진정으로 속할 곳은 다른 자리, 다른 공동체라고 믿는다. 스노브는 개성을 가꾼다는 명분하

---

* Taylor, op. cit., p. 48.
** 이 글에서는 '속물' 대신 '스노브'라는 용어를 사용한다. 그 이유는 '속물'이 부정적 함의에 노출되어 있기 때문이다. '속물'이라는 단어에는 언제나 나쁜 취향, 천박성, 즉물성, 음란함, 비겁함, 비굴함 등의 암시가 뒤따른다. 속물을 하나의 주체 양식으로 파악하는 우리는 '스노브'가 '속물'보다 더 중립적 어감을 준다고 본다. 이런 의도에서 '스노브'의 세계관 혹은 삶의 방식을 '스노비즘'으로 표기하기로 한다.

에 자신의 내면성에 집착한다. 강박적으로 문화적 기호들을 축적하고, 이 과정에 지나치게 엄숙한 의미를 부여한다. 스노브는 교양인보다 더 교양인처럼 보인다. 그러나 그의 교양은 그를 성숙시키는 대신 과시적 자원으로 활용될 뿐이다. 스노비즘을 구성하는 삼각형은 서로가 서로에게 닫혀 있다. 내면에 공동체의 목소리는 존재하지 않으며, 공동체는 오직 무자비한 인정 투쟁의 공간일 뿐, 주체의 윤리적 지평과 융합되어 있지 못하다. 스노브의 세계는 참된 자아를 모색하는 여행과 대화의 공간이 아니라, 계산과 전술로 타자를 하나씩 쓰러뜨려 점령해야 하는 일종의 작전 공간이다. 더 나아가 진정성의 기획이 결코 현실화될 수 없는 이상에의 간절한 동경을 내포한다면, 스노브의 기획은 그와 반대로, 모든 것이 가능하다는 천박한 낙관주의에 기초한다. 그에게 불가능은 없다. 다만 비교와 질시와 질투의 고된 노동이 있을 뿐이다. 진정성 기획에서 비천한 의식이 지속되는 것은 다가가면 갈수록 멀어지는 이상 탓이다. 반면 스노브는 제자리에서 맴도는 지위 상승의 헛바퀴질 속에서 영원히 비천한 의식에 머문다. 일반의지가 소수 권력 집단과 엘리트의 수사로 전락하고, 명예가 과시적 상징 자본과 동일시되며, 그리고 무엇보다 이를 둘러싼 경쟁과 모방이 격화될 때, 지위 상승 욕구와 스노비즘의 엔트로피는 증가한다. 그리하여 이 시기의 주인공인 군인들, 재벌들, 정치인들, 민족의 엑소더스를 진두지휘하던 자들은 사실 스노비즘의 창안자들이요, 그들 스스로 스노브에 다름 아니었다.

1987년 이후 스노비즘의 계보학

1970년대와 1980년대 학생운동과 민중운동은 유신 정권과 이를 계승한 전두환 정권의 민족주의 이데올로기가 실은 진정성을 위장한 스노비즘임을 폭로하고 위기에 처한 진정성 삼각형에 새로운 벡터를 부여하려 했다. 1980년대 대학가를 휩쓸었던 학림-무림 논쟁, CNP 논쟁 등의 사회구성체 논쟁은 헤르더식의 낭만적 민족주의론을 폐기하고 마르크스주의의 과학적 사회주의 이론을 적극적으로 수용하였다. 문화 운동 진영에서도 소집단 문화 운동론, 민중적 민족 문학론, 노동 해방 문학론, 리얼리즘 논쟁 등 비슷한 취지의 논쟁이 이어졌다. 이 논쟁을 관통한 것은 당연하게도 해방과 평등이라는 이상이었다. 이 과정에서 민중, 계급이라는 대안적 공동체 담론이 제시되었고 기존의 민족 개념은 수정, 보완되기도 했다. 내면성-문화-공동체의 삼각형을 구성하는 요소들 중에서 특히 어떤 요소에 강조점을 둘 것인가, 각 요소들의 내용을 무엇으로 채울 것인가라는 문제에 대한 진지한 탐구는 1980년대 내내 지속되었다. 요약하자면, 1980년대 운동 진영의 논쟁들은 민중이라는 대자적 주체성의 형성(내면성), 혁명적 과학과 문화의 역할(문화), 해방된 민족 공동체와 평등 사회의 성격(공동체) 규정을 통해 세계의 비참을 극복하고 이상적 사회로 나아가는 진정성 기획의 전략과 전술들을 제시하였다.

이들이 생산하고 유통시켰던 혁명적 문화란, 그것이 과학이든, 문학이든, 예술이든, 교양이든 '세계와 불화하는 비천한 의식'을 '미래의 공동체를 소망하는 고귀한 의식'으로 견인하고자 했던 바로 그 진정성 삼각형 안의 문화였다. 1980년대 이 문화의 생산 거점은 바로 대학이었다. 현실의 야만성은 대학생들에게 헤겔이 말하는 '비천한 의식'을 불러일으켰으며, 그것은 운동으로의 투신, 위악, 자기도취적 주관주의, 소시민적 삶으로의 자발적 투항 등 다양한 양태로 표출되었다. 그러나 대학 사회 그 어디에도 스노비즘의 천박성은 발붙일 수 없었다. 부르주아적 취향, 성공담, 소영웅주의, 과시 소비 등은 터부시되었다. 그러나 진정성이 있는 곳에는 스노비즘이 있다는 사실을 환기한다면, 이 시기 스노비즘은 진정성의 문화가 발휘하는 압도적 헤게모니 속에서 소멸한 것이 아니라 단지 억압되었으리라는 사실을 추측할 수 있다. 억압된 것은 반드시 회귀한다. 그리고 이 억압된 것과의 대화가 부재한 도덕적 엄격성의 문화는 억압된 것의 회귀 앞에서 너무나 허무하게 붕괴한다. 진정성의 문화는 지나치게 경직되어 탄력을 상실할 때, '스노비즘 없는 스노비즘'의 거대한 자기 기만에 노출될 수 있다. 그런 의미에서 1990년대 이후 한국 문화의 주인공으로 스노브가 등장하게 되는 것은 우연이 아니다.

문화적 스노비즘의 부상

    탈진정성 체제의 부상을 야기한 가장 중요한 사건은 현실 사회주의의 몰락이었다. 그 이후 1990년대 대학생들의 정전(正

典)이 변화한다. 그들은 『자본론』과 『제국주의론』 대신에 프랑스의 후기 구조주의와 정신분석학, 미국의 포스트모더니즘, 영국의 문화 연구 서적들을 탐독하기 시작했으며, 과거와는 다른 새로운 내면성-새로운 문화-새로운 공동체로 이루어진 진정성 기획을 구상했다. 또한 개발 독재 시대의 수혜자인 중산층 자녀들로 구성된 이들 1990년대 학번들은 공동체에 대한 열정보다는 '자아의 리노베이팅'에 집중하면서 청춘기를 보냈다.* 이러한 성향은 이전 시기의 유아론적 주관주의와 표면적으로 유사했지만 이들의 주체성은 근본적으로 다른 문화에 뿌리를 두고 있었다. 무엇보다 이들은 자신의 부모 세대보다 훨씬 더 풍요로운 성장기를 보냈다. 이들은 또한 평등주의를 하나의 이념으로서가 아니라 삶의 태도로서 체화한 세대였다. 그들은 '개길 줄 알았고 그것에 대해 자긍하는' 세대였으며, 마음속에 꿍쳐 놓은 원한이나 죄의식 같은 감정 상태를 '쿨'하지 않은 것으로 여겼다. 다소 매정하게 들리겠지만 이들에게 세계와의 불화는 실존적 경험이 아니라 책과 영화와 음악을 통하여 학습해야 하는 일종의 자기 서사의 한 요소에 불과했던 것이다.

코제브를 빌리면, 이들은 포스트 히스토리의 인간들이다.** 그가 말하는 '역사 이후'란, 헤겔적인 개념으로, 세계와 주체와의 대립이 소멸한 상태, 유혈적 전쟁과 혁명의 종언, 그리고 세

---

* 송호근, 『한국, 어떤 미래를 선택할 것인가』(21세기북스, 2005), 197쪽.
** Alexandre Kojève, *Introduction à la lecture de Hegel*(Gallimard, 1947[1968]).

계와 자기의 이해로서 사변적 철학이 사라진 상태를 가리킨다.*
그는 포스트 히스토리의 새로운 인간형을 동물과 스노브로 나
눈다. 동물은 1950년대 미국의 전후 사회에서 발견되는 자기 만
족적 주체이다. 반면에 스노브는 일본적 주체의 형식으로서, 철
저하게 형식화된 가치에 입각하여 세계와 '가상의 불화'를 유
지하는 존재이다. 스노브는 실제의 삶 속에 부정성의 계기가 없
음에도 불구하고 삶과 세계를 부정하고 형식적인 대립을 만들
어 그것을 애호한다.** 코제브가 드는 예는 할복자이다. 이미 사
라진 봉건적 사무라이 정신에 사로잡혀 20세기 자본주의 사회
에서 무사의 정신을 우러르며 할복 자살을 하는 자는 스노브다.
또한 이미 역사적으로 지양된 성리학적 세계관을 다시 의례화
하여 그것에 충실함을 군자연하는 자 역시 스노브다. 스노브는
소멸한 고통, 극복된 대립을 다시 형식화하여 그 형식을 추종하
는 과정에서 즐거움을 얻는다. 이런 관점에서 보자면, 왜 거대
서사(master narrative)의 조락 이후에 특히 스노비즘이 창궐하게
되는가라는 질문에 대한 해답을 얻을 수 있다. 스노비즘은 거대
서사의 체계, 즉 대타자의 소멸이 남긴 의미의 폐허를 재구성
함으로써 아직 매장하지 못한 그 대타자를 문화적 작위(作爲)를
통해 추모하는 일종의 상징적 애도의 한 형식이다. 이 점에서
탈진정성 체제의 스노브는 진정성 체제의 정치적 스노브와 본

---

* 김홍중, 「삶의 동물/속물화와 존재의 참을 수 없는 가벼움」, 《사회비평》 36호
(2007년 여름), 82쪽.
** 아즈마 히로키, 이은미 옮김, 『동물화하는 포스트모던』(문학동네, 2007), 119쪽.

1987년 이후 스노비즘의 계보학

질적으로 다르다. 진정성 체제의 스노브는 살아 있는 실제적 권력과 힘의 원천에 귀속되거나 그것들을 표상하는 상징의 점유를 통해 '확실한' 인정을 받고자 했다. 반면 탈진정성 체제의 스노브는, 그런 실제적 힘으로부터 절연된 가상의 형식화된 문화의 파편들을 수집하고, 배열하고, 파괴하고, 재배치하는 유희적 활동을 통해, 사라진 대타자로부터 '허무한' 인정을 받고자 노력한다.

이념의 시대, 운동의 시대, 민주화의 시대가 끝난 후 우리에게 열린 것은 이러한 문화적 스노비즘의 시대였다. 그리고 이 시기에 부상한 것이 바로 '취향'이라는 감각적 실체였다. 역사의 썰물이 빠져나간 거대한 무의미의 공간 속에서 포스트 386세대는 취향의 형성과 조련을 통하여 자신의 내면을 구성하려 하였다. 이 세대에게 '자기답게 산다'는 것은 취향을 가진다는 것이었고 취향은 또한 영예로운 것으로 여겨졌다. 이때 그들이 고민하는 취향이란, 사회가 요구하는 표준적 인간상과 자신의 개성 사이에 얼마나 큰 괴리가 존재하는지를 과시하고 호소하는 도구였다. 이렇게 자기애적으로 확장되고 부유해진 자아의 존재론적 빈곤을 채울 수 있는 가능성을 열어 준 것이 바로 문화적 스노비즘과 이를 물질적으로 지원했던 소비문화 산업이었던 것이다. 문화적 스노브는 덧없음의 가치마저 자신의 것으로 만들어 버린다. 허무를 기호화하여 소비하고, 그 순간의 쾌락을 자신들의 개성으로 전유하기 시작한다. 문화적 스노브는 외양적으로는 진정성의 인간에 거의 근접한다. 1990년대 홍대 앞의 하위

문화*가 허무주의와 쾌락주의가 뒤섞인 유사 진정성 형태의 문화적 스노비즘으로 부상했다면 상처나 우울함이란 정서를 모르는 압구정동의 귀엽고도 명랑한 과시 소비족들이 등장한 것도 이 시기였다. 이들은 사목 권력(pastoral power)화된 소비문화 산업의 '케어(care)' 속에서 스스로를 어린아이로 변모시켰다. 요컨대 문화적 스노비즘의 주체성은 조로했거나 미숙했다. 지나치게 허무하거나 지나치게 명랑함으로써 그들의 존재는 세계와 어긋나 있었다. 그런 점에서 이 세대가 '자기답게 사는 것'을 궁극의 명예로 여겼다는 것은 참으로 아이러니하다.

기호의 소비를 통해 세계와의 불화를 가상적으로 체험하는 문화적 스노비즘은 1990년대 이후 전개된 학생운동, 여성운동, 성적 소수자 운동에도 그 그림자를 드리웠다. 이 운동들은 주변화되었던 정체성의 존엄과 그에 대한 인정을 요구함으로써 사회적 소통과 연대의 확장이라는 진정성 기획의 지향을 계승했다. 그러나 이들은 1980년대 운동과 달리 정당성을 쉽게 확보할 수 없었다. 무엇보다 이들은 자신에게 부과되는 스노비즘의 혐의와 싸워야 했다. 이들은 '차이'라는 기표를 특권화하여 사회와의 불화를 조장한다는 분리주의 혐의를 받았던 것이다. 이 문제

---

* 헵디지에 따르면, 영국의 하위문화는 세대적인 인정 투쟁과 계급투쟁, 정체성-정치가 중첩되면서 발현된 문화적 에너지였다.(딕 헵디지, 이동연 옮김, 『하위문화 — 스타일의 의미』(현실문화연구, 1998).) 반면 한국의 홍대 앞 하위문화는 주로 세대 내 상이한 취향들 간의 경쟁 구도 속에 위치하고 있었다고 보는 것이 적절할 것 같다.

1987년 이후 스노비즘의 계보학

는 정체성-정치 자체의 딜레마에서도 유래한다. 만약 정체성 서사가 누구나 권리 주장을 할 수 있는 공공재가 되어 버리면 정체성 운동은 설 자리를 잃게 된다. 예컨대 운동 조직에 의존하지 않고도 누구나 소수자의 정체성과 존엄을 천명할 수 있다면 소수자 운동은 점점 그 위력을 잃어 갈 것이다.* 따라서 정체성-정치를 수행하는 운동 조직은 정체성 서사를 어느 정도는 '형식화된 가치로 사유(私有)'할 필요가 있다. 그리고 이는 이들이 정체성을 하나의 기호로서 소비한다는 스노비즘의 혐의를 다시금 강화한다. 이것을 정체성-정치가 진정성을 결여했다는 말로 오해해선 안 된다. 오히려 '형식화되고 물화되는 문화'-'모호해지고 파편화되는 공동체'로 특징지어지는 탈진정성 체제에서 정체성 서사에 입각한 진정성 기획은 현실적으로 설득력을 잃고 있는 것이다.

문화적 스노비즘과 정체성-정치는 분명히 다른 종류의 기획이다. 전자는 문화를 소비하고 후자는 문화를 생산한다. 둘 다 문화를 통해 '자기다움'을 추구하지만, 전자는 배타적 명예를 인정받고자 하고 후자는 평등한 존엄을 인정받고자 한다. 그런데 문제는 공동체와의 관계 맺음이 이들 모두에게 쉽지 않다는 것이다. 전자는 취향의 소비를 통해 명예를 독점함으로써 공동체를 소외시키고, 후자는 평등한 주체로서 존엄을 인정받지 못해

---

* Friedman, D., McAdam, D., Mueller, C. and Morris, A., "Identity incentives and activism: Networks, choices, and the life of a social movement", *Frontiers in Social Movement Theory*(New Haven, CT: Yale University Press, 1992), pp. 156~173.

공동체로부터 소외당한다. 그러나 아니, 그렇기 때문에 이들은 숙명적으로 자신의 존재를 특별한 존재로서 부각시킬 수밖에 없다. 과장해 이야기하면 이들의 코기토는 "나는 표시를 낸다. 고로 존재한다.(I mark therefore I am.)"라는 진술을 따라 구성된다.

토털 키치와 스노브의 진화

IMF 외환 위기 이후 신자유주의의 헤게모니 하에서 문화는 성공적으로 경제 논리에 포섭된 듯이 보인다. 문화가 경제에 포섭되었다는 말은 이제 문화적 활동의 '가치'가 자율성을 상실하고 경제적 생산성과 효율성에 종속되었다는 사실을 의미한다. 이런 현상은 그러나 세기말에서 세기초를 향해 나아가던 산업화 시기에 미국 유한계급의 과시 소비를 풍자했던 베블런에 의해서 이미 지적된 바 있다.

인문학의 대변자들이 새로운 학문(실용 과학)에 대해서 내리는 경멸적인 판단이 아무리 타당하다 하더라도, 고전적인 학문이 훨씬 더 가치 있고 더욱 진실한 인간의 문화와 성격을 함양시킬 수 있다는 주장이 아무리 본질적인 가치를 지닐 수 있다 하더라도, 그런 타당성이나 주장은 당면 문제와는 무관한 것이다. 당면 문제는 이러한 학문 분야들이, 그리고 교육 체계 내에서 이 학문 분야들이 취하는 관점이, 현대의 산업 환경에서 효과적으로 집단

생활을 하는 데 도움이 되느냐 방해가 되느냐 (중략) 하는 것이다. 따라서 문제는 예술적인 것이 아니라 경제적인 것이다.*

베블런은 매우 완고하고 경직된 방식으로 경제적 논리를 문화의 세계에 적용하고 있다. 철저한 산업주의자인 그는 예술과 교양을 비생산적 과시 소비에 포함시키고, 이를 유한계급의 '아니무스', 즉 자신이 아무런 노동을 하지 않아도 되는 특권을 지녔음을 증명하는 오만한 명예의 표식이라 주장한다. 문화에 대한 이 도발적인 공격을 후일 아도르노는 "키치를 문화에 근거해 설명하지 않고 문화를 키치에 근거해 설명한다."라고 비판하게 된다.** 아도르노가 언급하는 키치란 전형적으로 경제에 타협한 문화, 즉 사물의 기능적 가치를 그 미적 가치 위에 덧붙인 예술의 스노비즘이다.*** 그런데 문제는 키치가 표방하는 아름다움의 허구적 성격이다. 아도르노는 자신의 『미학 이론』에서 다음과 같이 쓰고 있다. "예술 자체의 개념으로 볼 때 예술에 대립적인 타자는 예술이 존재하기 위해 필수적인 요인이다. (중략) 예술사에서는 추(醜)의 변증법 속에 미의 카테고리까지도 끌려 들어가게 된다. 이런 점에서 본다면 키치는 바로 미의 이름으로 터부시되는 추로서의 미이다. 즉 그것은 지난날 미였으나 그 대립자의

---

* 소스타인 베블런, 김성균 옮김, 『유한계급론』(우물이있는집, 2005), 387쪽.
** 테오도어 W. 아도르노, 홍승용 옮김, 『프리즘』(문학동네, 2004), 83쪽.
*** "키치에서 기능성의 베일을 걸치지 않은 미란 존재하지 않는다."라고 말한다.(아브라함 몰르, 엄광현 옮김, 『키치란 무엇인가?』(시각과언어, 1995), 46쪽.)

결여로 인해 미에 대해 모순을 이루게 된 것을 의미한다."*

추와의 변증법적 대립이 없는, 자신의 부정성을 상실한 역 겨운 아름다움, 이것이 바로 키치이다. 병따개의 기능을 유지한 채 그 위에 기도하는 마리아를 새겨 넣는 것이 전형적인 키치의 수법이다. 키치적 태도의 배후에는 모든 상징 활동의 위계와 구 별을 쓸모없는 것으로 소거해 버리고 그들을 무차별적으로 혼 합하는 산업주의의 논리가 존재한다. 왜냐하면 문화에 대한 산 업주의의 관심은 기껏해야 낭비적인 아니무스를 생산적 에너지 로 용도 변경시키는 데 있을 뿐, 아니마, 즉 내면성의 표현으로 서의 미(美) 따위에는 무관심하기 때문이다. 키치를 문화에 근 거해 파악하는 것이 엘리트주의적 위험성을 내포한다면, 이보 다 더 위험한 것이 문화를 키치에 근거해 설명하는 조악한 경제 주의이다.** 신자유주의는 이러한 경제주의적 관점을 의심할 수 없는 객관적 규칙으로 보이게 한다. 이 상황에서 신자유주의의 미학적 신조는 '토털 키치'로 변모한다.*** 토털 키치란, 만인이

---

* 테오도어 W. 아도르노, 홍승용 옮김, 『미학 이론』(문학과지성사, 1984), 85쪽.
** 매슈 아널드, 윤지관 옮김, 『교양과 무질서』(한길사, 2006).
*** 단토에 의하면 이러한 현상은 코제브의 그것과는 다른 의미에서 또 다른 포스 트 히스토리의 징후이다. "이제 예술에 대한 양식적이거나 철학적인 구속은 사라졌 다. 예술이 취해야 하는 고유한 방식은 없다. 이것이 현재의 모습이다. 나는 이를 거 대 서사의 마지막 순간이라고 본다."(Arthur Danto, *After the End of Art*(Princeton University Press, 1997), p. 47.) 코제브가 주체와 세계와의 불화가 끝난 것을 포스트 히스토리로 봤다면 단토는 주체와 세계의 불화를 고귀함으로 승화시키던 예술의 내 파를 포스트 히스토리의 징후로 파악하고 있는 셈이다.

1987년 이후 스노비즘의 계보학

소비하는 취향의 일람표 속에 문화 전체를 몰아넣음으로써 결국 만인을 스노브로 만드는 사회경제적 상황의 미학적 스펙터클이다. 모두가 스노브일 때 어떤 새로운 구별의 전략이 스노브의 내부에서 형성되는가? 그 과정에서 어떤 유형의 새로운 스노브가 등장하는가? 분명한 것은 소멸한 대타자를 애도하던 '문화적 스노브'는 점차로 쇠퇴하고, IMF 이후의 변모된 사회 현실을 배경으로 아래와 같은 몇 가지 새로운 범주로 스노브가 분화되고 있다는 사실이다.

첫째, 신자유주의적 경제 논리의 절대적 우위 속에서 1990년대의 문화적 스노비즘에 내재해 있던 상징적 사치와 과시 소비의 경향을 생산성과 합리성의 요구에 복종시키는 '합리적 스노브'들이 등장하였다.* 합리적 스노브는 대중화된 소비문화의 산물이다. 문화적 스노비즘의 과잉 욕망은 이제 합리성에 의해 다스려지고 생산적인 것처럼 보이는 채널로 흘러간다. 우리 시대의 문화생활이 이러한 합리적 스노비즘에 얼마나 깊숙이 침윤되었는지를 극명하게 보여 주는 것이 바로 '라이프스타일'이라 불리는 새로운 명예의 표식이다. 스타벅스에서 에스프레소를 마시며 노트북을 두들기는 자들, 컴퓨터 모니터 앞에서 주

---

* 이제 투기는 재테크로, 불로소득은 자본소득으로 불린다. 이를 두고 비합리적 욕망을 합리성의 외피로 정당화하는 것이라고 볼 수도 있다. 그러나 각종 미디어가 신상품, 여행, 전시, 웰빙에 관한 정보에 많은 지면을 할애하는 데서 나타나듯이 소비문화의 대중화는 소비에 대한 체계적이고 효율적인 관리, 즉 '취향의 과학적 관리'에 대한 관심을 증폭시킨다.

식을 사고팔면서 여기서 생기는 수익을 정당한 ROI(Return of Investment)라고 주장하는 자들, 외제 차를 구입하는 것이 장기적으로 봤을 때 절약이라고 믿는 자들, 웰빙과 예술을 동시에 숭배하는 자들, 이들은 인문학적 교양과 속류 지식, 예술과 대중문화를 넘나들며 '자기다운' 라이프스타일의 자양분을 흡수한다. '세련된 키치' 취향의 소유자, 보보스, 창조 계급, 문화 잡식가 등 뭐라 불리든 간에, 이들은 전통적인 미적 질서를 뒤섞고 재배열하며 소위 '생산적 과시 소비'문화의 시대를 이끌어 간다. 이 엘리트 그룹은 어찌 보면 예술적 감수성과 창의성으로 무장한 신자유주의의 전위이다. 이들은 혁신을 부르짖으며 관료제적 경직성과 비효율적 권위주의에 젖어 있는 구시대의 스노브에 대항한다. '혁신'이라는 형식적 가치에 의존함으로써 이들은 이 어둔하고 지루한 세계와 명랑하게 불화할 수 있는 것이다.

둘째, 신자유주의가 강제하는 삶의 스노비즘을 도덕적으로 단죄하는 단순한 태도를 버리고 스노비즘을 공인함으로써 오히려 스노비즘으로부터 벗어나고자 하는 '비판적 스노브'가 형성된다.* 단적으로 말하면, 이들은 현대의 반항적 예술가들, 환멸을 신앙하는 미학주의자들, 유토피아를 믿지 않는 인문주의자들이다. 비판적 스노브는 탈진정성 체제의 핵심을 간파하며 "모두가 스노브"라고 일갈한다. 그에 의하면 진짜 스노브는 스노

---

* 이런 전략의 선구적 사례는 김수영의 '비판적 스노비즘'이다. 다음 글을 참조하라. 김수영, 「이 거룩한 속물들」, 『김수영 전집 2 — 산문』(민음사, 1981).

1987년 이후 스노비즘의 계보학

브가 아닌 척하는 역(逆)-스노브(reverse-snob)인 것이다.* 비판적 스노브는 자신을 스노브라 말함으로써, 자의식과 자기 성찰의 시점을 확보한다. 이 시점은 역-스노브와 같은 도덕적 엄격주의의 의식으로는 결코 획득할 수 없는 파괴력을 갖는다. 이들의 미학적 전략은 그리하여 고급 예술이나 아방가르드가 아닌 '비판적 키치'이다. 이는 키치를 진정하지 못한 예술이라 폄하하지 않는다. 비판적 키치는 키치를 과장되게 활용하거나 의도적으로 나쁜 취향을 내세움으로써 키치 고유의 비성찰성을 성찰성으로 전화시킨다. 이를 통해 비판적 키치는 키치의 천박성과 즉물성뿐 아니라 소위 아방가르드 예술의 고답적인 오만함까지 해체한다. 이것은 전통적인 캠프(camp)의 전략과 가깝다고 볼 수 있다. 수전 손태그는 "캠프는 모든 것을 인용부호 속에서 본다."라고 말한다.** 환언하면, 캠프의 스타일은 "보아라. 당신들의, 아니 우리들의 이 너절한 욕망의 편린들을."이라고 면전에서 외친다. 이 외침의 울림 속에서 일순 타락한 세계와 주체 사이의 반성적 거리가 형성된다. 이 같은 비판성, 성찰성의 잠재력이 스노비즘의 핵심에서 능청스럽게 생성되고 있다는 사실은 놀라운 일이다. 그러나 비판적 스노브 역시 스노비즘으로부터 자유로울 수 없다. 그들은 그 사실을 알고 있다. 이 현대판 보헤미안들은, 주류의 외부에 머무르는 것을 명예로 여기며 현실에

---

* Joseph Epstein, *Snobbery: The American Version*(Boston · New York: Houghton Mifflin Company, 2002), p. 10~12.
** 수전 손태그, 이민아 옮김, 『해석에 반대한다』(이후, 2002), 416쪽.

대한 증오와 언젠간 본때를 보여 주겠다는 일념으로 열에 들뜬 삶을 살아간다. 그러나 과거의 보헤미안이 그러했듯이 이들 역시 내심 사람들에게 인정받고 성공하기를 갈망한다. 이들은 그렇게 누구도 빠져나갈 수 없는 촘촘한 그물망으로 전개되는 토털 키치의 자기장 안에서 진정성과 스노비즘 사이를 왕복하는, 끊임없는 진자 운동을 한다. 이 같은 항상적인 분열증은, 이들 스스로 역설하듯, 이제 모두가 스노브라는 사실에 기인한다.

셋째, 신자유주의가 가져오는 경제적 궁핍화와 삶의 질의 피폐화로부터 '룸펜 스노브'가 형성된다. 신자유주의 경제의 효과는 이중적이다. 그것은 경제적으로는 승자 독식의 무한 경쟁 속에 모든 이를 속박시키는 동시에 포스트포디즘의 유연한 산업 체계를 동반함으로써 문화적으로는 '자기답게 사는' 다양한 탈주의 길을 열어 준다. 이 무한 경쟁 체제에서 패배자인 대다수 다중(multitude)*은 사회적 안전망으로부터 배제될 가능성이 농후하다. 그러나 동시에 이들은 정보사회, 혹은 비물질 노동(immaterial labor)** 사회로부터 제공되는 상징적 재료를 통해 새로운 감각과 감성을 창출하고 소통시킨다. 이들에게 토탈 키치의 상황은 유희를 위한 무한한 상징 자원을 제공한다. 네트워크 경제가 구축한 데이터베이스는 문화적 스펙트럼의 양극에 위치

---

* 다중에 대해서는 다음을 참조하라. 파울로 비르노, 김상운 옮김, 『다중』(갈무리, 2004).

** 비물질 노동에 대해서는 다음을 참조하라. 질 들뢰즈 외, 서창현 외 옮김, 『비물질 노동과 다중』(갈무리, 2005).

하던 엽기 취향과 고급 취향을 뒤섞어 버린다. 다중들은 그렇게 재배열된 상징 형태들을 키치적 방식으로 주무르며 인터페이스 상에서 다양한 놀이를 만들어 간다. 인터넷과 같은 문화적 인터 페이스는 그렇게 도서관, 학교, 놀이터, 공연장, 토론장이 공존 하는 멀티 필드로 부상한다. 이 가상공간 속에서 벌어지는 다중 의 탈주는 예기치 않은 방식으로 예기치 않은 순간에 집합적 열 광으로 승화될 수 있다. 놀랍게도 이미 쇠락한 거대 담론으로 치 부됐던 민족과 공동체의 서사는 다중과 결합하여 다시금 거리 의 축제와 시위 속에서 부활한다. 월드컵 거리 응원, 효순이 미 순이 촛불 시위, 탄핵 반대 촛불 시위, 이라크 전쟁 반대 시위 등 은 다중의 유희적 키치와 정치적 에너지가 행복하게 결합한 사 례들이라고 볼 수 있다. 이때 룸펜 스노브는 탈진정성 체제의 새 로운 집합적 주체인 '스몹(smob)'*으로 전화될 수 있다. 그러나 스몹에 의해 서술되는 새로운 민족 서사는 진정성 체제로부터 싹튼 민족 서사와 구별돼야 한다. 다카하라 모토아키는 이 같은

---

* 스노브(snob)와 군중(mob)을 합쳐 만든 신조어이다. 스몹은 개별적인 스노브들 이 다양한 방식으로 조직되어 개별성으로 환원되지 않는 효과를 발휘하는 집합적 주체에 대한 우리의 명명이다. 스몹은 전통적 혁명 주체인 민중(people)이 아니며, 이데올로기적 조작의 대상으로 이해되는 군중(crowd)이나 대중(mass)과도 다르고, 역능과 자율성을 근원적으로 갖고 있다고 여겨지는 다중 또한 아니다. 스몹은 기본 적으로 성찰성이 결여된 스노브로 구성되어 있다는 점에서 자체 자율성을 결여한다 는 한계가 있지만, 순간적이고 우발적인 그들의 연대는 군중이나 대중과는 달리 정 치적, 미학적, 문화적 파괴력을 지닌다. 이런 점에서 스몹의 가장 큰 특징은 양가성 이라 할 수 있다. 즉, 스몹은 진보적이면서 보수적이고, 민주적이면서 파시즘적이다.

민족주의를 '개별불안형(個別不安形) 내셔널리즘'이라고 명명한다.* 새로운 세대에게 민족주의 운동은 공동체에 대한 이데올로기적이고 도덕적인 고뇌의 산물이 아니다. 그것은 신자유주의가 가져온 고용 불안과 불확실한 미래에 대한 개인적 불안과 불만이 외부를 향한 분노로 투사된 결과이다. 이렇게 본다면 특히 사회의 주변으로 몰려간 최하층의 다중에게 강요되는 스노비즘은 참으로 비정한 것이다. 룸펜 프롤레타리아트화한 문화적 스노브라 할 수 있는 이들은 경제적으로 생존할 수 있느냐 없느냐의 불안과, 인격체로서 존엄을 지킬 수 있느냐 없느냐의 불안을 이중으로 겪는다. 이들은 최저 생계비도 안 되는 급여로 연명하는 비정규직으로 UCC와 인터넷 동호회와 컴퓨터게임과 SNS에 기대어 서푼짜리 명예로 전락한 '자기답게 살기'라는 가치를 근근이 유지한다.

위에 나열한 세 가지 유형의 스노브와 스노비즘은 신자유주의의 토털 키치에서 부상한 새로운 유형의 주체 양식과 에토스이다. 새로운 주체 양식과 에토스로서 스노브와 스노비즘에 대한 탐구는 이제 시작되었다. 그것들이 무엇으로 진화할지는 더 두고 볼 일이다. 혹자는 이런 질문을 던질 수 있다. "예나 지금이나 누구나 어느 정도는 스노브 아니었는가?" 이 질문은 '누가 마음속에 내재한 저열한 욕망으로부터 자유로울 수 있는가?'라

---

* 다카하라 모토아키, 정호석 옮김, 『한중일 인터넷 세대가 서로 미워하는 진짜 이유(不安型ナショナリズムの時代:日韓中のネット世代が憎みあう本当の理由)』(삼인, 2007).

는 번민의 일말을 솔직하게 드러낸다. 만약 심리적 차원에서 문제를 제기한다면 스노브와 스노비즘에 대한 탐구는 새로울 것이 없다. 그러나 탈진정성 체제의 부상은 스노브의 문제를 개인의 심리적 차원으로부터 사회적 주체 양식, 문화, 더 나아가 정치의 차원으로 이동시킨다. 토탈 키치화된 문화는 다변화하고, 투자할 만한 라이프스타일이 되고, 도발적인 예술이 되고, 최후의 자존을 지켜주는 의지처가 된다. 그렇게 문화는 점점 복잡해지고 생생해지고 간절해진다. 홉스 식으로 이야기하면 만인의 만인에 대한 '상징 전쟁'의 시대가 도래한 것이다. 바야흐로 비등점에 다다르기 시작한 이 무한 경쟁의 열역학은 완전한 카오스도 리바이어던(Leviathan)도 아닌 불확정적 벡터를 내포한다. 그 안에는 봉합과 균열의 운동이 공존한다. 그러니, 다시 한 번 말하지만, 더 두고 볼 일이다.

마지막으로 짐짓 실존적 질문을 던져 보자. 모두가 스노브가 되어 버렸고, 그 귀찮기 그지없던 수치심은 사라졌고, 욕망의 경제학은 이제 생활 구석구석을 관장하는 보편 과학으로 자리 잡은 듯하다. 이 같은 탈진정성 체제에서 '불안'의 운명은 무엇인가? 불안이란 본래 보이지 않는 것의 현현(顯現)을 느낄 때, 드러날 수 없는 것이 드러날 기미를 보일 때 발생하는 감정이다. 진정성 체제에서 주체가 비천함에서 고귀함으로 움직일 때의 혼란이 불안이다. 욕망을 억압하고 참자아의 목소리에 귀 기울일 때 두근거리는 심장이 불안이다. 드러나는 진실을 감당할 수 없을 것 같은 두려움이 불안이다. 그렇다면 탈진정성 체제에

서 불안은 사라지는가? 모든 단단한 것들이 허공 속으로 사라지
더니, 이제 '기미의 기미'조차 희미한 지금, 불안은 사라지는가?
공동체도 내면도 없으니 불안도 사라질 법하다. 인정받느냐 마
느냐 하는 심리적 불편만이 남을 법하다. 그러나 우리는 지금 또
다른 종류의 불안이 등장하는 부조리극의 첫 장면을 목도하고
있는지도 모른다.

스노브에게 문화는 여가도 취미도 교양도 아니다. 토털 키
치의 세계에서 스노브에게 문화는 생존의 문제가 되어 간다. 이
것은 역설적이다. 인간을 동물로부터 분리시킨 그 문화가 이제
인간을 다시 동물로 퇴행시키고 있는 것이다. 신자유주의의 무
한 경쟁 속에서 스노비즘의 엔트로피가 증폭되고 있는 지금, 우
리는 하이데거적 세계-내-존재로서의 불안이 아니라, 생존을
할 수 있는가, 없는가라는 문화/동물적 불안을 느끼고 있다. 그
렇다면 불안은 계속 깊어져 갈 것이다. 그 불안을 조절하고 배려
할 것인가? 그것을 넘어서는 새로운 행복의 정치를 창안할 것인
가? 아니면 관조할 것인가? 그것은 우리의 윤리적, 정치적 선택
에 달려 있다.

2부

예술과
공동체

창작은 내적 주관성의 표현도 아니지만 반복적 컴퓨팅도 아니다. 창작은 언어들과 재료들을, 그토록 비밀스러운 사유와 감각들을 선물처럼 타인과 나눠 갖는 것이다. 창작은 기계적인 동시에 상상적이고 상상적인 동시에 관계적이다. 예술적 새로움은 외부와의 긴밀한 접속과 친밀한 교환 속에서 생성될 수 있는 것이다.

불편한 우정과
어떤 공동체*

밝힐 수 없는 공동체

사회학적 관점에 따르면 세상에는 두 종류의 공동체가 있다. 첫 번째는 계몽된 공동체이다. 페르디난트 퇴니에스가 게젤샤프트(Gesellschaft)라 부른 공동체. 합리적 이성의 소유자들이 선택을 통해 형성한 공동체. 목적 달성을 위한 계산과 계약으로 이루어진 이익집단들, 연합들. 두 번째는 무지한 공동체이다. 퇴니에스가 게마인샤프트(Gemeinschaft)라 부른 공동체. 선택과 무관하게 귀속된 공동체. 운명적으로 엮인 친족 집단들, 원초적인 감정으로 결속된 패거리들. 고전 사회학자인 에밀 뒤르켐은 이

---

* 이 제목은 《문학과사회》 2009년 가을호에 실린, 시인 진은영의 글 「조각의 문학」을 염두에 두고 쓴 것이다.

이분법의 모순적 비극을 잘 알고 있었다. 계몽된 자들은 자신만을 책임지는 합리적 도덕에 골몰하며 공동체에서 열정을 증발시켜 버린다. 반면 무지한 자들은 맹목적 흥분에 젖어 공동체의 진보를 불가능하게 한다. 결국 둘 다 공동체의 해체로 귀결한다. 어느 것도 인류의 미래를 책임질 수 없다. 전자의 공동체는 진보하되 메마를 것이며, 후자의 공동체는 뜨겁게 달아오르되 쇠퇴할 것이다.

뒤르켐은 "도덕적 광기"라는 새로운 정념에 근거한 프로그램(공화주의)이 근대의 딜레마를 해결하리라 믿었다. 계몽된 공동체의 계약(contract)과 무지한 공동체의 결속(unity)에 대비하여 사회학은 사회적 연대(solidarity)를 제안한다. 여기서 도덕적 광기에 의해 마름질되는 새로운 연대의 형태, 즉 사회는 두 가지 뜻을 가진다. 사회란 집단적 무지와 개인의 이기주의 속에서 그것을 지양하려는 고차원적 열광의 힘으로 탄생한다. 그리하여 사회는 개별적 공동체들 바깥에 존재하는 동시에 그것들을 도덕적으로 통제한다. 사회는 공동체의 내부와 외부에 동시에 존재하는 초월적 특권을 가진다. 사회학은 바로 그 특권적 사회의 조건과 가능성에 대한 지식을 탐구하는 특권적 학문이다. 이렇게 사회학은 근대의 시기에 계몽과 무지의 변증법적 모순을 해소시키는 성찰적 이념-과학으로 군림한다.

그러나 사회학의 존재 조건의 변화와 함께, 사회학자에 대한 기대, 즉 거리를 두면서도 개입할 수 있는 정당한 힘에 대한 기대는 그 근거를 상실한다. 존재 조건의 변화란 바로 사회적 연대의 불가능성을 말한다. 뒤르켐이 바라 마지않던 도덕과 광기의 조합은 이제 오히려 개인적 수준에서, 일상생활에서, 손쉽게 이루어진다. 사실상 결합이라기보다 병렬에 가까운 이 조합을 가능하게 한 사회가 있다면 그것은 바로 직업 윤리와 쾌락 원칙의 공존을 가능케 하는 '소비사회'다.(누구나 낮에는 선한 시민이 될 수 있고 밤에는 광란의 밤을 보낼 수 있다.) 반면 뒤르켐의 공화주의적 사회를 추구하는 모든 집합적 기획들은 (우파적 시도든, 좌파적 시도든) 실패했다. 사회적 연대는 기껏해야 선거철에나 유행하는 정치적 수사로 전락하고 말았다. 그와 함께 이념-과학으로서 사회학의 성찰성은 낡은 관용어가 되었다.

이제 사회학의 임무는 공동체의 한계를 밝히고 그것을 사회적 연대로 전화시키는 데 있지 않다. 사회학의 남은 의무가 있다면 그것은 사회와 공동체의 관계를 재정립하는 것이다. 공동체의 불가능성과 사회의 가능성에서 반대 방향의 정식으로 나아가는 것. 말하자면 사회의 불가능성을 속속들이 드러내고, 거기에 비추어 오히려 (블랑쇼의 표현을 빌리자면) "밝힐 수 없는 공동체"의 가능성을 모색하는 것. 가능성의 불가능성을 드러내고 불가능성의 가능성을 모색하는 것, 이것이 바로 추락하는 이념-과학의 과제가 아닐까? 그렇다면 우리는 다음과 같은 질문들을 던져 볼 수 있다. 이 "밝힐 수 없는 공동체"가 비밀스럽게 내포하는 관계는 무엇인가? 그것이 계몽된 공동체의 계약도, 무지한 공동체의 결속도 아니라면, 더구나 사회적 연대도 아니라면. 그리고 더 중요한 질문들이 있다. 그 관계는 우리들에게 무엇을 선

불편한 우정과 어떤 공동체

물해 줄 것인가? 그리고 공동체의 선물이 이리도 절실해지는 우리의 현재 상태는 무엇인가?

전쟁 상태와 아방가르드

2009년 어느 날 나는 한 국제 워크숍에 통역자 자격으로 참여했다. 강연자는 영국의 인류학자이자 무정부주의자인 데이비드 그레이버였다.(그는 2011년 '월가 시위(Occupy Wall Street)' 운동의 핵심적인 활동가였다.) 나는 그가 2000년대 초반 뉴욕의 DAN(Direct Action Network)이라는 무정부주의 조직에 속해 있었다는 것을 우연히 알게 됐다. 나는 그에게 레슬리와 맥을 혹시 아느냐고 물었다. 이 질문은 뜬금없는 것이기도 했지만 어느 정도 연원을 가진 것이기도 했다. 나는 미국에서 나와 같은 학교에 다니면서 어울리던 레슬리와 맥(둘은 그때 연인 사이였고 얼마 후 결혼했다.)이 그 즈음에 뉴욕의 한 운동 조직에 속해 있었다는 것을 기억했다. 그러나 그 조직이 DAN이라는 것은 알지 못했다. 그레이버는 그 둘이 자신과 절친한 사이였을 뿐만 아니라 DAN의 핵심 활동가였다고 했다. 그는 자신의 책 『직접 행동 ── 민속지적 접근(Direct Action: An Ethnography)』의 일부를 보여 주었다. 거기에는 레슬리와 맥이 무정부주의 운동에 대해 나눈 대화가 인용돼 있었다. 그런데 흥미롭게도 레슬리와 맥은 내 시집 『슬픔이 없는 십오 초』에 실린 시 「엘리베이터 안에서의 도덕적이고 미적인 명상」의 중심인물이기도 했다. 나는 그 사실을 그에게 이야기해 주었다. 우리는 사람의 인연이란 참 신기하다며 함께 웃었다.

나는 레슬리와 맥, 데이비드, 나로 이루어진 어떤 공동체에 대해 생각한다. 문학 텍스트와 사회과학 텍스트 위에, 느슨한 인연과 정치적 활동 위에 펼쳐진 이 기이한 공동체. 저자-통역자-등장인물-동지-동창-연인-시인-사회학자-인류학자-무정부주의자 공동체. 익숙한 형태의 공동체도 체계적 형태의 사회도 아닌 이 관계에 대해 생각한다. 우리들의 관계는 망각 속으로 사라졌다가 사소한 대화와 무관한 텍스트들 틈새에서 우연히 발굴되었다. 그럼에도 나는 공동체라는 이름으로 그들과 나의 관계를 불러 보고 싶다. 오랜 인연의 잔상 효과, 유령처럼 출몰한, 애잔하고 신기한, 사실은 별것 아닌 상호 텍스트성, 그러나 내 삶에 영향을 미치는 공동체. 왜 그들은 예기치 않은 순간과 장소에 출몰하여 나의 말과 행동을 좌우하는가? 내가 그들에게 느끼는 이 헛된 우정은 왜 이리 절절한가? "우정, 관계없는 관계 또는 어떤 기준으로도 가늠할 수 없는 관계 이외에 그 어떤 관계도 아닌 관계".* 그들은 내게 부재하면서도 동경의 대상이 된다. 그들은 나를 질문하는 자로 만든다. 그들은 나 자신을 나의 얼굴 쪽을 향해 폭로해 준다. 그들은 나를 세계와, 심지어 나 자신과도 어색한 관계로 만들어 버린다.

---

* 모리스 블랑쇼·장-뤽 낭시, 박준상 옮김, 『밝힐 수 없는 공동체·마주한 공동체』(문학과지성사, 2005), 48쪽.

불편한 우정과 어떤 공동체

이러한 우정의 사례 중 하나를 나는 20세기의 아방가르드 운동에서 발견한다. 아방가르드는 정치적 융합과 경제적 효용성의 압력에 저항하는 형태로 기존의 공동체들과 사회적 연대가 지니는 문제들에 도전했다. 일반성(generality)보다는 특이성(singularity)을 원칙으로 삼음으로써, 그러면서도 이기적 개체가 아니라 나눔과 소통의 공동체로 행동함으로써. 그리고 이 모든 것들의 중심에 예술이 존재했다. 일체의 규칙과 가치를 거부하고 오로지 불화의 제스처 속에서만 소통과 긍정의 지점을 포획하려는 기도로서.

　　그러나 아방가르드는 언제나 자기 파괴적인 벡터를 내재하고 있었다. 20세기 초 다다이즘은 언제나 비판의 목소리와 해체의 가능성에 스스로를 대면시키고 그것들을 기꺼이 운동의 핵심적 구성 요소로 삼았다. 그들이 공연을 할 때 관중은 야유와 함께 썩은 야채를 던졌으며, 다다이스트들은 이 썩은 야채를 받을 수 있는 특수 모자를 고안하기까지 했다. 관객들이 썩은 야채를 많이 던질수록 그들의 공연은 성공적인 것으로 평가됐다. 그들은 비판자들에게 말했다. "진정한 다다이스트들은 다다이스트들을 혐오하는 자들이다. 그러니 당신들은 다다이스트 대표 자격이 충분하다." 그들은 또한 불화와 분열 상태에 항상적으로 노출돼 있었다. 그들은 차이를 확인하고 영속적인 결합의 불가능성을 선포하기 위해, 마치 이별을 논하기 위해 매일 만나는 연인들처럼, 회합하는 것 같았다. 그들은 각자 자기만의 선언서를 동시에 낭독하여 관객들은 그들이 도대체 무슨 말을 하는지 알아들을 수가 없었다. 그들이 발행한 한 다다이스트 잡지의 이름은 '391'이었는데, 그것은 다다이스트 대표들의 수가 391명이었기 때문이었다. 다다이스트 대표가 되는 것은 너무나 쉬운 일이었다. 왜냐하면 이때의 대표성이란 순전히 가상이었고 사실상 익명적이었기 때문이었다.

여기서 나는 아방가르드 운동이 전쟁 상태에서 발생했음을 지적해야겠다. 민족, 자본, 국가 등의 공동체/사회가 주도하는 제국주의 전쟁은 자신들의 집단적 기획과 내러티브가 실패했다는 사실을 끝끝내 부인하기 위해 수행하는 인류에 대한 학살 행위이다. 이때 아방가르드는 전쟁과 승리의 허구적 논리를 부정하고 폭로하는 레지스탕스로 출현한다. 그렇게 아방가르드는 예술운동인 동시에 정치 운동으로서 예술의 자유와 자유의 예술을 일치시킨다. 따라서 아방가르드 선언문에 전사의 말이 아로새겨져 있는 것은 전혀 놀라운 일이 아니다. 백남준이 참여했던 플럭서스(Fluxus)의 선언문(1963)도 마찬가지였다. "일소하라. 부르주아의 역겨움에 물든 세계를, 전문적이고 상업적인 문화를 (중략). 예술 안에서 혁명의 물결을 일으켜라. 살아 있는 예술, 반예술, 비예술의 현실을 촉진하라. [이 새로운 예술은] 전문가나, 예술 애호가나, 비평가가 아니라 모든 민중들에 의해 감상될 것이다." 아방가르드의 공동체 논리는, 그것이 개인의 경제적 합리성이든 예술 집단의 권위이든, 자기동일성에 의거한 모든 영속적 질서를 거부하고 오로지 사건으로서 자유, 발발하고 사라지는 말과 행동의 자유만을 옹호한다.

불편한 우정과 어떤 공동체

따라서 전쟁 상태를 인식하기, 그 전쟁 상태가 기존의 공동체와 사회의 원리로부터 야기됐음을 직감하기, 그러한 원리와의 단절을 수행하기, 이로부터 아방가르드의 기이한 우정은 탄생한다. 기존의 공동체나 사회가 강조하는 "할 수 있음"의 자만심과는 반대로, 이들은 "끊임없이 비워 내는" 우정의 이름으로 "어떤 공동체도 이루지 못한 자들의 공동체"를 불러 낸다.(조르주 바타유) 무한의 비움, 즉 죽음 속에서만 서로 연결되기에 그들의 공동체는 언제나 명멸과 분열의 형태로 유지된다. 이 명멸과 분열 속에서, 삶은 계속해서 죽을 수 있는 가능성으로, 죽음은 계속해서 탄생할 수 있는 가능성으로, 서로 연결돼 있다.

아방가르드에 내재하는 이 같은 죽음과 삶의 변증법은 종종 간과된다. 1978년 조지 마키우나스가 사망했을 때 플럭서스의 종언을 선포한 것은 당사자들이 아니었다. 그들은 큐레이터와 비평가들이었다. 그들은 마키우나스의 물리적 죽음을 플럭서스 전체의 죽음과 동일시하면서 아방가르드를 한 대표자(마키우나스)의 지도력하에 뭉친 실제적인 우정의 모임으로, 하나의 인격적 집단으로 취급하는 오류를 범했다. 그들은 죽음이 아방가르드적 삶의 항상적 원인이자 효과라는 사실을 이해할 수 없었다. 백남준이 "존 케이지는 나의 스승이다."라고 했을 때 존 케이지는 "나는 백남준이라는 제자를 둔 적이 없다."라고 답했다. 백남준은 또한 스승인 존 케이지의 넥타이를 잘랐다. 어색함에 대한 집요한 추구, 서로를 가상적으로 살해하면서 사제 관계를 일구어 내기. 따라서 불멸의 정신 운운하면서 플럭서스에 영속성을 부여하는 것 또한 오류이다.* 영속성을 부정하는 방식으로 관계 맺기, 서로 호명을 부정하는 방식으로 응답하기. 아방가르드를 하나의 동질적 집단으로 명명하고, 그것의 연대기를 삶으로 시작해서 죽음으로 끝나는 일반적 연보와 일치시키는 것의 근본적 불가능성이 바로 여기에 있다.

'6 · 9 작가선언', 실제성과의 싸움**

　나는 공동체와 사회의 원리가 야기한 전쟁 상태로부터 출현하는 또 다른 우정의 형태를 2009년 내가 여러 작가들과 함께 참여한 '6 · 9 작가선언'에서 확인한다. '6 · 9 작가선언'은 이명박 정권하의 한국 사회를 "민주주의의 아우슈비츠, 인권의 아우슈비츠, 상상력의 아우슈비츠"로 명명하면서, '지금 바로 여기'가 전쟁 상태이며 적의 영토임을 분명히 했다. 한국 사회의 전쟁 상태는 한국에만 적용되는 것은 아니다. 낭시는 말한다. "세계의 현재 상황은 문명들 사이의 전쟁 상황이 아니다. 그것은 시민전쟁의 상황이다. 도시, 시민성, 도시성은 세계의 한계에서까지,

---

*　플럭서스의 멤버였던 라 몬테 영은 지금도 여기저기서 이어지는 플럭서스 회고전의 부름에 응답한다. 그러나 이때 그의 응답은 기이하다. 그는 자신이 왜 플럭서스가 아닌지 설명하는 편지를 보내고 그 편지를 회고전의 작품으로 전시함으로써 거기 참여한다.

**　'6 · 9 작가선언'에 대한 이하의 글은 지극히 개인적인 의견과 소회 이상도 이하도 아님을 밝혀 둔다.

　　　　　　　　　　　　　　　　　　불편한 우정과 어떤 공동체

나아가 그 고유의 개념들의 극한에서까지 문제가 되고 있다. 세계의 현재 상황은 그것들 내부의 전쟁 상황이다."* 이 전쟁 상태는 용산 참사에서 가장 극명하게 드러나듯, 도시 공동체에 속할 수 있는 권리, 시민의 자격을 가질 수 있는 권리가 자본의 논리에 의해 서열 지어지고 분배되는, 권력과 민중, 권리를 가진 자와 권리를 박탈당한 자들 사이의 내전 상태이다.**

---

* 모리스 블랑쇼·장-뤽 낭시, 박준상 옮김, 『밝힐 수 없는 공동체·마주한 공동체』 (문학과지성사, 2005), 103쪽.

** 내전 상태라는 진단이 과장이 아니라는 사실은 정부와 경찰, 미디어가 용산 철거민을 향해 사용하는 "테러리스트"라는 명명에서 확인된다. 이들의 죽음은 노무현 전 대통령의 죽음처럼 영웅의 비극적 드라마가 될 수 없다. 그들의 처절한 삶과 끔찍한 죽음은 단지 생계를 지키려는 동물적 본능의 소산으로 취급되며, 따라서 그들을 바라보는 시선은 대부분 혐오 아니면 기껏해야 동정일 뿐이다. 이것을 어찌 극한 상황이라 아니할 수 있는가. 이웃, 동료, 가족이었던 사람들이 어느 날 테러리스트로 낙인찍히고, 동물 취급을 당하고, 공동체 내에서 거주할 자리를 빼앗기고, 말하고 행동할 권리를 박탈당하는 것. 그러나 이 극한 상황은 그들이 사람의 권리를 박탈당하는 그 순간 예외 상황에 불과한 것으로 여겨진다. 나머지 일반 상황에서 시민들은 지극히 정상적이고 평화로운 삶을 영위하고 있을 뿐이다. 그러나 예외적인 극한 상황으로서의 전쟁 상태는 일반화된 극한 상황으로서의 전쟁 상태를 은폐한다. 민주주의가 '나름대로', '어느 정도' 이루어진 것으로 보고 '물질적 풍요'와 '삶의 질' 운운하며 행복과 자기 계발을 추구하는 삶이야말로 사회적 연대의 실패를 정확하게 보여 주는 지점이다. 사회적 연대의 기획은 필요의 왕국(kingdom of necessity)으로부터 자유의 왕국(kingdom of freedom)으로의 도약을 의미했다. 그러나 이제 사람들은 반대로 자유의 왕국으로부터 필요의 왕국으로, 아무 거리낌 없이, 월경한다. 그리하여 모든 구성원들은 동물화된다. 심지어 자유와 평등 같은 민주주의적 가치들, 자율성과 주체성 같은 문화적 가치들조차 개체 보존의 먹을거리로 변질되고 마는 것이 2009년 작금의 극한 상황이다. 이때 동물화는 두 가지를 동시에 의미한다. 하나는 먹을거리를 뺏긴 궁지에 몰린 사나운 동물들의 탄생. 다른 하나는 충분한 먹을거리를 공급받으며 길들여지는 동물들의 탄생.

낭시는 이어서 말한다. "하지만 극한에서 개념은 깨지게 되며, 느슨히 약화되었던 형상이 빛을 발하고, 벌어진 틈이 드러나게 된다." '6·9 작가선언'이 한국 사회를 아우슈비츠로 명명한 것이 현실과 부합하는가, 혹은 적절한 문학적 비유인가는 중요하지 않다. 왜냐하면 아우슈비츠라는 용어의 의미, 혹은 무의미성은 그것이 가지는 효용성이나 호소력에 달려 있지 않기 때문이다. 아우슈비츠라는 말이 추구하는 것은, 한국 사회의 전쟁 상태를 초래하고 있는 권력과 그 권력을 지지하는 모든 제도적 장치들로부터 단절의 계기를 창조하겠다는 것 외에는 아무것도 없다. 이때 소통은 의미의 전달 혹은 감동의 이끌어 냄과는 무관하다. 이때 소통이란 오히려 어떤 도저한 찢김을 적나라하게 드러내는 것이며 따라서 아우슈비츠는 이 찢김의 이름에 다름 아니다. 아우슈비츠는 깨어지는 개념이자 뚜렷해지는 빛이며 벌어지는 틈으로서 우리에게 제시된다. 우리는 그것과 끈질기게 대면해야 하며, 그것을 우리의 글과 말로 끝없이 채워 넣어야 한다. 이것은 문학에 대한 윤리적, 정치적 강제이되 일반화된 개념, 법칙, 규범, 가치를 따르지 않는 책임의 강제이다. 그 책임의 강제에는 "이 심연을 보아라. 심연 속에 되비치는 네 자신의 모습과 함께."라는 요청이 담겨 있을 뿐이다. 이때 문학은 이 심연(주체)의 발견 속에서 행해지는 말과 행동이며 텍스트 위에 고착되려는 욕망과는 무관하게 출현하고 사라지는 사건들이다.

이 문학적 요청은 실제적인 사회관계와 공동체의 논리, 즉 'A를 해라, 혹은 하지 마라. 그렇지 않으면 당신은 손해를 볼 것

불편한 우정과 어떤 공동체

이다, 당신은 양심이 없는 자가 될 것이다, 당신은 배신자가 될 것이다.'라는 식의 규정적이고 배제적인 폭력을 타자에게 부과하지 않는다. 이 문학적 요청은 무엇보다 어떤 특유한 우정의 형식으로 제기된다. '6·9 작가선언'의 몇몇 작가들이 한 언론사가 주관하는 문학상의 예심 대상이 되기를 거부했을 때, 또는 반대로 거부하지 않기로 결정을 내렸을 때, 그들의 선언은 '추상적 사회'를 향한 공표가 아니라, 이제 막 모습을 보인 '6·9 작가선언'의 그 희미한 '우리'를 향해 말을 건네는 방식을 취했다. 마치 어떤 이상한 인연의 굴레 속으로 빠져들 듯 우리는 혼란과 불안을 고스란히 드러내는 고백의 형태로 자신의 선택과 행동에 대해 이야기했다. 위 문학상의 예심 대상 30인에 들지 않은 작가들 역시 주저하면서도 자신의 고유한 존재와 언어를 당당히 드러내며 이 마주 봄의 우정에 참여했다. 그럼에도 질문들은 남는다. 우리는 왜 다른 선택과 행동을 한 사람들에게 계속 말을 건네는가? 우리는 왜 모르는 얼굴을 향해 자신의 비밀을 고백하는가? 이 우정이 우리의 문학과 우리의 작가적 존재가 처한 상태에 제공하는 선물은 무엇인가?

그 선물은 어떤 이가 비판했듯이 한국 문학의 실천적 무능에 대한 심리적 위안이나 정치적 무위에 대한 알리바이에 불과할 수도 있다. 그러나 그것이 사실일지라도 이러한 평가는 실제적인 공동체와 사회관계의 관점에만 그 뿌리를 두고 있다. 그 관점에 따르면 '6·9 작가선언'은 동업자들의 이익집단이며 선후배들의 공동체이다. 요컨대 '6·9 작가선언'은 실제적인 결사체이다. 이 관점은 '6·9 작가선언'의 우정이 지극히 비효율적이고 비생산적인 것 같지만 사실은 어떤 실제적인 이익과 보상을 가져다준다고 폭로한다. 그러나 '6·9 작가선언'에는 이 실제성과의 실질적 싸움이 존재한다. 누구도 명시화하지 않았으나 '6·9 작가선언'은 어떤 원칙들을 스스로의 말과 행동에 의식적으로 부과했다. "자유로운 개인들의 자발적 연대"라는 다소 클리셰에 가까운 자기 정의를 통해 '6·9 작가선언'은 익명성과 집합적 의사 결정 원칙에 따르는 다양한 민주주의적 전략을 사용하였다. 192개의 한 줄 선언, 언론과의 인터뷰 거부, 집행위원회의 부재, 작품성과 작가주의 같은 전통적 미학 기준에 대한 거리 두기, 책보다는 포스터와 전단, 피켓 등 거리의 미디어에 열중하기, 책을 만든다면 판매가 아니라 배포에 집중하기 등등.

그러나 '6·9 작가선언'이 한국 사회에 만연한 실제적 공동체와 사회관계와의 원리들에 결박돼 있다는 것은 분명한 사실이다. 우리는 동업자들의 결사체로 여겨졌고 어떤 언론은 우리를 '유명 작가 누구누구' 외 몇 명으로 호명하기도 했다. 우리는 보도 자료를 작성했고, 때로는 인터뷰에 응하기도 했다. 내부적으로는 문단의 선배들을 행동에 동참시켜야 한다는 의견이 나오기도 했고, 되도록 친한 작가들과 함께하고 싶은 자연스러운 욕구가 표출됐다. 만남에서는 '선생님'이란 호칭이 오고 갔고, 서로의 심사에 불편을 끼치진 않았을까 전전긍긍했고, 술잔을 건네며 사과를 했고, 고마움을 표하기도 했다. '나름의', '어느 정도는', '불가피한' 등등의 수식어들을 동반한 이러한 실제성

불편한 우정과 어떤 공동체

과의 결박은 우리로 하여금 완전한 단절과 거부의 수행을 불가능하게 만들었다. 무엇보다 실제성과의 싸움은 우리에게 다음과 같은 질문으로 다가왔다. "우리 모임은 도대체 언제까지 유지될까요?" 이 질문이 던져지는 지점에서, 그리고 그 외 많은 다른 지점들에서, 우리는 명멸하고 분열하는 아방가르드와는 거리가 있었다.*

따라서 시인 진은영이 언급한 대로 '6·9 작가선언'의 우정은 아방가르드적인 가상의 우정이라기보다는 "우리에게 위로와 진정제가 아니라 불편함을 주고 곤경에 빠뜨려 우리 자신의 벌거벗은 모습을 보여 주는" '불편한 우정'의 모습을 띠고 다가온다. 이 불편한 우정은 실제성에 대한 싸움을, 그것과의 완전

* '6·9 작가선언'은 사실 아방가르드일 가능성도 필요도 없다고 말하는 것이 맞을 것 같다. 한국 예술의 제도적 성격과 권력의 존재 양태는 어쩌면 아방가르드 운동을 요청하지 않는다. 지극히 거친 사회학적 언술을 빌리자면, 행정 기구(지배 집단에게는)나 경찰 기구(피지배 집단에게는)로서의 정부(government)가 통치 기구로서의 국가(state)를 압도하는 나라가 바로 대한민국이다. 따라서 권력은 지대 추구(rent seeking)적 행위들에 의해 규정되는 사적 성격을 띤다. 이러한 권력의 사적 성격은 정치 영역뿐만 아니라 경제 영역과 예술 영역, 사회적 영역에서도 고스란히 확인된다. 권력은 도구적 합리성(경제), 자율성 신화(예술), 계약과 연대(사회)의 형태로 드러나는 연극성(theatricality)과 형식성(formality)에 힘입어 상징 자본을 획득한다. 그러나 그러한 상징 자본의 파사드 너머에 존재하는 실제적 인간관계, 패거리와 인맥의 결정성이 적나라하게 드러날 때, 가상적 우정의 형식에 기반한 예술 공동체, 부정성에 기반한 단절과 거부의 저항 전략은 성공 가능성이 낮다. 발터 벤야민을 빌리자면 정치의 미학화가 부재할 때 미학의 정치화는 요원하다. 한국에서는 아방가르드를 표방하는 예술 공동체가 나타난다 한들 아무도 그들에게 썩은 야채를 던지지 않을 것이다.

한 거부나 단절을 통해서가 아니라, 그 안에 거주하면서, 단순하고도 끈질긴 형태의 문학적 요청이 담긴 마주 봄을 그 위에 기입하면서 수행해 나간다. 그리하여 우리 안에는 단 한 번만 살고 죽는 실제적 집단과 여러 번 살고 죽는 가상의 공동체가 공존하게 된다. 똑같은 얼굴들과 목소리들로 이루어진 실제적 사회와 공동체 안에, 다른 목소리들과 얼굴들이 마주하는 우정의 공동체가 끼어들게 된다. 이 불편한 우정의 공동체는 친구와 선후배로 엮이고 스승과 제자로 연결된 인격적 공동체, 언론과의 결탁과 명성의 높고 낮음 등의 이해관계로 구성된 이익집단, 그리고 이데올로기적 대의 아래 묶인 조직적 연대를 가로지르는 동시에 이 모든 이율배반을 끌어안으며 앞으로 나아간다.

'6·9 작가선언'이 우리에게 선사해 주는 선물은 바로 이 불편함이 가져다주는 경험에 있다. 인맥과 학연과 명성의 실제성들을 무화시키는 한국 사회의 비참과 폐허 앞에서 우리 모두는 '아무것도 아닌 자'로서 동등하게 서로를 마주 본다. 그리고 이 마주 봄의 순간에 우리가 겪게 되는 불편함은 두 가지이다. 첫 번째의 불편함은 이 마주 봄 속에서는 그 어떤 직업적 성취나 자기 위안, 심지어는 공동체적 법열도 순식간에 불확실성과 불안으로 미끄러져 들어갈 수 있다는 사실에서 온다. 우리는 공동체의 목소리로 선언을 하고, 거부를 기도하고, 단절을 수행한다. 우리는 권리가 없는 자들의 목소리를 담아 팸플릿을 배포하고 피켓의 문구를 작성한다. 우리는 우리가 아닌 자들이 되기 위해 매 순간 죽는다. 아니 태어난다. 우리는 스스로에게 묻는다. 그

불편한 우정과 어떤 공동체

것이 도대체 가능한가? 그것이 과연 바람직한가? 두 번째는 아무것도 아닌 자로서 생산할 수 있는 문학이란 도대체 무엇인가라는 질문으로부터 발생하는 불편함이다. 우리에게 문학은 언제나 실제적인 것이었다. 등단을 하고, 발표를 하고, 책을 묶는 것이었다. 이제 이 불편한 우정은, 실제성 바깥의 문학, 즉 아무것도 아닌 자가 자신에게 엄습하는 세계 전체와 대적하며 벌이는 투쟁으로서의 문학으로, 이 투쟁이 부추기는 고독 속에서 미지의 독자를 향하여 비밀스러운 고백을 감행했던 원초적 경험으로 우리를 되돌린다. 우리는 질문을 던진다. 단 한 권의 책도 발행하지 않으면서 단 한 편의 작품도 발표하지 않으면서 우리는 문학을 할 수 있는가? 이 벌거벗은 삶은 그 자체로서 문학적이 될 수 있는가? 여전히 생활과 직업에, 생계와 성공에 연연하는 우리는 이 질문들에 단호하고 분명하게 답할 수 없다. 하지만 예전보다 더욱 뚜렷하고 불편하게 우리 눈앞에 제시된 이 질문들을 우리는 외면할 수 없으며 외면하지도 않을 것이다.

문학과 공동체

나는 지금까지 어떤 공동체에 대해 이야기하려 했다. 그리고 그 공동체 안의 어떤 우정에 대해 쓰려 했다. 어떤 익명의 얼굴들, 기이한 인연들에 대해 말하려 했다. 그것들은 현현하는 것이다. 어떤 변수, 배경, 원인들의 재현이 아니라 만남 그 자체의 무목적적인, 그러나 신비로운 현현. 첫 번째이자 마지막 매듭, 맨얼굴, 뜻밖의 목소리, 이미 소멸된 추억으로부터 오기도 하고 아직 도래하지 않은 미래로부터 오기도 하는 그것들. 그것들은 현재에 도달하여 현재를 충만하게 만든다. 새로운 우정이 이 충만 속에서 탄생한다. 그리하여 낡은 추억은 다시 작성되고 미래는 또 다른 갈래를 앞 편에 마련해 준다. 문학은 이때 썼다가 지웠다 다시 썼다 지워 나가는 무한의 쓰기 혹은 비움이자, 그 이상이 된다. 문학은 그 끊임없는 글쓰기의 좁고 희미한 여백에서, 공동체의 가능성을 꿈꾸고 가능성의 공동체를 추구하는 말과 행동으로 존재한다. 문학과 공동체의 삶은 그렇게 조금씩 하나가 되어 갈 것이다.

불편한 우정과 어떤 공동체

우리가 누구이든
그것이 예술이든 아니든

'우리'에 대하여

지금부터 말해 주겠다. 내가 왜 끊임없이 말을 해야 하고 그 말들의 전부 또는 일부를 그대에게 양도하는지를 말이다. 시민으로서, 시인으로서, 예술가로서, 사회학자로서 내가 2009년 여름을 통과했다면 나는 그 전과 후에 그다지 다르지 않았을 것이다. 말하자면 나는 n개의 정체성을 이미 가지고 있었던 셈이고 각각의 정체성을 마치 다른 종류의 카드처럼 펼쳐 보였다 접었다 한 셈이었을 테니까. 그러나 그런 일은 일어나지 않았다. 그래, 우리는 시청 앞 광장에 있었고, 용산에 있었고, 강의실에 있었고, 카페에 있었고, 그곳에서 우리는 책을 읽었고, 글을 썼고, 대화를 했고, 술을 마시고, 선언을 했고, 팸플릿을 돌렸고…….
사실 우리가 누구이든 우리가 한 말과 행동이 예술이든 아니든 상관이 없었다. 아니, 사실은 그 모든 것들이 중요했다. 그것들이 뒤섞이고 충돌하고 서로를 자극시키고 좌절시키는 한. 그것들이 개별적인 범주들로 머무는 것이 아니라 서로 섞여 들면서 서로를 해체하고 재구성하는 한. 우리들이 '우리들'이라는 말의 관용성을 버리고 난 후 등장한 최초의 낯설음에 끝내 충실하려고 하는 한. 우리가 그 불편함을 감내하면서도 그것을 가지고 놀면서, 기어이 그 불편함 안에 머무르려고 하는 한.

첫 번째 이야기

첫 번째 이야기를 하겠다.

'6·9 작가선언'의 실천 일환으로 용산에 간 첫날, 나는 카메라와 녹음기를 지참했다. 용산 참사 현장에 가서 그곳에 있는 유가족들, 자원 활동가들을 만나고 그들과 인터뷰를 하기 위해서였다. 나는 운전을 하면서 용산을 향해 가고 있었다. 가면서 생각했다. 어디에 주차를 할까? 마침 용산역 부근에 싼 유료 주차장을 발견했고 그곳에 주차하고 10여 분을 걸어 용산에 도착했다. 사실 용산 현장에 주차를 한다는 것은 생각도 못 했다. 왠지 용산 참사 현장을 돌아다니며 주차할 곳을 찾는 행동은 그곳에 어울리지도 않고, 그곳의 사람들에게도 예의가 아니라는 생각이 들었다.

나는 그곳을 과연 어떤 곳이라고 생각했던 것일까? 용산을 일상과 유리된, 과장하면 성스러움에 가까운 영토라고 생각했던 것 같다. 말하자면 어떤 고귀한 가치들, 이를테면 민주주의, 자유, 평등, 인권 등의 가치들이 무너진 곳, 그 가치들을 복구시키기 위한 존엄한 투쟁이 이루어지는 곳. 용산을 이렇게 생각할 때 내 머리 속에는 일종의 바리케이트가 쳐진다. 양심과 비양심, 정의와 부정의를 가르는 바리케이트. 따라서 내가 그 바리케이트 너머의 성역으로 들어가기 위해선 여러 가지 자기 검열이 필요했다. 내가 용산을 방문한 첫날 그 자기 검열은 바로 주차라는 일견 사소한 문제로 다가왔던 것이다. 비약하자면, 이 주차 문제는 용산 참사 현장에 갈 때 제기되는 "나는 누구인가?"라는 질문을 다루는 방식과도 연결돼 있다.

용산에 들어갈 때 "나는 누구인가?"라는 질문은 왜 우리를 사로잡을까? 이유는 어쩌면 단순하다. 왜냐하면 우리는 바리케이트를 되건너 일상으로 복귀하기 때문이다. 우리가 만약 용산 현장에서 상주해서 지낸다면 그 질문은 점차 의미를 잃을 것이다. 왜냐하면 용산은 삶 그 자체가 될 테니까. "나는 누구인가?"라는 질문은 언제나 용산을 방문하기 전에, 용산을 방문하고 난 다음에 부각되는 질문이다. 때때로 그 질문은 "당신은 누구인가?"라는 타인의 질문에 의해 떠오르기도 한다. 그 타인의 질문은 용산을 추상적으로 생각하는 사람들, 문학이나 정치, 또는 사회라는 형식화된 담론을 통해 용산을 생각하는 사람들이 던지는 "글 쓰시는 양반이 거기는 왜 가십니까?" 같은 질문의 형식을 취하곤 한다. 그때 우리는 이렇게 답하기도 한다. "작가로서가 아니라 시민으로서 참여합니다." 그러나 이 답은 우리가 의식하건 안 하건 용산에서 수행하는 우리의 말과 행동과는 다분히 거리가 있는 답이다.

당신은 누구인가? 이 질문과 그에 따른 답은 범주적 사고에 바탕하고 있다. 이 범주적 사고에 따라 우리는 문학과 정치와 삶을 설명하는(체험이 아니라) 상식적이고 일반적인 논리를 구성한다. 말하자면 '~로서'의 논리. 이 논리는 정체성을 주어진 전제, 추상적 범주로 만들어 버린다. 작가로서가 아니라 시민으로서 용산에 참여한다고 말할 때 우리는 작가라는 전제에 괄호를 친다. 비유적으로 말하면, 우리는 용산에 들어가기 전에 작가라는 정체성을 용산 바깥에 '주차'시킨다. 그리고 다른 정체성들을 다 '빼고' 남은 시민이라는 정체성을 마치 가장 손쉽게 거머쥘 수 있는 중립적인 타이틀처럼 취급한다. 정작 역사적으로 가장 많은 피를 흘리고 쟁취한 타이틀이 바로 '시민'이거늘.

용산에 들어갔을 때 나는 무엇을 발견했는가? 먼저 사회의 불가능성을 발견했다. 직업과 지위로 이루어진, 우리가 알고 있는 사회관계와 그에 상응하는 감각의 분배로 이루어진 사회가 어느새 폐허가 되어 거기 있다. 그리고 그 자리에는 어떤 기이한 공동체의 공간이 대신 자리하고 있다. 기존의 건물들은 현장의 필요성에 따라 기능적이면서도 유연하게 사용되고 있다. 용산 참사가 일어난 건물인 남일당 건물 아래에는 정의구현사제단 신부님들의 농성 천막, 희생자들의 빈소, 용산에 동참하는 이들이 함께하는 식당이 위치하고 있고 바로 그 옆 건물인 레아호프 2층에는 범대위 사무실, 1층에는 전시장 겸 행사 공간 겸 미

우리가 누구이든 그것이 예술이든 아니든

용산 참사 유족들의 어떤 오후

디어 센터가 자리하고 있다. 그리고 현장 곳곳에 시와 구호와 그림으로 도배질된 벽면들이 있다. 참사 현장과 아닌 곳의 구별은 바로 그 시와 구호와 그림들이다. 용산 현장으로부터 멀어질수록 이미지들과 텍스트들은 뜸해진다. 용산에서 멀어질수록 일반적인 거리와 공사 현장이 그 모습을 나타낸다. 사람들은 콜라주와도 같은 그 기이한 공간 속에서 밥을 먹고 대화를 하고 미사를 드리고 일을 하고 대책을 세우고 기자 회견을 하고 경찰들과 싸우고 노래를 부르고 술을 마시고 공연을 한다.

용산 참사 유가족들이 보내고 있는 어느 오후의 시간을 우연히 포착하고 있는 위의 사진은 비일상화된 일상, 일상화된 비일상을 보여 준다. 일반적인 유가족들이 으레 있어야 할 곳과는 완전히 다른 공간에서 그들은 실은 어떤 유가족들보다도 더한 슬픔에 처한 상태로 살아간다. 그들은 일상을 살아간다는 점에서 삶에 충실하고, 또한 상복을 벗지 않는다는 점에서 죽음에 충실하다. 마지막으로 그들은 삶과 죽음을 연결시키려는 투쟁에 있어서도 충실하다. 희생자들 죽음의 고귀함과 자신들 삶의 고귀함을 동시에 전취하려는 노력 속에서, 그들 삶, 죽음, 투쟁, 그 모두에 충실한 것이다. 다시 사진을 보자. 용산에 대한 선입견(좌파적이든, 우파적이든)과는 하등 상관없는 저 이미지. 골목길에서 장례 의상을 걸친 채, 권태와 슬픔과 웃음이 조금씩 한자리를 차지하고 있는 저 낯선 얼굴들은 용산이 성지도 아니고 불모지도 아닌 어떤 곳, 아니 오히려 성지이면서 동시에 불모지인 어떤 곳임을 증언한다. "여기 사람이 있다."라는 용산의 구호는 따라서 단순히 추상적인 인간의 인권 주장으로 이해될 수 없다. "여기 사람이 있다."는 바로 성지이자 불모지인 "여기"에서만 요구될 수 있는 권리 주장, 즉 권리를 박탈당한 사람들이 제기하는 고유한 권리 주장으로 이해돼야 한다.

따라서 "나는 시인으로서 용산에 가는가? 아니면 시민으로서 용산에 가는가?"라는 질문은 추상적 사람이 아니라 '바로 여기의 사람'을 마주하게 될 때 유효성을 상실하고 만다. 성지를 방문하는 이교도의 마음, 혹은 불모지를 방문하는 선한 사마리아인의 마음, '시인' 정체성을 용산 바깥에 '주차'시키고 '시민' 정체성으로 갈아타는 그 감각은 용산이라는 공간에 발을 내딛자마자 새롭게 재배열된다. 용산에서 피켓에 구호를 쓰고 유인물을 배포하는 작가들은 용산이라는 공간, 용산이라는 공동체의

우리가 누구이든 그것이 예술이든 아니든

구성 요소가 된다. 그들은 용산이라는 콜라주의 일부가 되며 스스로 콜라주를 만드는 주체가 된다. 그러므로 그들은 기존 사회 질서 안에서 자리를 부여받는 추상적 범주들(시인, 시민)로 환원될 수 없는 존재가 된다. 이때 이상한 일이 일어난다. 이제 "당신은 누구인가?(who are you?)"라는 지극히 문법적인 질문에 대한 답을 제시하는 것은 불가능하다. 오히려 다음과 같은 지극히 비문(非文)스러운 질문에 대한 답만이 가능해진다. "당신은 누구이든지인가?(whoever are you?)" 이 이상한 질문에 대한 답은 "내가 시인이든, 소설가이든, 예술가이든, 시민이든."이다. 권리 없는 자들의 권리 주장으로 이루어진 공동체 공간과의 만남은 사회의 관례적 노동 분업과 추상적 정체성을 유보시킨다. 작가들은 이 유보 상태가 빚어내는 낯선 존재감에 따르는 말과 행동, 즉 '시를 쓰든, 사진을 찍든, 구호를 외치든, 피세일을 하든, 미사에 참여하든'을 통해 권리 없는 자들의 권리 주장에 접속하면서 다른 주체로 이행해 간다. 생각해 보니 나는 용산에 대한 시를 쓰지 않았다. 그러나 무슨 상관이란 말인가? 내가 n분의 1의 하나로서 시를 쓰든 쓰지 않든 나는 이미 충분히 '새롭지' 않은가?

두 번째 이야기

이제 두 번째 이야기를 하겠다. 2009년 여름부터 초가을까지 나는 또 다른 작업에 골몰하고 있었다. 그것은 용산과 달리 지극히 예술적인 일이었다. 미디어 아트와 문학의 만남이라는 주제로 기획된 문지문화원 사이의 Media@Text Fest에 나는 미디어 아티스트 이태한과 함께 Text Resolution이라는 프로젝트를 수행했다.

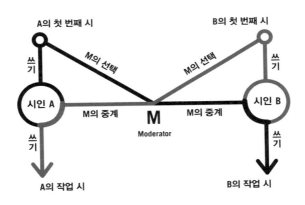

우리는 시를 데이터라는 관점에서 파악하고 시 쓰기를 데이터를 처리하는 일종의 기계적 컴퓨팅으로 보자고 합의를 한 후 일종의 실험을 시도했다. 실험 방식은 위 도표에 제시된 절차로 진행됐다. 시인 A의 첫 번째 시에서 중계인(M)인 나와 이태한은 약 30~40개 단어들을 선택한 후 그것들을 시인 B에게 넘겨준 후 새로운 시를 쓰게 한다. 마찬가지로 시인 B의 시에서 단어들을 선택한 후 그것들을 시인 A에게 넘겨준 후 새로운 시를 쓰게 한다. 쉽게 이야기하면 단어들을 맞교환하는 것이다. 그 외에도 네 명의 시인들이 둘씩 쌍을 이루어 동일한 실험 과정에 참여

우리가 누구이든 그것이 예술이든 아니든

하였다. 그런데 이 실험의 과정과 절차는 철저하게 비밀에 부쳐졌고 발표 당일 날에서야 이들은 이 사실을 알 수 있었다.*

우리는 왜 이런 실험을 했던 것일까? 우리는 영화 「블레이드 러너」의 첫 장면을 퍼포먼스에 삽입하기로 했다. 영화의 첫 장면은 자신이 레플리컨트(안드로이드)인지 아닌지를 테스트하는 심문자의 질문들에 신경질적으로 반응하다 결국 그를 총으로 쏴 살해하는 레플리컨트의 분노를 보여 준다. 레플리컨트는 미래의 프롤레타리아트인데, 이때 그는 단순히 경제적인 의미에서만 그러한 것이 아니다. 그에게는 "나는 누구인가?"라는 질문에 대한 답지로서 인간적 권리들이 박탈되어 있다. 그러나 그는 여느 인간보다 더 인간적으로 그 질문에 대한 답을 집요하게 추구한다. 그는 자신의 기억에 붙들려 있고, 너무나 살고 싶어 하고, 무가치한 존재가 되기를 거부한다. 그러나 그의 인간적 소망은 철처하게 금지되고 파괴당한다. 결국 레플리컨트는 삶 그 자체에서 소외된 프롤레타리아트이다.

나는 시인을 '세계 바깥의 무산자'라고 정의한 적이 있다. 시인은 일반적 언어 세계의 의미와 감각과 가치의 세계로부터 스스로를 소외시킨다. 마치 레플리컨트처럼, 다른 점이 있다면 자발적으로(그런데 정말 자발적일까?), 시인은 언어 세계 바깥에서 다시금 언어를 갈구한다. 이때 시인 외부의 언어는 시인이 언어 세계 바깥에서 쓰는 새로운 신화의 재료가 된다. 시인 진은영의

---

* 강정, 김민정, 김소연, 신용목, 심보선, 진은영 등 여섯 시인이 이 실험에 참여했다.

이야기처럼, 달이 자전하기 위해서는 공전을 해야 하듯이, 시인은 자신의 신화를 쓰기 위해서는 외부의 언어를 사용할 수밖에 없다.* "이 돌들은 내 상상의 양식이었다."라는 발터 벤야민의 말을 빌리자면, 나는 시인들에게 돌들을 건네준 셈이다. 데이터라고도 불릴 수 있는 그 돌들은 여섯 명의 시인들에 의해 처리되어 여섯 개의 시로 재탄생했다. 이들의 시를 보면서 나는 썼다.

> 이제부터 우리는 쏜다
> 지나치게 많은 말들을
> 어떤 형상과 색깔의 말들을
> 선물을 준비하듯
> 탄약을 장전하듯
> 옳기도 하고 나쁘기도 하고
> 아름답기도 하고 처절하기도 한
> 단어와 문장들을
> 먼 곳으로부터 더욱 먼 곳까지
> 그대를 통과하여 그대에게
> 어떤 연인도 왕도 신도
> 내게 주지 못한
> 어떤 절대

---

* 진은영, 「달의 자전과 공전에 대한 미학적 보고서」, 《자음과모음》 통권 6호(2009년 겨울호).

우리가 누구이든 그것이 예술이든 아니든

그대의 손가락이

그들 대신 그것을 가리켜 줄 것이다

그러니 우리는 쓸 수밖에 없다

발치에 구르는

찬란하지 않은 돌 하나를

눈앞에 치켜들고

그것이 스스로 파르르 떨릴 때까지

　　　　　　　　　　　　　—「찬란하지 않은 돌」

　강정과 신용목, 김민정과 김소연, 심보선과 진은영으로 짝패가 만들어지고 그들 사이에 단어들이 교환되면서 새로운 시들이 탄생한다. 이 시들의 단어는 시인들 자신이 고른 단어들이 아니기에 그들에게 '타율적'으로 부과되며 동시에 이 시인들은 그 단어들을 '능동적'으로 자신의 데이터 컴퓨팅 체계 안에 접속시킨다. 우연히도 진은영은 이 실험과 무관한 지면에서 이렇게 썼다. "[문학적 기획]은 하나의 단어를 그 단어의 바깥과 만나게 함으로써만 가능한 일이다. 물론 이때 바깥이란 다른 단어일 수도 있고 다른 사건일 수도 있을 것이다. 또는 동일한 단어와 동일한 사건이 타자의 말과 행위 속에서 나오는, 그리고 과거와는 다른 방식으로 사용되고 표현됨을 목격하면서 촉발되는 정념의 강렬한 힘 같은 것들."* 그녀는 어쩌면 나와 이태한의 실

---

* 진은영과 함께한 2009년 여름 스터디 모임에서 그녀가 써 온 문장을 발췌했다.

험의 핵심을 사전에 간파했는지도 모른다. 아니 이미 그렇게 오
랫동안 시를 써 왔는지도 모른다. 진은영은 우리가 건네준 돌들
을 마치 "달에서 지구로 떨어진 조각들"(진은영)이라도 되는 양
한편으로는 낯설어하면서 다른 한편으로는 신 나서 그것들을
가지고 놀았다. 그리고 나 역시 그녀의 시로부터 마흔세 개의 달
의 조각들을 골라내 그것들을 가지고 놀면서 시를 썼다.

지금 내 앞에는 아름다운 말들이
모닥불 연기처럼 모락모락 피어나고 있다
정전(正典)으로 가는 여행의 낙오자들
신전의 열주(列柱)로 자라날 수 있었던 조각들
그것들이 오후의 공기 틈새에 조성하는
흐릿하고 야릇한 진동
태어나고 있는지
죽어 가고 있는지 모르겠다
영원히 식지 않는
뜨거운 물에 젖어 떨고 있는 아이들
머뭇거리며 조금씩 소녀가 되어 가는 소년
아니면 반대
아니면 안녕
나는 숨을 들이쉬고 숨을 내쉰다
알게 모르게 조금씩 실패하는 일
마지막에는 폐허 위에 쭈그리고 앉아

우리가 누구이든 그것이 예술이든 아니든

마음을

볼록하고 딱딱한 돌 뚜껑으로 닫는 일

나는 숨을 들이쉬고 숨을 내쉰다

아름다운 말들은

어둠 속에 무성한 별빛처럼 빛나다가

깃털처럼 내려앉다가 불꽃처럼 타오르다가

유리구슬처럼 깨지다가 물 분수처럼 부서지다가

이곳은

아름다운 말들의 정원

나의 감각은 검은색에서 멈춰 있다

나의 표정은 하얀색에서 멈춰 있다

하지만 결국 넘쳐나는 사랑의 감정

아니면 반대

아니면 안녕

의미 없는 그림자들은 활기차게 흔들리고

우연한 슬픔은 절대적으로 슬퍼지고

나는 숨을 들이쉬고

한 번 멈췄다가

다시 숨을 내쉬고

―「말들의 정원」

이태한은 이러한 시 쓰기 과정을 퍼포먼스 현장에서 직접
시연할 수 있는 프로그램으로 만들었다. 그는 선택된 단어들을

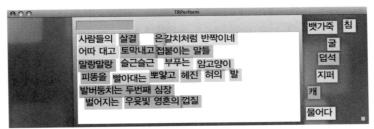

Text Resolution 프로젝트를 시연하는 프로그램 화면

마치 오려진 종이 조각 같은 이미지로 전환한 후 마우스를 사용하여 이리 옮기고 저리 붙일 수 있는 인터페이스를 고안하였다. 나는 김민정의 시에서 관객들과 함께 단어를 추출했으며 이 단어들을 가지고 즉석에서 이태한의 프로그램을 사용하여 관객들과 함께 짧은 시를 짓기도 했다.

이때 짚고 넘어가야 할 점은 이태한의 프로그램이 단순히 시 짓기의 과정을 보조하는 장치에 머물지 않았다는 사실이다. 우리가 시를 데이터로 보고 시 쓰기를 데이터 컴퓨팅으로 바라보는 것 자체가 사실은 디지털적 사유이다. 시어와 시어가 접속하고 교환되는 '사이'에서 여섯 개의 시가 탄생하는 것처럼, 문학적 사유와 디지털적 사유가 접속하면서 생성된 '사이'의 공간에서 우리는 Text Resolution이라는 실험을 수행한 것이다. 따라서 이태한과 나, 그리고 다섯 명의 시인이 함께 수행한 이 작업에는 여러 겹의 사이들이 존재한다. 이 사이들은 외부로부터 강제되는 타율성과 내부로부터 주장되는 자율성이 서로를 맞바꾸고 상쇄하고 혼류하면서 새로운 감각들을 탄생시키는 지점들

우리가 누구이든 그것이 예술이든 아니든

이다. 그 감각들은 예술 장르들의 차이, 기계와 인간의 차이, 내부와 외부의 차이를 완결적인 범주들로 구별 짓지 않는다는 점에서만, 그 차이들을 끝없이 왕복하는 영속적인 진동 상태를 고집한다는 점에서만 예술적이다. 이때의 예술은 예술일 뿐이기만 한 예술이 아니다. 따라서 애초에 제기됐던 "시인은 기계인가, 아닌가? 시인의 내면은 신비로운가? 평범한가?"라는 질문은 "어떻게 시인(예술가)은 외부와의 접속을 통해 시(예술)를 생산하는가? 즉 어떻게 그럴 수 있지?"라는 질문으로 바뀌어야 한다. 시 쓰기를 포함한 창작은 내적 주관성의 표현도 아니지만 반복적 컴퓨팅도 아니다. 창작은 언어들과 재료들을, 그토록 비밀스러운 사유와 감각들을 선물처럼 타인과 나눠 갖는 것이다. 창작은 기계적인 동시에 상상적이고 상상적인 동시에 관계적이다. 예술적 새로움은 외부와의 긴밀한 접속과 친밀한 교환 속에서 생성될 수 있는 것이다.

무한의 n에 대하여

지금까지 나는 두 가지 상반된 체험을 이야기했다. 한편으로는 지극히 정치적인 체험과 다른 한편으로는 지극히 예술적인 체험을 말이다. 그러나 이때 정치적인 것은 정치적인 것을 배반하는 한에서 정치적이며 예술적인 것은 예술적인 것을 배반하는 한에서 예술적이다. 시민이라는 정체성과 시인이라는 정체성의 효력을 유보하는 한에서 그것들은 정치적이고 예술적이다. 시인과 시민이라는 추상적 범주를 해체하고 익숙한 감각을 재분배하면서 각각의 체험들은 내 속에 있는 정체성 n 값을 불확정적인 것으로 만들어 버렸다. 그러나 1, 2, 3, …… n 사이의 구별과 위계는 내가 밟아 온 사회적 궤적과 이력들, 제도적 관습과 학습들에 의해 기입된 감각들이다. 그것들은 우리로 하여금 정치적이거나 예술적인 것들을 실제적인 것으로 받아들이고 스스로 구동하게 하는 감각들이기도 하다. 그것들은 여전히 생생하며 나는 그것들을 통하지 않고는 어쩌면 정상적인 삶을 살아갈 수 없다. 그렇기 때문에 대체로 나는 그러한 감각들로 자꾸만 다시금 돌아오는 것 같다.

나는 여전히 청탁이 오면 잡지에 발표를 하는 시인으로, 선거와 같은 기회가 오면 주어진 추상적 권리를 주장하는 대한민국 시민으로 살아간다. 그러나 앞서 그 두 가지 체험을 관통한 후에 내 몸에는 또 다른 감각들이 기입돼 있다. 시인과 시민이라는 정체성을 낯설게 하고 불편하게 하는 감각들. 그리하여 나는 예술과 사회의 바깥에 대하여, 그 불가능성에 대하여 자꾸만 사유하게 된다. 하지만, 블랑쇼의 말대로, 나는 이 사유를 절대로 홀로 할 수는 없었을 것이다. 이제 알겠는가? 이것이 내가 누군가를, 그대를 향하지 않고서는 아무 말도 할 수 없는 이유이다.

우리가 누구이든 그것이 예술이든 아니든

두리반,
자립 의지의 거점

　　2007년 인천공항행 경전철역이 들어서게 됐다는 계획이 발표되면서 동교동 167번지 일대는 그야말로 황금 알을 낳는 거위가 되었다. 아니나 다를까 남전 DNC라는 투기 자본(사실 그 배후에는 GS건설이 있었다.)에 의해 일대의 건물들이 무려 평당 8000여만 원(원래 평당 800여만 원)에 매입되었다. 상가 세입자들은 하루아침에 쫓겨날 판이었다.

　　홍대 입구역 근처에 자리한 칼국수 보쌈 전문집 두리반도 예외는 아니었다. 사장인 안종녀와 그 남편인 소설가 유채림에게 두리반은 삶의 터전이었다. 두 부부는 주택청약예금까지 해약하고 은행 대출을 받으면서까지 무리하여 식당을 열었다. 돈 문제가 전부는 아니었다. 두리반을 뺏기면 그들의 삶 전체가 붕괴되고 아무것도 없는 사막 위에 내던져질 것이 분명했다. 두리반뿐이 아니었다. 이발소, 꽃가게, 그리고 그 외 다른 식당들. 소위 소규모 자영업자들의 삶이란 것을 생각해 보자. 그들에게 주어진 자원이란 영구적이고 확고부동한 소유물이 아니다. 그들에게는 가게뿐이다. 여유분이 없다. 그들에겐 안정적 소득원이 없다. 그리고 무엇보다 그들에게는 언제까지고 탕감해야 할 부채가 있다. 불안은 불가피하다. 언제 문을 닫을지 모른다는 불안 말이다. 실제로 통계에 따르면 한국에서 전체 가구의 30퍼센트를 차지하는 자영업 가구의 금융 자산 대비 금융 부채 비율은 임금노동자에 비해 두 배가 높게 나타났다. 또한 자영업자의 80퍼센트가 적자를 보고 있는 것으로 나타났다.

남전 DNC는 건물이 헐릴 예정이니 이들에게 나가라고 통보했다. 그들이 가게를 잃으면 생존의 낭떠러지에서 아래로 굴러떨어질 것이 불 보듯 빤하다는 사실은 안중에도 없었다. 결국 2008년 봄부터 11세대가 시행사 측과 법정 싸움을 벌였지만 법원은 이들에게 예외 조항인 임대차보호법조차 적용될 수 없다고 결론 내렸다. 남전 DNC는 세입자들과 물밑에서 개별 협상을 벌였고 두리반에는 이사 비용 300만 원을 제시했다. 다른 가게들이 도장을 찍고 속속 빠져나가는 동안 두리반은 버텼다. 결국 2009년 크리스마스이브에 30여 명의 용역이 두리반에 들이닥쳤다. 그들은 주방장과 사장을 계산대 쪽으로 몰아세우고 식당 집기를 트럭 두 대에 옮겨 싣고 유유히 떠났다. 그들은 떠날 때 입구를 철판으로 막아 버리기까지 했다. 안종녀와 유채림은 12월 26일 새벽, 두리반에 몰래 잠입해 들어갔다. 자신들이 운영하던 식당 안으로 마치 도둑처럼 입구를 봉해 놓은 철판

두리반, 자립 의지의 거점

을 절단기로 뜯어내고 들어가야 했다. 그리고 그날 이후 2011년 6월 8일까지 그들은 531일에 걸쳐 농성을 이어 나갔다.

여기까지 두리반 이야기는 한국 사회에서 도시 재개발, 재건축이 횡행하면서 그로 인해 거리로 내몰린 피해자들, 즉 법적 보호를 전혀 받지 못하는 철거민들이 벌이는 투쟁의 이야기를 닮아 있다. 그러나 531일 두리반 투쟁은 조금 달랐다. 소설가 유채림이 농성에 돌입했을 때 그의 심리적 상태는 공황에 가까웠다. 그는 용산 참사를 떠올렸고 자신의 처지가 용산 철거민의 처지와 다르지 않다고 생각했다. 그것은 사실이었기에 그의 공포는 지극히 이해할 만한 것이었다. 불합리한 협상을 거부했을 때, 많은 경우 용역과 경찰, 철거민 사이에 물리적인 충돌이 일어났고 그 결과는 종종 비극적이었다. 그가 이런 상황에 처해 있을 때, 어떻게 싸워야 할지 몰라 번민하고 있을 때, 한 문학평론가 후배가 찾아와 말했다. "형, 노동자들은 어떻게 싸우죠?" 그가 답했다. "뭘, 그런 걸 묻고 그러냐. 노동자의 방식으로 싸우겠지." 후배가 다시 물었다. "그럼 농민은요?" "농민의 방식으로 싸우겠지." "그럼 작가는 어떻게 싸우죠?" 유채림은 망치로 머리를 맞은 것 같은 기분이 들었다. 작가의 방식이라……. 그는 얼마 후 《한겨레》에 「아내의 우물 두리반」이라는 칼럼을 썼다. 그 칼럼에서 그는 글을 이렇게 끝맺었다. "모든 집기를 들어낸 텅 빈 두리반에서 나와 나의 그녀는 농성 중이다. 대한민국은 사막이니, 사막에서 살아남기 위해 빼앗긴 우물을 돌려 달라고! 생수를 차려 놓고 떼돈 벌려거든, 모든 영세한 세입자들의 우물부터 여하한 보장하라고!"

이 외침에 화답하는 연대의 손길은 예기치 않은 데서 왔다. 칼럼을 읽고 홍대 앞에서 활동하는 인디 밴드 뮤지션들이 찾아왔다. '머머스룸'의 정동민, 한받과 단편선이 찾아와 두리반에서 공연을 하면 어떻겠느냐고 제안해 왔다. 유채림은 흔쾌히 그렇게 하자고 응했다. 이들은 2월 27일 첫 공연을 올렸고 매주 토요일마다 '칼국수 음악회'라는 이름으로 공연을 이어 갔다. 한받에 따르면 두리반의 분위기는 공연 이후 급격히 변했다. "저희가 올 때까지는 분위기가 가라앉아 있었습니다. 몇몇 사람들이 있었지만 불침번을 서는 정도였죠. 밴드들이 오면서 두리반에 온기가 생기기 시작했습니다." 불침번을 섰다는 것은 용역의 침탈에 대비했다는 뜻이다. 두리반 내부의 공기는 고여 있었다. 사람들의 호흡은 음울하게 가라앉아 있었다. 전쟁터의 참호에서처럼 시선은 긴장한 채 바깥을 향해 있었다. 시선을 두리반 내부로 돌리는 것은 다만 피로하고 충혈된 눈동자에 잠깐의 휴식을 주기 위해서였다. 그러나 공연이 시작되면서 분위기는 바뀌었다. 사람들이 모이고 공기의 온도와 흐름이 바뀌기 시작했다. 특히 '51+'라는 제목으로 2010년 5월 1일 진행된 페스티벌이 중요한 계기였다. 원래 5월 1일 노동절에 맞추어 51개 밴드가 참가 예정이었으나 신청 밴드가 넘쳐 결국 59개 밴드가 5월 1일부터 2일 새벽까지 공연을 했다. 3000여 명의 관객이 두리반을 찾았다. 사람들의 체온이 두리반 건물 전체로 확산되었다. 그동안 사람 손이 닿지 않고 텅 비어 있던 2층과 3층, 그리고 뒷마당

두리반, 자립 의지의 거점

에까지 무대와 조형물이 설치되고 실내 장식이 가미되었다. 이제 사람들의 시선은 적들의 침탈을 경계하기 위해 바깥을 향하지만은 않았다. 건물 안에도 노래하고 말하는 입이 있고, 춤추는 몸이 있고, 그림을 그리는 손이 있었다. 볼 것, 즐길 것, 나눌 것이 많아졌다. 수백여 팀의 밴드가 두리반에서 공연을 했다. 심지어 두리반으로 데뷔한 밴드도 몇 됐다. "침울한 투쟁 공간이 즐거운 축제의 장으로 바뀌었죠."라고 한받은 말한다.

비판도 있었다. 한받은 "두리반의 공연이 기존의 다른 페스티벌과 차별점이 없다. 농성 공간이라면 뭔가 달라야 하지 않나?"라는 이야기를 들었다. 요컨대 재개발, 재건축 현실, 철거민의 처지에 대한 교육이나 각성이 있어야 하지 않은가, 이런 이야기다. 그러나 두리반이라는 공간은 본질적으로 클럽과 다르다. 아무리 무대가 있고 전문 밴드의 공연이 있어도 관객과의 거리는 매우 좁다. 한받은 말한다. "공기의 밀도 자체가 틀립니다. 클럽에서 공연은 입장료를 낸 만큼 관객을 즐겁게 해 주는 쇼로서 형식을 취합니다. 클럽에서 나는 동물원의 동물처럼 구경의 대상입니다. 그러나 여기서는 자유롭게 관객과 직접적으로 소통합니다. 두리반에서 춤을 추면 정말 열광적으로 사람들이 반응합니다. 무대와 관객 사이의 거리가 좁혀지고 더 신나는 공연을 할 수 있습니다." 클럽에 비하면 열악한 두리반의 환경이 오히려 관객들과 공연자들 사이에 교감을 높이는 요건이 된다. "두리반에 온 이상, 생각 없이 놀러 왔더라도, 공간의 에너지를 서로 주고받습니다."

이때, 정치란 무엇일까? 이성을 우위에 두는 교육가들은 두리반의 공연을 감각의 향연에 불과하며 의식적 변화를 가져오지 못한다고 비판할 수 있다. 그러나 두리반의 공연은 교육학적 정치 모델과는 다른 정치의 모델을 보여 준다. 이 모델은 침탈당한 시간과 공간을 자율적 감각과 에너지로 재조직하는 모델이다. 공연이 자리를 잡으면서 사람들은 이제 두리반이라는 철거 예정 건물을 요구가 관철될 때까지 임시적으로 지키기만 하지는 않았다. 사람들은 두리반을 예술 생산과 향유의 공간으로 전환시키고 그 공간에 말하고 느끼고 반응하는 감성적 신체들을 자율적으로 기입하기 시작했다.

이 과정에서 소위 '자립 음악'이라는 명명이 만들어졌다. 한받은 두리반 첫 공연 때 이렇게 말했다. "철거민과 나의 처지는 다르지 않습니다. 자유롭게 노래할 곳이 없다는 점에서." 홍대 클럽과 인디 레이블은 또 하나의 자본이 되었다. 이들 자본은 자신들의 구미에 맞고 성공을 가져올 수 있는 뮤지션들을 선택하고 나머지는 배제한다. "비록 규모는 다를지라도 이들 자본의 기능이 대중음악의 미디어와 기획사 자본이 하는 기능과 뭐가 다른가?"라고 한받은 질문을 던진다. 홍대의 인디 신은 변화하고 있다. 홍대 지역의 상업화, 재개발은 두리반과 같은 자본 없는 상가 세입자들뿐만 아니라 인디 뮤지션들에게 직접적 영향을 미친다. 방값이 오르고 임대료가 오르고 소규모 공연장은 사라진다. 해결책은 자본을 가진 레이블과 클럽에 종속되는 것이다. 이 해결책에 따르면 자립의 여지는 줄어들 수밖에 없다. 결

두리반, 자립 의지의 거점

국 한받은 두리반 체험을 통해 자신이 지금껏 생각해 온 자립과 연대의 추상적 모델을 실제로 작동시키기에 이른다. 그에 대한 고민의 집단적이고 구체적인 결과물이 바로 「51+」 공연을 거친 후 10개 밴드들이 모여 결성한 '자립음악생산자조합'이다. 이들은 한편으로는 한국 사회 곳곳에서 벌어지는 정리 해고, 비정규직 문제, 철거민 투쟁을 위해 결합하고 다른 한편으로는 독립 레이블과 온라인 음원 다운로드 사이트를 개발하는 등 소위 주체적 기획과 생산, 유통, 공연의 네트워크와 시스템을 구축해 나가고 있다.

두리반에는 음악만 있었는가? 그렇지 않았다. 독립 영화 집단 '푸른 영상'의 영화 상영 프로그램이 있었고, 문학 작가들의 낭독회가 있었고, 그 외에도 연극 공연, 디자이너들의 두리반 외관 디자인 작업 등 모든 예술 장르들이 두리반에 집결하였다. 이들은 인디 뮤지션과 마찬가지로 나름의 '자립' 실험을 하고 있었다. 2월 27일 두리반에서 첫 밴드 공연이 있던 날, 독립 다큐멘터리 감독 정용택이 카메라를 들고 찾아왔다. 그는 그날 이후 모든 공연을 촬영해 오면서 '자립음악생산조합'을 만드는 과정을 담은 장편 다큐멘터리 「뉴타운 컬처 파티」를 제작하고 있었다. 그의 관심은 어려운 현실 속에서 어떻게 예술가들이 '성장' 하는가이다. 이때 성장이란 무엇일까? 그는 인디 뮤지션 '달빛요정역전만루홈런'의 죽음과 시나리오 작가 최고은의 죽음을 언급했다. 그는 가난한 예술가들이 생존에 급급하면서 살아가야 하는 현실을 극복하는 전범을 두리반의 뮤지션들로부터 발견한 것 같았다.

여기서 성장은 단순한 생존과 다르다. 성장은 다만 예술 활동을 근근이 이어 나가는 것이 아니다. 이때 성장은 한 개인의 성장과 마찬가지로 세계 속에 자신의 예술 활동 자리를 확보해 나가는 것이다. 이때 성장은 한 개인의 성장과 마찬가지로 홀로 외롭게 나아가기보다 타인들과의 대화, 현실과의 싸움 속에서 자신이 몰랐던 예술의 길과 미래 전망에 눈뜨는 것이다. 이러한 성장은 정용택 자신이 밟는 과정이기도 했다. 그는 「뉴타운 컬처 파티」를 제작하는 데 독립 영화의 자립을 모색하는 '사회적 제작'이란 새로운 재원 조성 방식을 도입했다. 국가나 기업의 지원금에 의존하지 않으면서도 공공성을 띤 민간 펀드로 영화를 제작하고 저작권과 수익 또한 사회적으로 환원한다는 것이다. 당시 「뉴타운 컬처 파티」는 전체 제작비 중 일부를 제천국제음악영화제 지원금으로 충당했고 나머지는 기부금으로 충당했다. 이때 기부금은 몇 가지 원칙을 정해서 단계별로 기부 당사자에게 환급되고 사회적으로 환원될 예정이었다. 궁극적으로 저작권은 공개 라이센스로 바뀔 것이다. 사회적 제작은 새로운 독립 영화의 자립 실험이다. 이 실험이 얼마나 성공할 수 있을 지는 더 지켜봐야겠지만 어쨌든 열악한 제작 환경에서 독립영화가 자립할 수 있는 대안적 전략의 모색이라는 점에서 그 가치는 충분하다고 볼 수 있다.

두리반에는 문학도 있었다. 초반에는 작가회의에서 추진해 온 '문학 강연'이 있었는데 이 행사는 작가 1인을 초대하여 이야기를 듣는 전형적인 강연 형식을 띠었다. 이 강연이 교육학적 모델을 따랐다면, 좀 더 흥미로운 행사는 동인 '1월 11일'이 기획한 「불킨 낭독회」였다. 매달 열린 이 자리에서는 '행복', '집' 등의 주제로 시인들과 소설가들, 그리고 독자들이 자신의 작품이나 자신이 읽고 싶은 작품을 낭독했다. 동인 구성원들은 등단한지 얼마 안 되는 시인과 소설가, 그 외에 인디 뮤지션, 디자이너등이었는데, 이들의 원래 의도는 소박하게 동인들끼리 낭독 모임을 두리반에서 갖자는 것이었다. 그런데 몇몇 시인들의 권유로 '독자와의 만남'으로 행사를 더 확장키로 한 것이다. 당시 출판사가 책 출간에 즈음하여 기획하는 '낭독회'가 활성화되고 있었는데 두리반에서의 낭독은 그와 같은 상업적 낭독회와 구별되었다. 그것은 소위 '문학적' 텍스트와 '비문학적' 콘텍스트라는두 이질성을 상호 연결시키려는 끝없는 번역과 해석의 노력이(비록 실패할지라도) 참여자들에게 수반된다는 점에서 그러했다.

동인 '1월 11일' 멤버인 정은경은 이런 에피소드를 전한다. "집이라는 주제로 낭독회를 진행했을 때, 한 참여자가 자신에게는 집이 없었다, 항상 이곳저곳으로 전전하는 삶을 살았다, 라고말했을 때 충격을 받았어요. 내가 생각한 집, 추우면 돌아가서몸을 녹일 수 있는 아늑한 집과는 너무나 거리가 멀었기 때문이죠." 아름답게 이상화된 문학적 집과 처절하게 현실적인 비문학적 집의 충돌, 일반적인 낭독회에서 발생하지 않는 이 사건은 작가와 관객 모두에게 번역과 해석을 강제한다. 번역과 해석은 반대 방향으로 이루어지기도 한다. 일반적으로 투쟁의 공간은 집합적 신체와 통일된 이데올로기를 구축함으로써 정치적 에너지를 유발하고 유지시킨다. 그런데 투쟁의 공간에서 문학 낭독회가 이뤄질 때 집합성과 통일성은 유동성과 다양성으로 대체된다. 철거라는 단단하고 날카로운 주제는 변주되고 재구성된다.(예를 들어 안종녀 사장은 「불킨 낭독회」가 두리반이라는 투쟁 공간에 문학적 품격(?)을 더하는 데 기여했다면서 동인들에게 감사를 표했다.)

그러므로 「불킨 낭독회」는 낭독회 그 자체로서 정치적 의도와 상관없이 고유의 정치를 수행한다. 문단에서는 흔치 않은 작가와 작가, 작가와 독자 사이의 직접적 만남과 친밀한 대화를 이끌어 낸다. 그런 의미에서 다른 장르들이 두리반에서 수행한 실험의 일단이 문학의 경우에도 확인되고 있다고 볼 수 있다. 특히 갓 등단한 작가들이 기획과 섭외를 담당한 「불킨 낭독회」는 선후배를 따지는 문단의 일반적 관행과는 거리가 있었고 그에 따라 어려움도 적지 않았을 것이다. 또한 이들이 아직 시집을 출간하지 않은 채 소위 '정치적 활동'을 하는 것은 자신의 작품들과 문학적 성향에 대한 예단을 불러올 수 있다는 부담을 갖게 했을 수도 있다. 그러나 작가들은 기본적으로 외적인 부담과 압박에 자신의 작품 활동이 종속되기를 원치 않는다. 만약에 종속이 된다면 그것은 언제나 불안, 즉 자신의 존재와 작품이 무시되고 망각될 수 있다는 불안 때문이다. 그러나 이런 식의 '작은 낭독회'는 작가와 독자 사이 거리를 좁히고 다양하고 이질적인 (콘)텍스트들을 연결시키고 충돌시키면서 문학을 향유하고 작가를 인정하는 새로운 기쁨의 공간을 창출할 수 있다.

두리반, 자립 의지의 거점

결국 두리반은 철거 농성장만은 아니었다. 아니 정확히 말하면 새로운 철거 농성장이었다. 두리반은 다양한 장르의 예술 활동들이 공존하고 지속했다는 점에서 복합 문화 공간이라고 불리기도 했다. 또한 서로 다른 장르들이 상호 결합했다는 점에서, 혹은 텍스트, 이미지, 사운드가 섞이고 교차했다는 점에서 다원 예술 공간이라고도 볼 수 있다. 혹은 두리반의 예술 활동은 스콰팅(squatting)이기도 했다. 스콰팅이란 일반적으로 소유권이 없는 이들이 빌딩이나 주거 공간을 목적의식적으로 점유하는 사회운동이나 문화 운동을 지칭한다. 한국에서 예술가들의 스콰팅은 일종의 단기적 이벤트로 혹은 소유주의 동의하에 이루어진 적은 있지만 두리반의 경우처럼 본격적이고 장기적으로 이루어진 적은 없었다. 복합 문화 공간, 다원 예술 공간, 스콰팅 등 기존의 용례들이 두리반에 적용될 수도 있겠지만, 놓치지 말아야 할 것은 두리반에서 이루어진 모든 활동들, 유대와 연대, 시공간의 창조적 변형 등은 처음부터 계획했던 것이 아니었다는 점이다. 유채림이 속했던 작가회의의 지원을 빼고 그 외의 모든 두리반에 대한 예술가들과 시민들의 협력과 방문은 자발적으로 이루어졌다. 그들은 프로그램을 제안했고 내용은 알아서 했다. 부부가 한 일은 무대를 준비하고, 객석의 의자를 배열하고, 청소하고, 정리하고, 그게 전부였다.

프로그램 없는 프로그램 속에서 두리반은 예술가들뿐만 아니라, 종교인들, 청소년들, 대학생들, 활동가들, 시민들이 부담 없이 모여 기쁨과 분노를 나누는 일종의 공동체로 변화하였다.

'두리반'이라는 말 자체가 공교롭게도 여럿이 둘러앉아 먹을 수 있는 크고 둥근 상을 뜻한다. 이 식사 공동체는 언제나 한 자리를 비워 놓았는데, 그 자리는 새로 오는 사람, 이방인을 위한 자리였다. 이 타인이 반드시 재개발, 재건축, 철거 문제에 대해 잘 아는 계몽된 시민일 필요는 없었다. 이들은 좋아하는 밴드의 공연과 작가의 낭독을 보기 위해 두리반을 찾아왔다. 한 번 오고 다시 안 온 사람도 있었지만 한 번 오고 계속 오게 된 사람들도 있었다. 안종녀와 유채림은 두리반 반상회를 농성 내내 지속했는데, 이 반상회는 누구에게나 열려 있었고 모든 것에 대해서 이야기할 수 있었다. 반상회에서는 해야 할 일을 나누고 안 한 일은 다그치는 난상 토론이 오갔다. 10대가 20대와 맞짱 뜨고 20대가 40대에 기어오르는 일도 있었다. 그러나 회의가 끝나면 언제나 함께 밥을 먹었다.

이 느슨하고 개방된 공동체는 자본과 권력이 점점 인간적 삶을 주변화하고 추방해 가는 현대 자본주의의 한복판에서 다양한 자립의 전략들을 실험하고 실현하는 장이 되었다. 2010년 7월 21일 한전이 전기 공급을 끊었을 때도, 자가 발전 시스템을 구축하여 전기를 돌렸고 웹과 SNS를 통해 두리반 소식을 알렸고 점점 더 많은 사람들이 두리반에 몰려들었다. 급기야 2011년 5월 1일,「51＋」페스티벌을 연 뒤 1년 후,「뉴타운 컬처 파티 51＋」라는 제목으로 더 큰 규모의 심포지엄과 뮤직 페스티벌이 홍대 거리까지 진출하여 개최되었다. 주거의 자유는 예술의 자유와 결합했고 정치적 입장과 문화적 취향이 연결되었다. 투쟁의 의

두리반, 자립 의지의 거점

미는 서로 다른 사람과 사람 사이로 확장하고 서로 다른 기억과 기억 사이에 축적되었다. 결국 두리반의 151일 농성은 승리로 끝났다. 2011년 2월 8일 마포구청에서 남전 DNC와 두리반 대책위원회는 마포구, 마포경찰서 관계자가 동석한 자리에서 공개적으로 합의문에 도장을 찍었다. 이 합의문은 "시행사는 두리반이 홍대 지역에서 다시 영업을 재개할 수 있도록 한다."라고 명시했다. 그 자리에서 안종녀는 2009년 크리스마스이브에 용역이 집기를 들어낸 폭력적 행위와 2010년 7월 21일 전기 공급을 끊게 한 모욕적 행위에 대해 남전 DNC 사장으로부터 구두 사과를 받았다.

두리반 농성이 승리를 하는 데 예술가들의 자립적 활동은 어떻게 기여를 했을까? 아주 단순히 보면 두리반에 사람의 발길이 끊이지 않게 한 것도 큰 기여였다. 그런데 이 예술적 응집력은 언제나 비예술적 실천들, 일상적 질서, 심리적 안정감과 연계되면서 두리반의 역동성을 지속시켰다. 이 역동성은 시행사와 용역에게 어떻게 비쳐졌을까? 확실히는 알 수 없지만 하나의 에피소드가 간접적으로 답을 해 준다. 삼오진이라는 용역업체가 2010년 12월 두리반을 방문하여 만약 연말까지 해결을 안 본다면 '삼오진 방식'으로 해결하겠다고 안종녀와 유채림에게 으름장을 놓았을 때, 부부는 말했다. "그렇게 해라. 우리는 '두리반 방식'으로 응해 주겠다." 그들이 질문했다. "두리반 방식이 뭐요?" 부부는 답했다. "두고 보면 알게 될 거요." 두리반 방식은 곧 확인됐다. 용역이 떴다는 소식이 트위터를 통해 전해지자 홍대 주변에 있던 수십 명의 사람들이 두리반으로 몰려왔다. 또 며칠 후 두리반 농성 1주년 기자회견에서 작가회의의 사무차장은 "우리는 현재 두리반에 가해지고 있는 협박을 예의 주시하고 있으며, 만약 온당치 않은 일이 벌어질 시에 작가회의 전 회원이 참여하여 끝까지 싸울 것이다."라고 발언하였다. 두리반 소식은 많은 언론에 노출되었다. 며칠 후 삼오진 대표가 찾아와 "제 말투가 원래 그렇습니다. 협박하려고 한 게 아닙니다."라고 변명을 하였다. 용역 업체는 꽤 놀랐다. 도대체 두리반은 어떻게 이 모든 집단들과 연결돼 있는가? 어디서 이 수많은 사람들이 오는가? 이 부부는 예술가, 인권 운동가, 언론인, 종교인 모르는 사람 없이 왜 이리 오지랖이 넓은가?

홍대라는 지역적 특성, 부부의 인맥, 예술가들의 자발적 참여 등등의 요인들은 두리반을 수세적 참호에서 능동적 거점으로 변화시켰다. 수많은 관객과 예술가들이 공간을 점유하고 문화를 생산하고 에너지를 발산하였다. 그리하여 531일 동안 두리반은 감히 쉽사리 침탈할 수 없는 투쟁 공간으로 성장하였다. 두리반은 철거민의 투쟁에 하나의 전범이 될 수 있을까? 위의 변수들은 우연히, 특이한 조건하에서 결합된 것임에는 분명하다. 그러나 가장 중요한 변수는 '그곳에서 함께 말하고 행동하려는 사람들의 의지'였다. 두리반은 무엇보다 그러한 의지의 거점이었다. 인디 뮤지션 한받은 두리반이 승리를 하니 한편으로는 기쁘고 다른 한편으로는 섭섭하기도 하다고 말한다. "내 인생의 한 챕터가 넘어가는 듯합니다." 그러나 두리반에 모였던 뮤지션

두리반, 자립 의지의 거점

들은 조합을 결성했고 활동을 이어 갈 것이다. 안종녀와 유채림은 새로 연 두리반 역시 일종의 문화 공간으로 운영할 계획이라고 말한다. 그리고 언젠가 클럽을 열 계획이라고 한다. 그 클럽은 예술가들이 자립할 수 있는 거점이 될 것이다. 그렇게 하나의 의지가 만들어졌고 그 의지는 지금 성장하고 확장하고 있다.*

---

* 두리반의 실험은 아직 진행형이다. 사장 안종녀와 소설가 유채림은 인디 뮤지션들과 우정을 이어 가고 있다. 유채림 자신은 농성 당시 '섭섭해서 그런지'라는 인디 밴드를 결성했고 지금까지도 드러머로 왕성히(?) 활동 중이다.

예술가의
(총)파업

시인의 소심한 사보타지

나는 어느 날 시를 이렇게 쓴 적이 있다. 나는 당시 한 연구소에 고용된 계약직 연구원이었다. 그날은 회의가 있는 날이었다. 버스를 타고 가는데 시상이 떠올랐다. 노트를 꺼내 메모를 하기 시작했다. 그러다 연구소에 도착했다. 회의실에 들어갔다. 회의가 시작됐다. 그러나 시상이 계속 떠올랐다. 나는 시를 쓰고 싶어서 안달이 나기 시작했다. 회의 도중에 화장실에 다녀오겠다며 옆방의 컴퓨터 앞에 가서 노트의 메모를 옮겨 적고 첨삭하며 시를 완성했다. 다시 회의실에 돌아왔다. 그런데 맘에 걸리는 부분도 떠오르고 또 다른 시구도 떠올랐다. 갑자기 전화가 온 척하며 "여보세요. 아, 네……. 제가 지금 회의 중인데요……. 아, 급하시다고요……." 이러면서 옆방으로 달려가서 다시 시를 고쳤다. 이러기를 몇 번을 반복하면서 회의를 거의 훼방 놓다시피 하면서 시 한편을 최종적으로 완성했다.

이 에피소드는 단순히 관료제적 규율을 거부하는 자유로운 정신에 대한 이야기가 아니다. 그것은 신체적 활동에 대한 이야 기이기도 하다. 회의 시간에 테이블 앞에 고정돼 있어야 할 나의 신체, 사람들의 이야기에 집중하는 자세로, 그들의 말을 받아쓰 고, 동의한다는 듯 고개를 끄덕이고, 또 손을 들어 의견을 개진 해야 했을 나의 신체는 시에 대한 욕망에 사로잡혀 산만하게, 안 절부절, 일어났다 앉았다, 공간적 안정을 흩뜨리고, 시간의 흐름 을 중지시키면서 다른 사람들의 신체, 회의라는 신체, 구획된 공 간과 시간이라는 신체 전체에 대하여 의도하지 않은 사보타지 를 수행했던 것이다.(물론 회의가 끝나고 윗분으로부터 왜 이리 정신 산란하게 하느냐는 지적을 받은 나는 고개 숙여 사죄해야 했다.)

동물들에게 파업은 가능한가?

우리가 살고 있는 자본주의 사회는 통합적으로 조직화되지 도 않고 위계화되어 있지도 않다. 이제 개인 또는 집단의 몫과 정체성은 관료제적 질서 안에서 교섭되고 정의되지 않는다. 사 회는 무수한 조직과 영역들로 파편화되어 있다. 각각의 조직과 영역에서는 1퍼센트의 중심 권력과 99퍼센트의 주변부가 갈라 지는, 승자 독식의 양극화가 일어나고 있다. 이 같은 사회의 조각들은 기능적 네트워크로 연결된다. 이윤과 성장은 더 이상 노동력에 의존하지 않으며 네트워크를 타고 흐르는 금융자본과 상징 조작 테크닉에서 나온다. 기업은 생산력 향상보다는 구조 조정과 혁신이라는 외양 꾸미기로 브랜드 가치를 올리는 데 주력한다. 산 노동은 죽은 노동으로 대체되고 있다. 인적 자원이란 장인적 능력을 가진 인재가 아니라 스펙이 훌륭하고 적응 능력이 뛰어나고 매력적이고 개성 있는 존재를 뜻한다. 이들은 생산하는 자가 아니라 자본의 홍보 모델이다. 이러한 체제에서는 두 종류의 인간종(種)이 양산된다. 시스템 안에서는 '살게 만들어지는(to make live)' '노동하는 동물'이 양산되고 시스템 바깥에서는 '죽게 내버려지는(to let die)' '잉여'가 양산된다.

　이 두 인간종은 현대 자본주의 체제에서 권력을 행사할 수 있는 기회를 근본적으로 박탈당한다. 앙드레 고르는 노동자의 지식과 기술이 아니라 주주단과 채권단의 의사 결정, 컨설턴트의 자문이 기업의 운명을 결정하는 상황에서 노동자의 '자주(自主) 관리' 자체가 불가능해졌다고 이야기한다. "무엇을 자주 관리해야 하나? (중략) '현장의 노동이 모든 것이 정상적으로 작동하는지 확인하는 일로만 구성되었고', '기계 앞에서 느끼는 무력감에 고립감과 고독감이 동반하는' 유리 제작 공장이나 플라스틱 제작 공장에서 자주 관리가 무엇을 의미할까?"*

---

* 앙드레 고르, 이현웅 옮김, 『프롤레타리아여 안녕』(생각의 나무, 2011), 207~208쪽.

　　　　　　　　　　　예술가의 (총)파업

지그문트 바우만은 『쓰레기가 되는 삶들』에서 산업 예비군과 잉여의 차이를 지적한다. 관료제적 자본주의 체제의 산업 예비군에게 실업은 비정상적이고 일시적인 상태이다. 이들은 자본의 필요에 의해 다시금 고용 상태로 복귀하게 될 것이다. 그러나 신경제 체제의 잉여에게 실업은 정상적이고 항구적인 상태이다. 그들이 간혹 시스템 안으로 채용될 수는 있겠지만 얼마 안 가 축출될 것이다. 그들에게는 자주 관리는커녕 임금 교섭의 기회조차 주어지지 않을 것이다.

따라서 제기되는 질문은 이런 것이다. 현대의 인간종은 자본주의 기계의 작동과 사회의 지배 질서에 도전하는 행동으로서 파업을 실행할 수 있는가? 오로지 구매력과 교섭력의 향상에 골몰하는 노동하는 동물들이 어떻게 시스템을 정지시킬 수 있단 말인가? 아예 시스템으로부터 배제된 잉여적 존재들은 어떻게 시스템을 정지시킬 수 있단 말인가?

통치당하는 유희적 신체

타다시 우치노는 현대에 이르러 '규율 권력'은 더 이상 사회 전체를 관통하며 작동하지 않는다면서 이렇게 이야기한다.

> 동경 지하철의 젊은이들의 신체적 상태를 살펴보자. 그들의 신체는 많은 경우 '느슨하게(loose)' 훈육돼 있지 않은(undisciplined)

상태에 놓여 있다. 그러나 그들의 신체가 '느슨한' 것이 그들의 개인적 선택이나 의지 때문이라고 볼 수만은 없다. 그들의 느슨함은 일본의 권력과 사회적 제도라는 견지에서 이해되어야 한다. '느슨한' 신체들은 '느슨하지 않은'(훈육된) 신체들을 요구하는 제도와 사회에 대한 저항의 제스처로 선택된 것이 아니다. 권력, 제도, 사회가 그들의 신체를 '느슨하게' 내버려 뒀기 때문에 단순히 '느슨한' 것이다.*

일본 지하철 젊은이들의 "느슨한" 신체는 바로 훈육되지 않은, 어떤 기능도 부여받지 못한 채, 시스템 바깥으로 내버려진 잉여의 신체이다. 말 그대로 아무 활동도 하지 않는 비활성 신체이다. 여기서 눈여겨 볼 점은 잉여의 비활성 신체가 권력과 제도와 사회에 하등 영향을 미치지 않는다는 점이다. 허먼 멜빌의 소설 『필경사 바틀비』에 나오는 '필경사 바틀비'처럼 시스템 안에서 끈질기게 '위무위(爲無爲)' 하면 모를까 애초에 시스템 바깥으로 배제된 잉여의 '무위'는 시스템의 작동을 중단시킬 수 없다.

그런데 타다시 우치노는 "느슨한" 잉여의 신체를 재활성화시키기 위해 젊은이들에게 예술 제도를 체험케 하는 것이 필요하다고 주장한다. "[일본 젊은이들의 '느슨한' 신체를 보건대] 규율 제도로서의 일본 교육 시스템이 더 이상 작동하지 않는다

---

* Tadashi Uhino, "From Humanism to Post-humanism and Back?", Asia ICH Performing Arts Forum(Hong Kong, 2011. 11. 25).

예술가의 (총)파업

는 것은 분명하다. 그렇다면 그 '느슨한' 신체들로 하여금 다른, 그러나 명백히 더 유희적인 형태의 제도, 즉 연극과 무용을 체험하게 하자." 요컨대 "느슨한" 신체를 활성화시키되, 유희적으로, 대안적 제도인 예술을 통해 그렇게 하자는 것이다.

그렇다면 무위도 아니고 기능 수행도 아닌 유희로서 예술 제도는 내버려진 잉여의 신체를 저항적 신체로 재활성화시킬 수 있을 것인가? 타다시 우치노는 이런 질문은 던지고 있지 않다. 하지만 우리는 잘 알고 있다. 현대 자본주의 체제에서 예술 제도 그 자체가 시스템의 중단을 보장하지 않는다는 것을. 그러기는커녕 오히려 시스템의 작동에 기여하는 경우가 더 많다는 것을. 많은 예술가들과 예술 단체들이 국가와 시장의 후원을 받아서 "유희적 신체"를 발명하고 있음을. 이 같은 발명 행위들이 국가와 시장의 관리에 의해 효과적으로 통치되고 있음을.

이때 국가와 시장의 규율 권력은 예술적 표현을 억압하고 검열하지 않는다. 규율 권력은 "유희적 신체"를 "훈육된 신체"로 억지로 전환시키지 않는다. 이것은 규율 권력의 무능력이나 오작동을 뜻하지 않는다. 타다시 우치노는 훈육과 경영을 구별하고 있는데, 사실 경영이야말로 훈육의 자기 진화, 규율 권력이 드디어 꺼내든 최첨단 무기라 할 수 있다. 이제 규율 권력은 예술이 활성화하는 신체가 어떤 신체이건, 그 신체가 극장에서 공연되건, 박물관이나 혹은 거리에서 전시되건, 그것이 결과적으로 자본주의의 황금을 축적하고 그 광택을 내는 데 일조하도록 관리하고 운영하고 판매하는 데 노력을 기울인다. 이 노력은 너무나 치밀하고 심지어 경탄스럽기까지 하다.

　미국에서 1989년에 일어난 '메이플소프 사건'*이 전개된 양
상을 살펴보자. 애초에 메이플소프의 게이 포르노적인 '유희적 신
체'가 촉발했던 도덕적이고 종교적인 이슈는 몇 년간의 논란 끝
에 경영적 문제(managerial problem)로 정리가 됐다. 그렇다. 문제는
경영이었다! 1990년대 이후 방만한 미국 예술계의 질서를 잡은
이들은 우파 정치인이나 보수적인 종교 지도자들이 아니었다.
그들은 바로 컨설턴트였다. 특히 2000년대 이후 현대 규율 권력
의 숨겨진 무기인 경영은 과거의 "유희적 신체"가 홀로 해낼 수
없었던 기적을 선보였다. 그것은 설치 불가능한 것을 설치하고
(크리스토 야바체프와 장 크로드의 「게이트」)** 판매 불가능한 것을 판
매했다.(펠릭스 곤잘레스-토레스의 「무제(마르셀 브리앙의 초상)」)***

＊ 로버트 메이플소프는 1989년 에이즈로 사망한 미국의 사진작가이다. 그의 사망
직후 열린 전시회는 게이 포르노로 비난받으며 논란에 휩싸였다. 특히 연방예술기
금(NEA)의 지원금이 전시회를 연 미술관에 지급되었다는 사실이 알려지면서 보수
정치인과 종교 단체들은 NEA의 예산 삭감과 폐지를 요구했다. 이 논쟁은 1990년대
중반까지 이어졌다.
＊＊ 이 작품은 2005년 2월 센트럴파크의 거의 모든 길목에 2주간 설치되었는데, 작
품의 규모는 실로 어마어마했다. 5390톤의 강철, 96킬로미터의 비닐 관, 10만여 평
방미터의 천 등이 작품 설치에 투여된 것으로 알려졌다.
＊＊＊ 작가의 친한 친구이자 작품 수집가인 마르셀 브리앙의 초상으로, 작품은 갤러
리 구석에 쌓인 90킬로그램만큼의 사탕으로 구성되었다. 그것은 바로 마르셀 브리
앙의 생전 몸무게였다. 관객은 원하는 만큼 사탕을 집어 먹을 수 있는데, 그 같은 관
객의 행위는 죽은 이에 대한 공적 애도이자 사적이고 에로틱한 관계 맺음이기도 하
다. 결국 이 작품은 영구적이지 않다. 전시 때마다 매번 사라지며 또한 다시 만들어
지는 이 작품은 2010년 460만 달러에 판매되었다.

　　　　　　　　　　　　　　　　　　　　예술가의 (총)파업

예술가의 파업

예술가의 파업은 "느슨한 신체"의 모습으로 나타나는 잉여 예술가들의 수동적 무위와는 상관이 없다. 이때 무위는 이미 배제된 신체의 비활성화 상태이기에 시스템의 작동을 훼방 놓을 수 없다. 또한 예술은 "유희적 신체" 그 자체로서 시스템을 중단시킬 수도 없다. 오히려 현대의 국가와 시장은 경영이란 비장의 무기로 "유희적 신체"를 가치 증식의 도구로 삼는다. 그렇다면 예술가의 파업은 어떻게 가능한가? 여기서 잠시 과거의 예술가들 이야기를 해 보자.

노동자재해보험국에 근무했던 카프카나 영어 교사였던 말라르메는 일하느라 작업할 시간이 부족하다고 투덜거리면서도 잠을 자야 할 밤에, 즉 휴식을 통해 노동력을 재생산해야 할 시간에 시와 소설을 썼다. 그들은 야간의 글쓰기를 통해 '피곤하면서 활동적인' 신체, '종속됐으면서 자율적인' 신체를 발명할 수 있었다. 자크 랑시에르는 이러한 글쓰기의 연원이 엘리트가 아니라 오히려 노동자의 야간 글쓰기 활동에 있었다고 말한다. 19세기 전반에 등장했던 노동자의 야간 글쓰기가 갖는 의미는 무엇인가?

야간의 부가 행위는 노동자 실존의 틀 자체를 해체시키고 낮과 밤, 생산과 재생산의 순환을 와해시킨다는 것이다. 노동 종료 후 다른 생각 없이 피로로부터 회복되는 수면의 시간을 갖는 신격화된 질서를 깬다는 것은 동시에 노동자 실존의 조건들과 사회적 질서의 토대를 파괴하는 것이었다. (중략) 그것은 재생산적 인간들에게 있어서 고유한 시간, 행동 방식, 존재 방식, 말하는 방식 밖으로 노동 신체들이 이탈함을 의미했다. (중략) "엉망진창이 된" 하루 일과와 시작(詩作)을 위해 수면 시간을 줄여야 하는 구속감을 진술하는 청년 말라르메의 편지는, 노동의 낮과 사유의 밤을 계속해서 유지시켜야 한다는 급박한 사태에 빠져 있는 프롤레타리아[노동자]들이 썼던 편지들을 모사하는 것처럼 보였다.*

자율적 활동으로서 글쓰기는, 생산과 재생산의 고정된 주기, 신체가 묶인 시간과 공간, 지배 질서가 신체들에게 부과한 말과 몸짓의 한계로부터 신체를 해방시킨다. 이렇게 해방된 신체의 감각, 사유, 말이 지배적 공간, 시간, 기능, 관계를 점유하고 중지시킬 때 글쓰기는 파업과 동일한 정치를 수행한다. 그래서 자크 랑시에르는 시인에 대해 묘사하면서 "사회를 마주 보고 파업 중"이라는 표현을 썼는지도 모른다. 말라르메와 카프카, 노동자에게 야간이라는 시간은 시스템으로 재진입하기 위한 휴게소, 대기소로 주어졌다. 그러나 그들은 야간 휴게소, 대기소를 자신만의 공방으로, 작업실로 전유했다. 그들은 그곳을 점거한 채 시스템을 마주 보고 시와 소설을 쓰면서, 사회적 파업을 수행하면서, 행복하게 소진돼 갔다.

그렇다면 현대의 예술가는 어떤가? 그저 불행하게 소진(burn

---

* 자크 랑시에르, 유재홍 옮김, 『문학의 정치』(인간사랑, 2009), 161～162쪽.

예술가의 (총)파업

out)되는 일만 남은 건 아닐까? 일이 없어 시간이 많을 때는 광막한 불안으로 소진되고 일에 쫓겨 시간이 없을 때는 숨 막히는 공포로 소진되는 것 아닌가? 이런 지경이라면 결국 현대의 예술가가 사회를 마주 보고 수행하는 파업이란 시스템으로부터 정규적/정상적으로 배제된 상태, 혹은 시스템에 의해 비정규적/비정상적으로 과잉 착취당하는 상태에 대한 거부 의사를 표명하는 것이어야 한다. 시스템의 배제와 착취 기제가 예술가에게 부과한 실존으로부터 해방된 신체를 제시하는 것이어야 한다.

자유롭고 활동적인 신체의 발명, 과잉 착취에 대한 보이콧이라는 형태로 이루어지는 예술가 파업의 스펙트럼은 다양할 수 있다. 예술가들이 가장 쉽게 할 수 있는, 지극히 일상적이고 개인적인 행동들도 파업의 시작이 될 수 있다.(능동적 무위(하루 종일 캔버스 바라보며 작업 구상하기, 하루 종일 시 한 줄 쓰기, 아마추어처럼 작업하기, 지나치게 진지한 동료 예술가를 보면 "왜 그래, 프로처럼?" 하고 놀리기.), 예술에 대한 자신의 열정이 혹시 성공하려는 욕망은 아니었던지 산책하면서 생각하고 또 생각하기, 억지로 해야 했기 때문에 미뤄 왔던 일을 가뿐히 한 번 더, 아니면 영원히 미루기 등등.) 또한 예술가들은 조금 더 관계적인 활동으로 옮아갈 수 있다. 실제로 자신의 예술 창작 활동이 정작 '소외된 노동'이 되어 버렸을 때, 어떤 예술가들은 '예술 동호회'에 가입하기도 한다. 그 동호회에서 예술가는 자신처럼 불행한 동료 예술가들을 만나 대화를 나누고 춤을 추고 노래를 부르며 행복해한다.

요컨대 예술가의 파업은 자본과 권력의 기능 바깥에서 자율적이고 독립적인 영역을 확보하려는 일체의 노력으로, 이를테면 다음과 같은 활동들로 구성되어 나갈 것이다.

그 자체가 목적이며 경제적 목적이 없는 행위들, 곧 다른 사람들과의 커뮤니케이션, 생활의 창조와 재창조, 애정, 육체적 · 감각적 · 지적 능력의 충분한 실현, 상업적 성격이 없는 이용 가치(타인들과 함께 사용할 수 있는 물건이나 서비스)의 창조(그런데 이런 창조는 원래부터 이윤을 목표로 하지 않기 때문에 상품으로 생산되는 일이 불가능할 것이다.)*

해방된 신체의 활동은 개인과 동료의 범위를 넘어서기도 한다. 최근에 예술가들은 직접 행동, 즉 권력이 빼앗아간 장소와 시간을 점거하여 피지배자의 것으로 재전유하려는 실천과 연결되기 시작했다. 예술 동호회에 가입한 예술가들이 불행한 동료 예술가들과 행복한 유대를 경험했다면, 두리반 농성과 희망버스 운동에 참여한 예술가 콜렉티브와 조직, 개인 예술가들은 해고 노동자, 비정규직 노동자, 철거민, 장애인, 주부, 학생들과 함께하며 "불행한 피지배자들의 행복한 연대"를 경험하고 구현했다. 이러한 예술가들 중 어떤 이들은 노동하는 동물로 전락한 열패감은 물론이거니와 끝내 버리지 못하고 있던 나르시시즘까지 극복할 수 있었다.

나는 희망버스에 참여한 한 영화감독이 다음과 같이 증언했

---

* 앙드레 고르, 앞의 책, 130쪽.

예술가의 (총)파업

다는 사실을 전해 들었다. "지금까지 살면서 항상 붙들고 있던 카메라를 내려놓자 사람들이 나를 인정해 주기 시작했다." 그런데 이 영화감독은 결국 희망버스에 대한 영화를 완성시켰다. 영화를 만든 그의 신체는 과연 어떤 종류의 신체였을까? 카메라를 항상 붙잡고 있는 "피곤한 신체"도, 카메라를 바닥에 내려놓는 "느슨한 신체"도 아니었다. 카메라를 내려놓은 척하면서 붙들고 있는, 혹은 붙들고 있는 척하면서 내려놓는 이 특이한 신체의 활동이야말로 강요된 노동을 작파하는 파업 행동이자 자신과 타인을 모두 행복으로 이끄는 창작 활동일 수 있었던 것이다.

이제 예술가들이 거리로 나선다. 그들은 5월 11일 총파업에 동참한다. 이제 총파업은 역사적으로 존재해 왔던 총파업들의 본질을 확인하는 동시에 확장한다. 총파업은 공장 안에서 노동과 산업을 중지시키는 것을 넘어서 지배 시스템 바깥에서 그것에 저항하고 그것의 입구를 봉쇄하는 감각, 말, 사유, 행동을 총집결시키는 사건의 형태를 띠게 된다. 이 총파업에 예술가들은 전위(前衛)로서도 아니요, 소심한 개인도 아니요, 다만 자신의 불행을 거부하는 자유롭고 행복한 신체의 자격으로 참여하게 될 것이다. 그 신체의 이름은 현대 자본주의 체제에서 동일한 예속 상태에 처한 99퍼센트, 그 예속 상태로부터의 해방을 소망하는 99퍼센트, 바로 프레카리아트*이다.

---

* 비정규직, 계약직, 파견직 등의 불안정 노동자계급(precarious proletariat)을 가리키는 축약어다.

3부

예술의 죽음,
예술의 부활

문학이 창작자와 독자 모두에게 가져다주는 행복의 빛은 가까스로
'잔존'한다. 늦은 밤 반딧불처럼 어렴풋하게 빛나는 이 행복의 미광
아래서 창작자는 온몸으로 글을 쓰고 독자는 먼 곳에서 온 친구의
편지를 읽듯 기대감에 부풀어 책장을 넘긴다. 이것이 문학이
우리에게 허락하는 가장 근원적인 장면이다.

저자, 전자책,
전자 문학

저자란 무엇인가?

우리는 저자라고 하면 어떤 존재를 생각하는가? 어떤 이미지를 떠올리는가? 여러 답이 있을 수 있겠지만 나는 하나의 가능한 형상에 초점을 맞추고자 한다. 그것은 이런 것이다. 그는 어딘가 도시로부터 멀리 떨어져 있거나, 혹은 도시에서도 아주 궁벽한 어느 골목길에 위치한 어두컴컴한 서재에서 촛불을 밝히고 가끔 창밖을 보며 먼 새벽별에 눈을 맞추고는 다시금 아직은 글자보다 공백이 더 많은 종이 위로 쓸쓸히 시선을 돌릴 것이다. 물론 이 골방의 그가 큰맘 먹고 광장으로 나올 때가 있는데 그때 그 소심한 글쟁이를 바깥으로 불러내려면 광장은 혼돈의 광기와 변혁의 에너지로 가득 차 있어야 할 것이다. 광장의 무리 속을 배회하는 그는 자신의 소우주를 기꺼이 집합적인 열

광에 내맡기고 그것이 심지어 파괴될 때까지 자신의 글과 말과 행동을 밀어붙일 것이다.

그러나 골방과 광장을 오가는 저자에 대한 상상은 최근 들어 너무 자주 일어나서 이제는 흥미조차 반감된 자각몽처럼 되어 가고 있다. 꿈은 깨졌다. 하지만 하나도 충격적이지 않게 깨졌다. 그럼에도 그 외에 다른 꿈은 없다는 듯이 사람들은 그 꿈속의 저자를 마치 '환상소설'의 주인공인 양 소비한다. 예전에 내가 읽은 어느 잡지 기사의 제목은 "부르디외는 없다"(《르몽드 디플로마티크》 2011년 1월호)였다. 이 기사에 따르면, 프랑스에서 점점 진보적인 목소리를 내는 지식인들은 늘어나는데 이들은 되도록 대학의 연구실 바깥으로 나아가지 않으며, 따라서 이들이 생산하는 비판 담론은 이들의 (교수라는) 사회적 지위에 의해 정당화되고 역으로 이들의 사회적 지위를 강화할 뿐 정치적 실천과는 아무런 연결고리를 갖지 못한다. 실제로 피에르 부르디외, 에드워드 사이드, 놈 촘스키 같은 전통적인 실천적 지식인의 저작들은 이제 전 세계적으로 '배척'되고 있다. 대신에 자기 계발서인지 사회과학서인지 그 경계가 불분명한 서적들, 수권자의 국정 컨설턴트인지 민중의 편에 선 지식인인지 헷갈리는 저자들의 책들이 불나게 팔리고 있다. 이들이 바로 소비되는 지식인-저자들이다.

한국에서도 마찬가지이다. 대부분 교수들인 신문 칼럼니스트들의 논조는 우파든 좌파든 매우 자유롭고 비판적이다. 그러나 나는 소위 비판적 지식인이라 불리는 이들이 텔레비전의 토론 프로그램에 나와 정부의 비정규직 정책에 대해 열을 올리며 비판하는 것은 봤지만 비정규직 투쟁의 현장에서 지지 연설을 하는 것은 보지 못했다. 요컨대 이 시대에 지식인 신화는 미디어에서 '클릭' 수에 따라 소비되는 신화에 불과하며, 이 신화조차 사실은 환상에 가깝다는 사실을 누구나 알고 있다. 웹이나 미디어에서 활동적인 저자를 실천의 장에서 맞닥뜨릴 때(그럴 일은 거의 없겠지만), 우리는 그의 세련된 대화술이 현장의 정치적 열정에 얼마나 어울리지 않는가를 어렵지 않게 알아챌 것이다. 저자는 이제 자율적 주체라는 고풍스러운 신화를 걸치고 소비되는 미디어 이벤트에 다름 아니다.

나는 여기서 미셸 푸코가 말하는 '저자-기능'이라는 개념을 빌려 오고자 한다. 푸코는 저자-기능이라는 용어로 저자를 파악하면서, 이때 저자는 실존하는 인격체로서의 저자와 구별되며 동시에 텍스트 내부의 허구적 자아와도 구별되는, 하나의 혹은 복수의 '기능'으로 담론의 사회적 존재 양식을 정의한다고 말한다. 저자-기능을 요약하면 아래와 같다.

　i) 저자 기능은 담론의 세계를 둘러싸고 한정하며 분절하는 사법적·제도적 체계와 연결되어 있습니다. ii) 저자 기능은 모든 담론들에 대해서, 또 모든 시대와 모든 형태의 문명에서 획일적이고 동일한 방식으로 수행되지 않습니다. iii) 저자 기능은 담론 산출자의 자발적인 귀속에 의해서 정의되는 것이 아니라 특수하고 복잡한 일련의 조직에 의해서 정의됩니다. iv) 저자 기능은 순

　　　　　　　　　　　저자, 전자책, 전자 문학

수하고 단순하게 실제의 한 개인을 가리키지 않으며, 따라서 몇 개의 자아를, 각기 다른 개개인들이 차지할 수 있는 몇 개의 주체-위치(positions-sujets)를 동시에 야기할 수 있습니다.*

저자-기능이라는 관점에서 본다면 앞서 이야기한 비판적 지식인으로서의 저자나 그것의 소비문화적 변형 또한 저자-기능의 양태들 중 하나로 볼 수 있을 것이다. 저자-기능은 정의상 텍스트 내적인 구조뿐만 아니라 저자가 참여하는 텍스트 외적인 실천까지 아우른다. 그것은 텍스트 내부나 텍스트 바깥 어느 한편으로 귀속되지 않는, 그 둘 사이에서, '텍스트의 가장자리'에서 진동하는 '공간'이라고 할 수 있다. 그렇다면 저자의 명성과 사회적 위신이 미디어와 시장이라는 자장하에서 생산되고 소비되는 요새 같은 때에 디지털 기술로 장착한 뉴미디어의 등장이 저자-기능에 어떻게 영향을 미칠까? 그리고 이 질문은 다시 두 가지 방향으로 갈린다. 뉴미디어 혁명은 저자를 소비 시장의 한복판으로 몰아갈 것인가? 혹은 반대로 그가 걸치고 있던 고루한 신화로부터 벗어나 새로운 창작과 향유의 장으로 나아가게 할 것인가?

뉴미디어 환경과 저자-기능 사이의 관계를 설정하는 것이 반드시 결정론적인 논리를 따를 필요는 없다. 즉 뉴미디어 환경

---

* 미셸 푸코, 김현 외 옮김, 「저자란 무엇인가」,『미셸 푸코의 문학비평』(문학과지성사, 1994), 256쪽.

은 저자와 독자가 함께 참여하여 변화시키는 공간을 창출할 수 있으며, 이때 저자-기능이란 이 열린 공간의 이름을 뜻할 것이기 때문이다. 조르조 아감벤은 푸코의 저자-기능 논의에 잠재하는 이 같은 '비결정성'을 "몸짓"이라고 지칭한다. "만일 우리가 각각의 표현 행위에 있어서 표현되지 않은 채로 남아 있는 것을 '몸짓'이라고 부른다면, 저자는 그 표현 속 한가운데에 빈 공간을 수립함으로써 표현을 가능케 하는 하나의 몸짓으로서만 텍스트에서 현존한다고 말할 수 있다."* 이때 저자가 자신의 몸짓을 통해 부여하는 정념과 사유의 공간은 필연적으로 독자의 참여를 요청한다. "감정과 사유에는 그것을 경험하고 사유하는 주체가 필요하다. 감정과 사유가 현존하려면, 누군가가 그 책을 집어 들고 읽어야 한다. 그렇게 하는 개인은 저자가 남긴 시의 텅 빈 자리를 차지할 것이다. 그 사람은 저자가 작품에서 자신의 부재를 입증하기 위해 사용했던 똑같은 비표현적 몸짓을 반복할 것이다."**

결국 뉴미디어 환경이 열어젖히는 새로운 저자-기능이란 그 같은 환경에서 탄생한 텍스트의 빈 공간을 채우고 비우는 몸짓들, 그 몸짓들의 교류와 묶음의 특이성이라는 견지에서 파악되어야 할 것이다. 만약 뉴미디어 환경에서 탄생하는 저자-기능을 텍스트의 저작권, 창작 방법론, 유통 범위, 소비 양태 등의 경

---

* 조르조 아감벤, 김상운 옮김, 『세속화 예찬 ― 정치 미학을 위한 열 개의 노트』(난장, 2010), 96쪽.
** 위의 책, 103쪽.

저자, 전자책, 전자 문학

제적 혹은 법적 용어들에만 의존하여 해명하려 한다면, 우리는 최근에 유행하는 '콘텐츠 산업론'이라는 한계 내에서 저자-기능을 논하게 될 것이다. 소위 콘텐츠 산업론은 자신의 정념과 사유를 텍스트 속으로 자유롭게 흘려보내려는 저자와 그러한 정념과 사유를 자유롭게 향유하려는 독자 사이의 "고매한 협약"(사르트르)으로서의 '쓰기-읽기'를, 상징 자본(명성, 취향)과 경제 자본(인세 수입, 비용 대비 만족도)을 상호 극대화하려는 '합리적 계약'으로서의 '생산-소비'로 환원시킨다. 이 관점은 미학적으로뿐만 아니라 정치적으로도 편협하고 무능하다고 할 수 있다.

자본주의 시대의 저자-기능

결국 쓰기-읽기에서 표명되는 저자-기능은 자신의 메시지를 관철시키기 위해 독자와 소통하고 독자를 설득하는 고독한 생산자, 권위적 웅변가일 수 없다. 오히려 저자는 자신의 비밀한 말을 넌지시 건네고 나누고 함께 기뻐하고 슬퍼할 주체, 살아 있는 생활인으로서의 독자를 초청할 수밖에 없다. 그러므로 아무리 저자가 저주와 독설로 이 세계의 질서를 부정한다고 하더라도 그는 그 질서의 내부를 유유히, 부단히 가로지르는 '삶'(그 삶이 아무리 평범할지라도)에 대한 은밀한 동경과 애정을 숨길 수 없다. 토마스 만의 『토니오 크뢰거』의 주인공 토니오 크뢰거는 다음과 같이 고백한다.

내 말을 들어 주십시오. 나는 삶을 사랑합니다.(이것은 일종의 고백입니다.) 이것을 받아들여 주시고 간직해 주십시오. (중략) 그렇습니다, '삶'은 정신과 예술의 영원한 대립 개념으로서 우리들과 같은 비정상적인 인간들에게는 피비린내 나는 위대성과 거친 아름다움의 환상으로 나타나거나 비정상적인 것으로서 나타나는 것이 아닙니다. 정상적이고 단정하고 사랑스러운 것이야말로 우리들이 동경하는 나라이며, 그것이 바로 유혹적인 진부성 속에 자리 잡고 있는 삶인 것입니다! 친애하는 리자베타, 세련되고 상궤를 벗어난 것, 악마적인 것을 궁극적 목표로 삼고 그것에 깊이 열중하는 자는 아직 예술가라 할 수 없습니다. 악의 없고 단순하며 생동하는 것에 대한 동경을 모르는 자, 약간의 우정, 헌신, 친밀감, 그리고 인간적인 행복에 대한 동경을 모르는 자는 아직 예술가가 아닙니다. 평범성이 주는 온갖 열락을 향한 은밀하고 애타는 동경을 알아야 한단 말입니다, 리자베타!*

그렇다면 자본주의에 이르러 저자가 은밀히 동경하고 연결되기를 원하는 삶의 평범성은 구체적으로 어떤 면모를 띠는가? 리처드 세넷은 발자크의 소설이 드러내는 주인공들에게서 자본주의가 팽창시킨 욕망의 주체들을 발견한다. 그에 따르면 발자크 소설의 인물들은 "갖지 못한 것을 손에 넣기 위해 안달하다

---

* 토마스 만, 안삼환 외 옮김, 『토니오 크뢰거·트리스탄·베니스에서의 죽음』(민음사, 1998), 54~55쪽.

저자, 전자책, 전자 문학

막상 손에 넣으면 이내 열정이 식어 버리는" 욕망의 군상들이라
는 것이다.* 그러나 자본주의적 욕망의 노예를 양산하는 이 평
범한 삶의 형태들의 다양하고 무질서한 목록들을 가감 없이 제
시할 때, 저자-기능은 그 제시 속에서 정치적-미학적 가능성의
틈들을 벌리고 차지할 수 있다. 발자크가 묘사하는 자본주의의
풍경들은 물신들, 스펙터클인 동시에 또 다른 신화와 신비를 빚
어내는 재료들로 작동한다. 이 같은 양가성에 대해 랑시에르는
다음과 같이 말한다.

> '상상 밖의 모자들로 가득한' 모자 가게들, '굳은 진흙 계곡',
> '빗물과 먼지로 더러워진 진열창들', 주식 투자가들, 정치인들, 기
> 자들, 창녀들이 제자리걸음하는 '태양에 의해 건조되고 매음에
> 의해 이미 불붙게 된 것 같은 널빤지들의 공화국', 이 모든 것이
> '수치스러운 시'를 짓는다. 그러나 유형들, 행위들과 시대들이 뒤
> 섞인 이 수치스러운 시는 정확하게 사람들이 그 비밀을 잃었다고
> 말했던 체험된 세계에 내재한 시의 현대적 형태이다. 현대는 모
> 든 것이 뒤섞이고, 상품 장식이 환상적인 동굴과 동등해지며, 모
> 든 간판이 시와 체험된 세계의 수치가 되는, 모든 광고물은 미지
> 의 식물이 되는, 모든 쓰레기는 문명의 어떤 시기의 화석이 되는,
> 모든 폐허는 사회의 기념비가 되는 곳이다.**

---

* 리처드 세넷, 유병선 옮김, 『뉴캐피털리즘 — 표류하는 개인과 소멸하는 열정』(위
즈덤하우스, 2009), 165쪽.
** 자크 랑시에르, 유재홍 옮김, 『문학의 정치』(인간사랑, 2009), 39쪽.

자본주의 시대의 저자-기능은 자본주의가 양산한 상품 기호들을 재료로 삼아 '수치스러운 시'를 짓는다. 그것이 수치스러운 이유는 평범한 삶에 대한 동경이 궁극적으로는 물신에 대한 욕망으로 드러나기 때문이며, 그럼에도 그것을 시라고 부를 수 있는 이유는 그 욕망의 가면 너머에서 사물들에 대한 사용과 향유의 잠재성이 뚜렷해지기 때문이다. 발자크의 소설에서 상품들은 물신의 껍데기를 탈피하고 고유한 색채와 형상을 띤 사물들로 독자들에게 다가오며 인간과 세계에 대한 새로운 신화의 표정과 몸짓을 구현한다. 그러나 다른 한편, 이 "수치스러운 시" 속의 저자-기능(아감벤이 몸짓, 혹은 스페키에스(species)적인 것이라 칭하는)은 자본주의 시대의 소비경제의 메커니즘에 의해 인격화되고 실체화되어 소비의 대상으로 환원될 수 있다.(비극적이게도 점점 더 그렇게 되고 있다.)* (이러한 환원은 시장과 미디어의 작품에 대한 포획력 때문일 수도 있고 저자가 작품을 애초부터 스펙터클 형태로 생산했기 때문일 수도 있다. 요컨대 이 환원은 작품 내적으로 일어날 수도 있고 작품 외적으로 일어날 수도 있다.) 이때 저자-기능은 그 고유한 비결정성, 틈으로서의 성격을 잃어버리고 '콘텐츠'로 동일화 및 분류되며, 교환가치를 창출하는 원천으로 기능한다. 앞서 예를 든, 전문적이고 고급스러운 의견의 표본으로 미디어에 전시되는 최근의 '지식인 상품'들은 이러한 환원의 흔한 사례들 중 하나일 뿐이다.

---

* 조르조 아감벤, 앞의 책, 88~89쪽.

저자, 전자책, 전자 문학

전자책과 저자-기능

그렇다면 뉴미디어 환경은 저자-기능에 잠재하는 (교환가치가 아닌) 사용가치를 활성화시킬 것인가? 혹은 반대로 감소시킬 것인가?(아니, 정확히 말하면 감소되는 추세를 가속시킬 것인가?) 상품으로서의 책의 변화 과정에서 전자책은 새로운 시장과 새로운 기술의 부상에 상응하여 등장한 신상품이라고 할 수 있다. 포디즘에서 포스트포디즘으로의 경제체제 변화, 그에 수반하는 디지털 테크놀로지의 부상은 대량생산-대량소비에 '대중 시장(mass market)'을 다원적이고 미시적인 욕구와 상품들이 만나는 '틈새 시장(niche market)' 혹은 '롱테일 경제(long-tail economy)'로 대체한다. 사사키 도시나오에 따르면, 전자책은 기존의 출판 시장에 대한 보완 장치, 즉 기존의 종이책을 단순히 전자화하여 더 많이 보급하는 장치를 넘어서서 그 자체 대중 시장의 작동 방식과 구별되는 대안적인 콘텐츠와 시장을 창출한다. 그는 이를 리패키지라는 용어로 표현한다.

[전자책은] 기존의 패키지를 벗기고 다른 패키지를 다시 씌우는 것이다. '서점의 진열대에 놓여 있는가?', '신문 광고가 크게 나왔는가?', '판매 순위의 상위에 들었는가?', '대형 출판사에서 나왔는가?', '유명한 필자가 쓴 책인가?' 같은 콘텐츠의 외곽 패키지는 앰비언트에 의해 일단 벗겨지고, 필자에게 최적화된 형태로 다른 모양이 씌워진다. 이것이 리패키지다. 리패키지는 매

스 모델과는 반대되는 힘으로 움직인다. 왜냐하면 리패키지로 새롭게 씌워진 모양은 '잘 팔리는가?', '인기 작가의 작품인가?'와 같은 매스 모델적인 패키지가 아니라, '나한테 재미있는가?', '내가 지금 흥미를 느끼는 주제와 가까운가?', '내 인생과 접점이 있는가?', '내가 참가하고 있는 커뮤니티에서 흥미를 가질 콘텐츠인가?'와 같은 맥락이기 때문이다.*

여기서 "매스 모델과 반대되는 힘"이 과연 얼마나 교환가치를 벗어나 사용가치 쪽으로 전자책을 이끌고 갈 것인지가 관건이다. 사사키 도시나오는 "전자책이 앰비언트[맥락]가 되고, 맥락이 소셜 미디어로 유통되는 새로운 책의 세계에서는 많은 마이크로 인플루언서와 무수히 많은 팔로워가 출현할 것이다."라고 예측한다. 그의 논지에 따르면 소셜 미디어와 전자책의 결합은 미시적 취향 공동체들의 형성을 촉매하고 이 공동체들의 고유한 욕구는 저자-기능에 잠재하는 사용가치를 활성화시킬 가능성이 높다. 나아가 사사키 도시나오는 전자책의 리패키지는, 독서를, 조작되고 강요되는 스펙터클이나 이데올로기가 아니라 '더욱 커다란 무엇'으로 이끄는 길을 제공할 것이라고 주장한다. 그는 앰비언트화된 음악으로부터 전자책의 독서 경험을 유추하며 아래와 같이 설명한다.

---

* 사사키 도시나오, 한석주 옮김, 『전자책의 충격』(커뮤니케이션북스, 2010), 165쪽.

저자, 전자책, 전자 문학

앰비언트가 된 음악의 세계에서는 온갖 새로운 곡들과 예전 곡들, 유명 뮤지션과 무명 뮤지션의 음악이 평평하게 축적된다. 그리고 음악에 대한 교양이란 것이 예전처럼 음악에 관한 지식만을 말하는 것이 아니라, 하나의 음악이 다른 음악과 어떻게 관계를 맺고 있는지, 그 음악이 어떤 음악에서부터 탄생한 것인지에 대한 지식이나 감각까지 공유하는 것을 말하게 되었다. 그래서 '더욱 커다란 사운드에 접속한다'는 새로운 맥락이 생겨난다. (중략) 이와 같은 현상은 책의 세계에서도 일어나고 있다. 책은 음악과 달라서 마이크로화되기 힘들기 때문에 통합된 하나의 세계관을 가진 콘텐츠로서 유지된다. 하지만 리패키지되면서 책도 그 너머에 존재하는 '더욱 커다란 무엇'인가를 보기 시작한 것이 아닐까 생각한다. 그것은 무엇인가? (중략) 책을 통해 우리는 어떤 세계와 어떤 사람들과 만날 수 있을 것인가? 책의 너머에 존재하는 것은 새로운 세계인가, 따뜻하고 그리운 공간인가, 아니면 쓸쓸한 바람이 부는 황야인가? 그것은 책과 책을 읽는 독자가 만드는 공간에 따라 다양하게 바뀌겠지만, 책을 통해서 세계와 우리는 더욱 강하게 연결될 것이다.*

사사키 도시나오를 따르자면, 전자책의 저자-기능은 책 너머의 '더 큰 세계'로 독자를 이끌어 가는 공간(그에 따르면 맥락)을 제공하며, 이 공간 속에서 독자와 저자는 미시적인 교환 관계

* 위의 책, 179~180쪽.

로 연결되는 동시에 거시적인 세계에 동참할 수 있게 된다. 전자
책의 시대에 책은 다양한 정보로 분해되고 그 정보는 다시금 더
큰 구조물로 재조합될 것이다. 그리고 전자책으로 인해 저자와
독자는 기존의 대중 시장이 제공하지 못했던 높은 수준의 자유
를 향유할 수 있을지도 모른다.

그러나 사사키 도시나오가 긍정적으로 말하는 '더욱 커다란
무엇'을 아즈마 히로키라면 매우 비관적인 논조로 '커다란 비
(非)이야기', 즉 데이터베이스화된 정보의 바다라고 칭할 것이
다. 아즈마 히로키에 따르면 '커다란 비이야기'는 향유되기보다
는 오로지 소비될 수 있을 뿐인데, 이때 소비자들은 특정한 정보
에 대한 동물적 욕구에 따라 움직일 따름이며, 이때 그들이 관여
하는 세계는 "단지 즉물적으로 누구의 삶에도 의미를 주지 않고
표류"하는 거대한 부유물일 따름이다.* 여기서 저자-기능은 의
미가 삭제된 죽은 사물들, 서사적 질서를 상실한 기호들의 네트
워크 주변에 마치 좀비처럼 모여들었다가 흩어진다. 그렇기에
전자책의 저자-기능은 사용가치가 아니라 교환가치를 활성화
시킨다. 이때 교환가치를 활성화하는 소비란 드넓은 정보의 바
다를 오로지 먹거리의 무한한 저장고로 대하는 동물적 섭생에
가깝다고 볼 수 있을 것이다.

---

* 아즈마 히로키, 이은미 옮김, 『동물화하는 포스트모던』(문학동네, 2007), 165쪽.

저자, 전자책, 전자 문학

전자 문학과 저자-기능

나는 전자책이 단순히 또 다른 형태의 소비로 귀결할 뿐이라고 결론을 내리고 싶진 않다. 그러기에는 전자책의 잠재력은 아직도 숨어 있고 만개하기를 기다리고 있는 미디어이다. 그러나 적어도 전자책의 저자-기능을 미시적 취향 사이의 매개와 네트워킹, 혹은 그 너머의 가용한 정보 데이터베이스라는 관점에서 본다면 그 한계는 명백하다고 볼 수 있다.

이 경우 전자책의 저자-기능은 만족스럽거나 소유할 만한 저작물로서 자신의 담론적 존재 양식을 한정 짓는다. 나는 이 한계를 넘어서는 담론적 존재 양식을 모색하기 위해 전자 문학이라는 영역으로 논의를 옮겨가고자 한다. 전자 문학을 사전적으로 정의하면, '전자적 정보를 사용하여 지어진 픽션이나 운문'이라고 할 수 있을 것이다. 그러나 다음에서 소개할 두 사례는 이러한 사전적 정의를 넘어서서 사실상 예술과 기술, 문학과 미디어 아트, 가상공간과 현실공간 사이의 불확정적 지대에 존재한다고 볼 수 있다.

첫 번째 사례는 김소연 시인과 내가 미디어 아티스트인 이태한과 최수환의 도움을 받아 기획한 YOU.MIX.POEM(이하 YMP) 프로젝트이다. http://som.saii.or.kr/ymp/에는 시인 40명의 시구 40개를 발췌해서, 여섯 가지 목소리로 낭독한 음성 파일 240개가 업로드돼 있다. 유저들은 사이트를 방문하여 가용한 파일들을 믹스하여 새로운 시(낭독)를 창작할 수 있다. 유저들은

YOU. MIX. POEM 프로젝트 웹 페이지 화면

재조합된 시(낭독)를 배경음과 결합하여 녹음/재생할 수 있는
데, 이 배경음은 자신이 직접 녹음하여 음성 파일로 만들어 올릴
수도 있고, 기존의 업로드된 파일을 사용할 수도 있다.

　김소연 시인은 YMP에 대해 이렇게 이야기했다. "시의 조
각들이 숨겨져 있다는 거, 조각들의 작은 차이들이 빚어내는 간
격에 귀 기울인다는 거, 이것들을 꿰매며 놀이를 한다는 거, 꿰
맨 시접에서 일어나는 보풀을 음미한다는 거, 꿰매면서 느껴지
는 충돌을 조장한다는 거, 이것들은 누구나 간단히 참여할 수

저자, 전자책, 전자 문학

있으며 저장하고 링크할 수 있으며, 배포하고 전시할 수 있다는 거. 무엇보다 시 조각이 퍼즐 조각과 레고 블록이 될 수 있다는 거. 작업에 몰두하다 보면 어린이가 되거나 개미가 될 수 있다."* 여기서 저자-기능은 작가들과 독자들이 만나는 고유한 놀이 공간을 제공한다. 이 공간에서 성스러운 권위를 가지고 있던 시의 텍스트들은 아감벤의 표현을 빌리면 "공통의 사용으로 되돌려진다." 이 공통적 사용에서 시는 경제적 의미에서 콘텐츠로 소비되거나, 법적 의미에서 저작물로 소유되거나, 정치적 의미에서 권위를 유지할 수 없다. 아감벤에 따르면 놀이는 성스러운 제의의 품목들을 재사용하고, 그러한 제의들 속에 작동하던 경제와 법과 정치의 역량을 "행복의 문"으로 전환시킨다.** 여기서 YMP의 전자 문학적 저자-기능은 전자책의 데이터베이스적 소비와 구별된다. 데이터베이스적 소비는 의미와 가치의 권위적 질서로 구축된 기존의 거대 서사를 해체하지만 이러한 해체적 소비에서 소유되는 콘텐츠란 결국 취향이라 불리는 동물적 선호가 욕구하고 소유하는 먹거리처럼 취급될 뿐이다. 그러나 YMP의 참여자들은 작품들에 내재해 있는 권위적 아우라를 믹스라는 사용법을 통해 재구성, 재활용한다. 그리고 이 사용을 통해 각각의 참여자는 본래 작품을 감싸고 있던 아우라가 오로지 '흔적'으로만 남은 새로운 작품을 창조한다. 결국 참여자들

---

* http://catjuice.egloos.com
** 조르조 아감벤, 앞의 책, 112쪽.

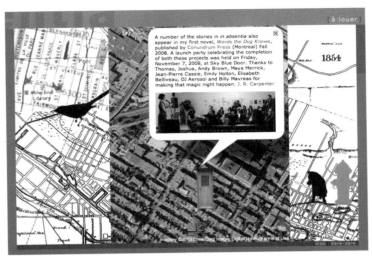

J. R. 카펜터의 in absentia 웹 페이지 화면

은 단순히 기존의 분리(작가와 독자, 쓰기와 읽기, 텍스트와 사운드)를 폐지하는 것이 아니라 오히려 그 분리를 즐거운 놀이를 위한 공통의 무대와 장치로 전환시킴으로써 문학이 가지고 있던 물신적 권위를 "행복하게" 몰락시킨다.

상품적 소비에 내재해 있는 경제적, 법적, 정치적 역량을 비활성화시키고 그럼으로써 담론의 사용가치를 활성화시키는 놀이는 전자 문학이 작동시키는 저자-기능의 정치적 잠재력을 이끌어 낼 수 있다. 캐나다 작가 J. R. 카펜터의 'in absentia'(http://luckysoap.com/inabsentia/)는 전자 문학의 저자-기능이 지니는 정치적 잠재력을 보여 주는 좋은 사례이다. 'in absentia'는 구글 맵을 활용하여 몬트리올의 마일엔드라는 지역에서 일어난 도시

저자, 전자책, 전자 문학

재개발과 철거민 문제에 대해 미학적인 동시에 정치적인 방식으로 개입한다.

몬트리올 마일엔드 지역에 고급 주택이 들어서면서 그곳의 가난한 거주민들이 강제 퇴출당하던 즈음, 이 지역에 거주하는 작가들은 장소에 대한 기억, 체험, 상상의 이야기들을 사이트에 장착된 구글 맵 위에 텍스트 파일로 기입하여 방문객들이 읽을 수 있도록 한다. 이 작품에서 저자-기능은 개인 작가의 고독한 쓰기와 그를 추종하는 독자의 읽기로 이루어지지 않는다. 다양한 작가들이 작성한 텍스트들이 지도 위에 자유롭게 펼쳐지며, 이때 하나의 쓰기는 다른 쓰기에 대한 읽기로서 쓰기이기도 하다. 그리하여 경제적 개발이라는 단일 논리가 삶을 식민화해가고 있던 이 지역은 'in absentia'에 의해 새로운 공동체적 공간으로 재구성된다. 협력적 이야기 놀이를 통해 작성된 서사와 기억, 체험이 경제적 지배 논리에 개입하고, 이를 통해 다른 종류의 행복을 공동체적 공간에서 작동시키기 시작한다. 데이터베이스라는 거대한 비(非)이야기로부터 말 없는 뼈 조각과 공허한 골격만을 취하는 전자책의 소비와 달리, 'in absentia'는 도시 지역에 대한 기억과 체험들을 데이터로 가공한 후, 소설과 기록, 가상공간과 현실 공간의 분리선 사이의 공간에서 고유한 이야기 놀이를 실행한다. 이 놀이는 자본주의적 도시 경관에서 작동하는 권력 장치를 비판하면서 그 이면에 잠재하던 비밀들을 끄집어내어 새로운 도시의 신화를 기록해 나간다.

교환가치에서 사용가치로

나는 예전에 한 에세이에서 이렇게 쓴 적이 있다. "책 한 권이 인생을 바꾸던 시기는 지났다. 희미한 전등 빛이 책상 위에 펼쳐 놓은 좁은 공간에서 벌어지던 자기 혁명, 보다 더 큰 혁명으로 향해 내딛는 최초의 발걸음, 설렘과 혼란 끝에 이르는 모호하고도 뜨거운 공감. 현대의 독서는 이런 신비와 격정의 체험들과 전혀 무관하게 되었다."*(지나치게 과격하고 단순한 주장이긴 하다.) 그렇다면 책의 고귀한 정신이 탈신비화된 이 시대에 이렇게 말할 수 있을까? "전자책이 인생을 바꿀 수 있는 시기가 왔다!" 그럴지도 모른다. 그러나 현재로서는 다음과 같은 전망이 더 우세해 보인다. 책이라는 담론 양식은, 세계와 인류 전체에 관여하기보다는 그때그때 개개인들의 욕구와 취향에 따라 언제든 취하거나 버릴 수 있는 '정보 덩어리'로 그 위상이 바뀔 것이다. 책은 세계의 미래를 계시하는 위대한 정신의 소산이 아니라 주기가 짧은 취향 공동체를 구성하는 데 긴요한 소비재로 그 기능이 바뀔 것이다. 전자책은 이러한 추세를 가속화하면 했지, 멈추게 하지 않을 것이다.

나는 전자 문학에 시선을 돌렸다. 근대의 저자-기능에 잠재했던 '틈', '평범한 사물들'로 이루어진 '작은 세계'에 대한 동경과 그것들로 짓는 "수치스러운 시"가 거대한 세계에 대적하는

---

* 심보선, 「우정과 애정의 독서」,《문학사상》456호(2010년 10월호), 196쪽.

저자, 전자책, 전자 문학

참신한 무기가 될 수 있는 가능성, 다시 말해 담론의 교환가치를 비활성화시키고 반대로 사용가치를 활성화시키는 가능성을 전자 문학의 몇 사례에서 찾아보고자 하였다. 내가 전자 문학에 기대를 거는 이유는 그것이 놀이로서 지니는 '유희적' 특성 때문이다. 자크 랑시에르는 유희에 대해 이렇게 이야기했다. "유희는 외양 그 자체(어떤 현실도 가리지 않고, 어떤 목적의 수단도 아닌 외양)를 즐길 수 있는 능력이다. 유희는 형식과 재료, 능동성과 수동성, 목적과 수단 등 사회적 위계가 되기도 하는 개념적 위계들 같은 전통적인 위계들을 무력화시킨다. (중략) 외양을 가지고 노는 능력은 예술 작품들이 지닌 특정한 본성과 연결된 것이 아니라 감성적 경험 자체의 독특성과 연결된 인류의 공통된 잠재성을 정의해 준다."*

우리는 문학(책)이 정신적 권위를 상실한 시대에 살고 있다. 동물적 욕구 충족을 그럴듯하게 포장한 소위 '자기 계발'이나 '멋진 라이프스타일' 같은 구호 아래에서, 책이 그저 하나의 소비 아이템으로 번성하는 시대에 살고 있다. 이러한 시대의 흐름에 우리는 어떻게 저항할 수 있을까? 감성적 경험에 내재한 인류의 공통된 잠재성을 어떤 담론 양식으로 구현해 낼 수 있을까? 전자 문학은 이러한 질문에 대해 하나의 방향을 잠정적으로 가리킨다. 뉴미디어라는 신기술을 교환가치의 실현에 복무시키지 말 것. 그것을 '사용'하여 작가와 독자가 함께 하는 저자-기

---

* 자크 랑시에르, 「홍익대학교 강연문」(2008년 12월 3일).

능의 새로운 공간을 창안할 것. 그것으로 기존의 취향 질서와 나아가 사회질서 내부에 새로운 공동체의 가능성을 기입할 것. 이러한 방향 설정은 전자 문학에만 고유한 것은 아니다. 전자 문학은 오히려 근대 문학, 근대의 종이책이 지니고 있던 잠재적 사용 가치를 활성화할 따름이다. 그렇다면 전자 문학과 종이책은 서로를 배제하지 않는다. 우리는 종이책을 전자 문학처럼 활용할 수도 있고, 전자 문학을 종이책처럼 활용할 수도 있다. 오히려 따져 볼 문제는 이러한 기획을 구상하고 실행할 작가와 독자들의 집단이 존재하는가, 혹은 어떻게 존재하게 할 수 있는가이다.

저자, 전자책, 전자 문학

예술상(賞)과
예술장(場)

예술가와 예술상

 과거에 예술상에 대한 예술가의 태도에는 도덕적인 단호함
같은 것이 있었다. 보들레르는 공식적인 상속에는 인간과 인간
성을 파괴하는, 수치심과 덕을 거스르는 무엇인가가 있다고 말
했다. 19세기 프랑스에서 보들레르와 함께 "예술을 위한 예술"
을 주창했던 플로베르는 또한 "명예는 명예를 실추시킨다."라
고 말했다. 이 말에는 명예라는 동일한 기호의 의미를 둘로 나
누는 구별이 작용한다. 이 구별은 진짜와 가짜의 구별이고, 내면
과 외부의 구별이고, 자율성과 타율성의 구별이다. 앞의 명예는
상을 의미하며 뒤의 명예는 '진정한' 명예를 의미한다. 예술상
에 대한 거부는 이렇듯 '인간성', '인간의 존엄', 그리고 진정한
'명예'를 옹호한다는 명분하에 이루어진다. 이때 예술상은 소

위 '진정성'에 대한 안티테제로서의 허위, 위선, 속물성을 지시한다. 진정성이란 단순히 참과 거짓, 진실과 오류를 나누는 객관적 기준일 수 없다. 오히려 진정성은 주관적 기준인 동시에 바로 그 주관적 본질로부터 보편성과 정당성의 기준을 이끌어 낸다. 진정성은 주체의 내면적 고유성을 억압하고 종속시키려는 경제적, 정치적 외적 압력으로부터 해방과 독립을 요청한다. 19세기 중엽 이후 자율성과 천재 신화로 무장한 예술은 이 같은 진정성의 요구를 충족시키는 가장 중요한 기획 중의 하나였다.

외적 권위와 제도의 이름으로 부과되는 예술상의 거부는 예술의 진정성, 혹은 자율성을 옹호하는 예술에 대한 일반적 신념의 특수한 표현이라고 할 수 있다. 사르트르가 생전에 모든 상을 거부했으며, 상에 대한 그의 이 같은 적대적 태도는 상 중의 상인 노벨상을 향해서도 예외가 아니었다는 사실은 잘 알려져 있다. 그는 1964년 '겉으로는' 아주 정중한 태도로 그에게 수여된 노벨상을 거부하였다. 그러나 '속으로는' 상에 대한 그의 일관된 적대적 태도를 유지하려 했을 뿐이다. 위대한 예술 작품과 작가의 가치는 그 자체로서 스스로 존재하는 것이지, 외부의 기준과 평가에 의한 승인을 필요로 하지 않는 것이다. 그럼에도 예술상은 20세기 초 이래로 꾸준히 증가하며, 예술가들은 대개 예술상을 받는다. 시상식에서 그들의 태도는 겸손할 수도 있고 자조적일 수도 있다. 그러나 거부하지는 않는다. 심지어 예술상을 멸시해 마지않았던 보들레르조차 내심 레지옹도뇌르 훈장에 대한 욕심이 있었다고 할 정도니 예술상의 매력은 지대하다고 볼 수 있다.

예술이라는 상징 경제와 예술상의 기능

여기서 우리는 질문을 던져 볼 수 있다. 예술상은 궁극적으로 예술가의 자존심과 사회적 압력 사이의 투쟁 문제인가? 그러나 문제를 이렇게 좁혀 보는 것은 이 같은 투쟁을 조건 지우는 구조적이고 제도적인 맥락을 간과한다. 결국 우리는 예술상의 존재 양식과 기능, 그리고 그 변화라는 맥락에서 예술가와 예술상의 관계를 살펴봐야 할 것이다. 피에르 부르디외의 다음과 같은 주장은 이 같은 사회학적 문제의식을 잘 보여 준다.

> 상당히 높은 수준의 자율성에 도달한 문학적이고 예술적인 장(field) 안에서만 (중략) 사람들은 정치적이거나 경제적인 외부의 권력들에 대해 자기들의 독립성을 나타낼 수 있다고 느낄 것이다. (중략) 오로지 그럴 때에만 아카데미나 노벨 문학상과 같은 (중략) 권력과 명예에 대한 초연함, 그리고 권력자들과 그들의 가치에 대한 거리는 즉각적으로 이해될 것이며 나아가서 존경될 것이다.*

즉 예술가 개개인의 태도가 아니라 하나의 사회적 공간으로서의 자율적 예술장만이 예술가들이 취하는 예술상에 대한 거부의 논리와 정당성을 제공한다는 것이다. 나아가 예술상을 부

---

* 피에르 부르디외, 하태환 옮김, 『예술의 규칙 ─ 문학장의 기원과 구조』(동문선, 1999), 91쪽.

정적으로만, 타락과 속물화의 징후로만 파악할 때, 예술상에 대한 예술가들의 이중적 태도와 모호한 입장을 설명할 수 없다. 예술사회학적 견지에서 봤을 때, 예술상은 예술장에 고유한 상징 경제의 구성 요소이며, 따라서 예술상에는 예술의 생산과 소비를 둘러싼 특수한 논리, 경제와 예술의 관계를 매개하는 특정한 기능이 집약해 있다. 따라서 예술상과 예술가의 관계를 심리적이고 개인적인 태도의 문제로 파악해서는 안 된다. 예술상과 예술가의 관계는 예술을 특정한 대상으로 구성하는 예술장의 고유한 생산 및 사회화 과정에 비추어 해명되어야 한다.

부르디외는 예술장의 경제를 '상징 경제'라고 부르고, 여기에서 생산 및 유통되는 재화, 예술 작품들을 '상징적 재화'라고 부른다. 그에 따르면 예술장의 상징 경제는 일반적인 경제, 즉 소비자를 상대로 한 상업 활동을 통해 이윤을 추출하려는 경제를 부정한다. 따라서 예술장에는 두 경제 논리, 즉 반(反)경제적 논리와 상업적 논리가 항상 경합하고 충돌한다. 이때 예술의 고유한 반경제적 실천은 경제적 이윤이나 보상의 요구에 맞서 "문화적 정당성"을 확보하려는 데 있다. 예술이라는 상징적 재화는 문화적 정당성(명성, 명예, 천재성)이라는 반경제적 기준에 의해 평가되는데, 이 기준들이 상업적 기준에 맞서는 정통적인 기준으로 정립되면 될수록 예술장은 그만큼 자율적이라고 볼 수 있다.*

---

* Pierre Bourdieu, *The Field of Cultural Production*(Princeton: Princeton University Press, 1993), p.117.

예술상(賞)과 예술장(場)

부르디외에 따르면 자율적 예술장은 역사적 산물이다. 19세기 유럽에서 과거의 길드 조직, 왕립 아카데미에 의한 예술 생산과 평가에 반발하는 젊은 예술가들이 등장했다. 이들은 한편으로는 "예술을 위한 예술"이라는 슬로건으로, 기존의 종교적이고 정치적인 예술 평가를 거부하는 미학 이론으로 자신들의 예술 활동을 정당화했다. 이들은 다른 한편으로 당시에 형성 중이던 대중 시장과 거리를 두는 새로운 시장을 확보하며 자신들의 자율성을 확보할 수 있었다. 그러나 이 자율성은 말 그대로의 자율성이 아니라 새로운 경제 논리를 지칭할 따름이다.

익명적 시장의 발전과 더불어 종식된 패트런이나 콜렉터에 대한 의존, 그리고 더 일반적으로는 직접적인 주문에 대한 의존은 작가와 예술가들의 자유를 증가시킨다. 그러나 이 자유는 순전히 형식적이다. 이 자유는 상징적 재화의 경제라는 법칙, 즉 상품 공급에 필연적으로 뒤늦게 도달하는 수요에 대한 그들의 종속을 구성한다. 시장에서의 판매 수치와 출판사들, 극장 운영자들, 미술 딜러들의 압력은 그들에게 그 같은 수요를 상기시킨다. 그러므로 낭만주의의 '발명들'(경제의 천박한 수요로 환원 불가능한 우월한 실재, 내적인 영감의 즉각성에 바탕한 무관심한 '창조'로서의 문화적 재현)은 익명적 시장의 압력에 대한 대응이라고 볼 수 있다.*

---

* Ibid., p. 114.

즉각적 이윤에 반대하는 예술장의 믿음은 익명적 시장 경제를 거부하는 상징 경제의 논리를 구성한다. 이때의 믿음은 단순한 믿음이 아니라 예술이라는 상품을 선택하는 데 다른 가치와 다른 기준을 적용시키는 상징 경제 고유의 규칙이라고 할 수 있다. 윈버그와 겜서에 따르면, "상품의 가치는 선택자로 행동하는 개인들과 집단들의 일련의 선호들, 즉 선택 체계 속에서 결정"되는데, 예술 작품의 경우 이 선택 체계는 익명의 대중이 선택자인 시장 체계(market system)나 선택하는 사람과 선택받는 사람이 동일한 동료 체계(peer system)가 아니라 "전문 지식과 특별한 능력에 힘입어 선택의 권력을 갖는 전문가 체계(expert system)"의 형태를 띤다는 것이다. 역사적으로 전문가 체계는 인상주의와 함께 등장하였는데, 인상주의의 예술적 실험은 딜러와 비평가들에 의해 "혁신"으로 인정받았다. 이러한 공모를 통해 전자와 후자는 아카데미와 시장으로부터 자유로운 사회적 공간과 권위를 확보할 수 있었던 것이다.*

큐레이터, 딜러, 비평가와 같은 전문가들을 심사위원으로 구성하는 예술상은 예술장이라는 상징 경제의 공간에서 예술이라는 상품을 선택하는 전문가 체계의 일부이다. 즉 예술상은 예술가와 예술 작품을 시장 논리와는 다른 방식으로, 그러나 전문적인 기준에 의거하여 평가하는 장치라고 할 수 있다. 일반적으

---

* N. M. Wijnberg & G. Gemser, "Adding Value to Innovation: Impressionism and the Transformation of the Selection System in Visual Arts", *Oranizational Science* Vol. 11 No. 3(2000), p. 323.

로 어떤 상품의 가치 평가에 불확실성이 높을수록 시장의 참여자들은 권위적이거나 편리한 기준에 의존하는 경향이 있다. 이때 예술상이란, 수요 공급 법칙을 따르지 않는 예술 작품의 가치를 평가하고 선택하는 기준과 방법을 제공할 수 있다. 예를 들어 해외 영화제에서 수상한 영화나 권위 있는 문학상을 받은 소설은 관객과 독자에게 신뢰를 준다. 그러나 예술장의 소비자는 그 수나 수요의 성격이 지극히 제한적이기에 예술상의 기능을 공급자가 소비자에게 제공하는 서비스로 국한시키는 것은 예술상의 존재 이유를 충분히 설명하지 못한다. 요컨대 예술상은 더 포괄적이고 다양한 기능을 예술장에서 수행하면서 예술의 상징 경제를 구축하고 강화한다. 제임스 잉글리시는 예술상의 기능을 다음과 같은 세 가지로 제시한다.

첫째, 사회적 기능이다. 예술상은 예술가, 비평가, 기획자, 후원가, 기자, 소비자 등을 한자리에 모을 수 있으며, 그들로 하여금 자신의 관심을 예술상에 투여할 수 있는 기회를 제공한다. "예술상은 경제학자들이 '커뮤니케이션'이라 부르는 기능을 제공한다. 그것은 분리된 플레이어들로 하여금 상호 간에 정보 교류를 활성화시키고 이를 통해 상호 호혜적인 거래가 일어날 수 있도록 해 준다."* 둘째, 제도적 기능이다. 예술상은 예술상에 참여하는 이들에게 권위를 부여해 준다. "예술상은 문화적

---

* F. James English, *The Economy of Prestige: Prizes, Awards, and the Circulation of Cultural Value*(Cambridge: Harvard University Press, 2005), p. 51.

장 안에서 위신과 보상을 분배하는 데 통제권을 수행하려는 노력에 제도적 기반을 제공한다."* 셋째, 이데올로기적 기능이다. "예술상은 분리되고 우월한 영역, 특별하고, 초시간적이고, 비경제적인, 그러나 희귀하고 바람직한 형태의 가치를 생산하는 사심 없는(disinterested) 활동으로서의 예술이라는 개념을 확증한다."** 잉글리시에 따르면 예술상은 상징적 재화로서의 예술에 대한 집합적 믿음(collective belief)을 유지하고 강화하는 이벤트로 기능한다는 것이다.

결국 예술상은 예술장이라는 상징 경제 내부의 선택 체계 중에서도 사회적으로, 제도적으로, 이데올로기적으로 효과적인 선택 체계가 될 수 있다. 그러나 예술상은 여전히 문제적이다. 예술계에서 최고의 보상은 단기적으로 주어지지 않는다. 예술계의 상징 경제에서 수요는 종종 공급보다 뒤처지곤 한다. 수요는 심지어 작가의 사후에 발생되기도 한다. 너무 뒤늦게 찾아온 수요, 때로는 '사후의 명성(posthumous fame)'이라는 형태로 발생하는 그 수요는 즉각적인 이윤을 추구하는 일반적 경제 논리로 보면 명백하게 무가치하지만 예술계의 상징 경제적 논리로 보면 오히려 바람직한 것일 수 있다. 따라서 예술상은 예술계의 상징 경제 논리로 보자면 너무나 성급하고 심지어 부적절한 가치 평가라 할 수 있다. 장기적인 관점에서 상징적 이윤의 실현을 추구하

---

* Ibid.
** Ibid., p. 52.

예술상(賞)과 예술장(場)

는 예술가의 태도는 '반(反)'경제적이지만 반드시 '비(非)'경제적인 것은 아니다. 실제로 사후의 명성에서 발생하는 상징적 이윤은 어마어마한 물질적 이윤을 수반할 수도 있다.(고흐의 사례처럼.)

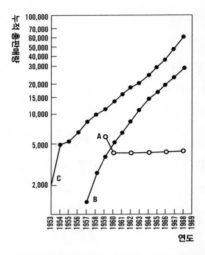

그래프 1 '에디숑 드 미뉘' 출판사가 발행한 세 책들의 판매량 증가*

위의 그래프는 프랑스의 한 출판사에서 발행한 세 책들의 판매량 증가 추이를 보여 준다. A는 문학상을 받은 어느 책인데 상을 받은 직후 판매량은 늘어났지만 해가 갈수록 판매량은 줄어들어서 어느 시점에서는 정체되어 버렸다. 반면 B(로브그리예의 『질투』)와 C(사뮈엘 베케트의 『고도를 기다리며』)는 초기 판매량은

---

* Bourdieu, op. cit., p. 98.

적지만 점진적으로 판매량이 늘어나는 것을 볼 수 있다. 요컨대 예술상의 단기적이고 즉각적인 이윤 효과는 때로는 오래가지 않을 수 있기 때문에, 반대로 상징적 투자가 오히려 장기적으로 물질적 이윤을 가져올 수 있기 때문에, 예술가들은 예술상에 열광하지 않으며 심지어 거부할 수도 있는 것이다. 그럼에도 예술상이 발휘하는 권위적이고 집합적인 인정의 힘 또한 무시할 수 없다. 예술상은 한편으로는 외부적 승인으로 여겨질 수도 있지만 다른 한편으로는 예술가와 작품에 대한 상징적 봉헌이자 숭배의 표현으로 여겨질 수도 있다.

요컨대 예술상은 효과적인 동시에 문제적인 선택 장치이다. 예술상은 비평가와 동료 작가들의 평가보다는 더 즉각적이고 가시적이다. 예술상은 단기간에 최고의 예술가와 예술 작품을 식별해 내는 데 효과적이지만 즉각적 이윤을 거부하고 장기 투자를 선호하는 예술 경제의 반경제적 논리로 보자면 문제적이다. 그럼에도 예술상은 경매나 상업 시장에서의 금전적 평가보다는 더 주관적이고 상징적이다. 예술상은 돈으로만 예술가와 예술작품을 평가하지 않는다. 상금은 작품의 금전적 가치가 아니라 일종의 선물로서 주어지며 예술상의 권위는 상금의 액수가 아니라 심사위원들의 평판과 선정된 작품의 예술가의 탁월성으로 만들어진다. 예술상이 가지고 있는 이 모순적 성격, 즉각적이고 가시적이면서 동시에 주관적이고 상징적인 성격이야말로 예술상을 둘러싼 예술가들의 모호하고 이중적인 태도(보들레르가 상을 혐오했지만 내심 받고 싶어 했던 것, 고급 예술 분야일수록 상을 받을

예술상(賞)과 예술장(場)

때, 최대한 겸손하거나 내키지 않는 것처럼 받는 것 등등)를 설명한다.

예술장 행위자들의 전략과 예술상의 증가

그런데 예술상의 상징 경제적 기능에 대한 지금까지의 분석이 예술상의 급증이라는 최근의 현상을 충분히 설명하지는 못한다. 예술장 내부에는 평론이나 언론 기사처럼 예술상을 제외한 다른 평가 및 선택 기제들이 존재한다. 또한 예술상이 예술장의 상징 경제를 구축하고 강화하는 데 효과적이라는 사실과 예술상이 증가하고 있는 현상 사이에는 직접적인 인과관계가 성립하지 않는다. 즉 예술상의 증가를 부추기는 원인은 다른 데서 찾아야 한다.

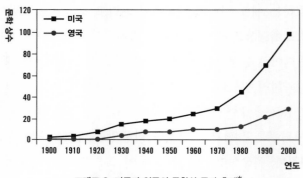

그래프 2 미국과 영국의 문학상 증가 추세*

---

* English, op. cit., p. 324.

위의 그래프는 미국과 영국의 문학상 증가 추세를 보여 주는데 1990년대와 2000년대 들어 그 추세가 매우 가파른 것을 볼 수 있다. 한 논문에 따르면 2000년대 중반에 유럽 전체의 문학상 개수는 600여 개에 이른다.* 정확한 통계를 잡을 수 없지만 한국의 문학상은 200~300개가 존재하는 것으로 추정되며, 현재에도 꾸준히 증가추세에 있다. 한 문학 기자의 고백에 따르면 문학상 수상 소식은 하루에 적어도 한 건이거나 많을 때는 서너 건씩에 이른다고 한다.** 왜 이렇게 문학상들이 지속적으로 늘어나는 것일까? 문학상의 역사에서 첫 번째 문학상은 바로 '노벨 문학상'이었다. 노벨 문학상의 상징적 권위와 영향력이 유럽 각국에, 그리고 나아가 전 세계로 확산되면서 새로운 문학상들이 정립되었는데, 이 상들은 노벨 문학상을 긍정적으로로건 부정적으로건 참조하며 제정되었다. 더불어 수많은 하위 문학 장르들이 자신의 영역에서 상을 정립하면서 노벨상을 모방하기도 했다.(예를 들면 아동문학계의 노벨 문학상) 이런 식으로 참조와 모방의 연쇄를 이어 가면서 문학의 다양한 장르들, 그리고 국가 및 지역의 문학계는 다종다양한 문학상들을 정립해 나갔다.

문학상이 증가하기 위해서는 다양한 (하위) 문학장들이 형성되었거나 형성 중에 있어야 한다. 일종의 사회적 세계(social world)인 문학장들의 구성원이 "자신들의 참여를 중요한 정체성

---

* Claire Squires, "A Common Ground? Book Prize Culture in Europe", *The Public*. Vol. 11 No. 4(2004), pp. 37~48.
** 최재봉, 「문학상을 심사한다」, 《기획회의》 307호(2011년 11월 5일), 23쪽.

으로, 지위와 명예의 원천으로 보는 한 그 세계는 스스로를 정당화하려 노력할 것이다. 상은 바로 이 조직적 발전의 한 표현이라고 볼 수 있다."* 예를 들어 한국의 경우 문예창작과, 문학 단체들, 문학 잡지가 증가하고, 이와 더불어 지방자치단체들의 문화적 투자가 늘어나고 '문학상'의 정립이 자신들의 상징 자본을 축적하고 상징적 이윤을 확보할 수 있는 유용한 수단으로 인지되면서 문학상은 급증하기 시작했다. "항상 그런 것은 아니지만 주로 공식적인 전문 협회의 주관하에 상을 제정함으로써, 그리고 이 상들을 공격적으로 홍보함으로써, 새롭고, 간과되고, 주변적인 예술 형태들은 문화적 장에서 더 넓은 인정과 보다 나은 자리를 확보하려 한다."**

예술상이 급속하게 확산되는 과정에서 주목할 것은 다음과 같은 점이다. 예술장 내의 개별 행위자들은 예술상을 거의 자동적으로 채택하는데, 그것은 오로지 예술상이 일반적으로 '정당한(legitimate)' 전략으로 인지되기 때문이다. 이때 예술상을 채택하느냐 마느냐는 정당성의 문제이지 실질적 효과의 문제가 아니다. 요컨대 앞서 언급한 것처럼 예술상이 실제로 사회적, 제도적, 이데올로기적 효과들을 달성하느냐와 무관하게 개별 행위자들은 예술상을 '선호'하게 된다는 것이다. 특히 장 내부에 불확실성이 높을 때, 단순히 상품 가치에 대한 평가나 선택 기준이

---

* Joel Best, "Prize Proliferation", *Sociological Forum* Vol. 23 No. 1(2008), p. 24.
** English, op. cit., p. 63.

불확실해서가 아니라, 행위자들이 추구해야 할 목적이 모호하고 그 목적을 달성하는 수단에 대한 이해가 불충분할 때, 장 내의 신참 행위자들은 성공적인 행위자들의 모델을 채택할 확률이 높은 것이다.

하나의 혁신이 확산됨에 따라, 어떤 임계점을 넘어서면 그 혁신의 채택은 실행 능력을 향상시키기보다 정당성을 제공한다. 개별 조직들에게는 합리적인 전략이 다수에 의해 채택되면 더 이상 합리적이지 않을 수 있다. 그러나 그 조직들이 규범적 차원에서 규제가 되면 혁신의 채택 가능성은 늘어나게 된다. 조직들은 끊임없이 변화하려 한다. 그러나 조직장(organizational field)의 구조화 과정이 어떤 시점을 넘어서면 개체 변화의 합산 효과는 장 내부의 다양성이 감소되는 것으로 나타난다. 구조화된 장에서 조직들은 (중략) 환경에 반응하는 다른 조직들로 이루어진 환경에 반응한다.*

따라서 예술상이 증가하는 현상에 대한 가장 유력한 설명은 '모방에 의한 동형화(mimetic isomorphism)'라고 할 수 있다. 목적과 수단이 불확실한 경우, 개별 행위자들은 성공적인 행위자들

* Paul J. DiMaggio & Walter W. Powell, "The Iron Cage Revisited: Institutional Isomorphism and Collective Rationality in Organizational Field," Paul J. DiMaggio & Walter W. Powell (ed.), *The New Institutionalism in Organizational Analysis*(Chicago: University of Chicago Press, 1991), p. 65.

예술상(賞)과 예술장(場)

의 전략과 모델을 모방하는데, 바로 이 모방의 연쇄를 통해 예술상은 급증하고 일반화되는 것이다.

그렇다면 예술상의 증가가 예술의 자율성에 대해 갖는 함의는 무엇인가? 부르디외에 따르면 예술의 자율성 지표는 예술장에서 내적으로 동질적이고, 외적으로는 배타적인 사회들이 증가하는 것이며, 이 사회들 내부에 예술가 숭배 신화가 자리 잡고, 이 신화를 매개로 전문가들과 예술가 사이에 연대가 형성되는 것이다.* 앞서 지적했듯이 예술상은 애초에 이런 무수한 사회들과 행위자들이 사회적, 제도적, 이데올로기적으로 자신의 정당성을 확보하려는 기제로 부상했다. 그러나 개별 '조직' 행위자들, 즉 예술 단체, 언론사, 출판사, 잡지사 등이 문제 해결을 위한 손쉬운 해결책으로 예술상을 채택하고 확산시키면서 역설적인 결과가 나타났다. 즉 예술장 내부에 예술상이 과포화되면서 예술상이 애초에 내포했던 자율성의 요소, 즉 예술가 숭배 신화와 예술가와 전문가들의 연대가 약화되기 시작한 것이다. 관료제 조직이 프로테스탄티즘이라는 종교적 토대에 의해 형성되었으나 자본주의 발전 과정에서 본래의 신앙적 동기를 망각하게 됐다는 막스 베버의 주장은 예술상에도 그대로 적용될 수 있다. 거의 모든 조직 행위자들이 예술상을 자동적으로 채택하면서 예술상을 제정했던 원래의 동기나 취지는 희석화된 것이다. 현대에 이르러 예술상의 존재 의의는 예술 숭배나 예술가와 전

---

* Bourdieu, op. cit., p. 116.

문가들 사이의 연대가 아니다. 예술상을 하나의 모델로 일반화
시키는 가장 주요한 힘은 예술장에 진입하는 조직 행위자들이
처하게 되는 불가피한 생존의 압박이다. 이제 예술상의 주인공
은 수상 작가도 아니요, 심사위원도 아니다. 예술상의 주인공은
상을 제정하고 시상하는 기관 자신이다. 이때 '주인공'이라는
말 앞에는 '숨은'이라는 수식어조차도 불필요하다.

기업 미술상의 증가와 자율성의 위기

　2002년 실시한 한 조사에 따르면 한국의 미술상은 대략 60개
를 넘어서고 있으며 또한 최근 들어 증가 추세에 있다. 미술상
을 주관하는 단체들은 국가 공공기관, 언론기관, 재단 기념사업
회, 단체, 미술관, 화랑, 개인으로 구별할 수 있으며, 이 중에서
도 재단 기념사업회가 주관하는 상이 가장 많은 것으로 나타났
다.* 이러한 상들은 예술상의 일반적인 원칙을 따라 제정되고
실행된다. 즉 개인 예술가의 업적이 공동체(예술가 집단, 지역 공동
체, 민족국가)의 문화와 예술의 발전에 기여한다고 전문가들에 의
해 인정될 때, 그 예술가에게는 미술상이라는 '명예'가 부여되
는 것이다. 그러나 이러한 미술상들은 그다지 주목을 받고 있지
못하며 상의 공정성이나 기준의 적합성 등에 대한 논쟁조차 거

---

* 김달진, 「늘어나는 미술상, 그 실상과 허상」, 《코리아아트》(2002년 1·2월호).

예술상(賞)과 예술장(場)

의 없는 것 같다.*

흥미로운 것은 2000년대 이후 한국에 기업이 제정하는 미술상들이 증가하고 있으며 상에 대한 관심과 논의가 기업 미술상 쪽으로 대폭 이동하고 있다는 것이다.** 물론 기업 미술상의 증가는 단지 한국에 국한된 것은 아니다. 예를 들어 영국 또한 터너 프라이즈 제정 이후 기업이 제정한 미술상이 증가하고 있는 추세다.*** 한국이나 영국이나 공히 나타나는 기업 미술상에 대한 일반적 우려는 공정성, 폐쇄성, 배타성, 지속성, 정체성 등등의 키워드로 압축된다. 예를 들어 기업은 저비용으로 예술 후원자로서의 기업 이미지를 제고하는 이득을 얻는 반면 작가들에게는 소외감과 사행심을 불러일으킬 수 있다거나 기업의 이익에 따라 상의 생명이 짧아질 수 있다거나 하는 비판들이다. 그러나 이미 많은 예술가들을 매혹시키고 있는 기업 미술상들에 대한 비판은 기업 미술상의 증가를 억제하기는커녕 그 반대로

---

* 대구광역시가 대구 출신 작가 이인성의 50주기를 기리기 위해 제정한 상인 이인성미술상의 2000년 1회 수상자로 선정된 서용선은 "공모전에 출품해 상을 받는 데 관심이 없을 뿐 아니라 큰 상을 받기에는 적격자가 아니다."라는 이유로 수상을 거부했다.(위의 글, 25쪽.) 이 사건은 이례적이거나 신선할지 모르지만 분명 스캔들은 아니었다. 그것은 상 자체가 큰 주목을 끌지 못했기 때문이었을 것이다.
** 호경윤, 「새로운 게이트키퍼, 기업 미술상의 명암」, 《art in culture》(2011년 11월 호); 고원석·서정임·서진석·신보슬·양지윤·장지아, 「창작 지원금과 미술상, 무엇이 문제인가?」, 《article》(2011년 12월호)는 기업 미술상에 대한 높은 관심을 잘 보여 준다.
*** 영국의 미술상 현황에 대해서는 다음을 참조하라. A. John Walker, "The lure of glittering art prizes", *Jamini* Vol. 3 No. 1(2006), pp. 90~95.

작용할 공산이 크다. 일단 한두 개의 기업 미술상들이 성공하게 되면 미술장에 진입하는 후발 기업들이나 기관들은 기존의 기업 미술상들의 문제를 극복하겠다며 새로운 미술상을 정립하게 된다. 실제로 이런 식으로 2000년대 이후 미술상들은 몇 개의 성공적 기업 미술상들을 긍정적 또는 부정적 참조 대상으로 삼으면서 증가해 왔다. 따라서 한국의 미술장에서 미술상은 양극화하고 있는 것 같다. 한편으로는 그리 주목 받지 못해 온 재단 기념사업회나 공공기관이 제정한 기존의 미술상들이 있고, 다른 한편으로는 브랜드의 후광을 입은 기업 미술상들이 증가하면서 동시에 이에 도전하는 새로운 미술상들이 부상하는 것이다. 어쨌든 미술상은 예술장 내에 진입한 신참, 혹은 혁신을 추구하는 기업 및 기관들이 정당성을 확보할 수 있는 효과적인 해결책으로 채택되고 있다.

미술상 신에 기업이라는 영향력 높은 메인 플레이어가 등장했을 때, 그리고 기업 미술상이 모방적 동형화 과정을 거치며 확산될 때, 소위 자율적 미술장의 토대들, 예술가 숭배 신화와 예술가 및 전문가들을 중심으로 한 공동체에는 어떤 일이 발생할까? 단지 미술상이라는 장치 하나가 미술장의 자율성 전체를 뒤흔들 수는 없을 것이다. 실제로 기업 미술상 역시 비평가나 큐레이터 같은 기존의 전문가들을 심사위원으로 위촉하면서 예술에 대한 존중의 의무를 방기하지 않고 있다. 그러나 기업 미술상은 이미 진행되고 있는 미술장의 자율성 위축이라는 현대적 추세를 반영하는 동시에 이를 촉매하고 있다. 이때 미술장

예술상(賞)과 예술장(場)

의 자율성 위축은 단순히 예술적 가치가 상업적 가치로 흡수되는 것을 의미하지 않는다. 정확히 말하면 미술장의 자율성 위축은 예술적 가치와 상업적 가치 사이의 간격이 줄어드는 것, 이 둘이 호환 가능한 하나의 패키지로 구성되는 것을 지칭한다. 잉글리시는 현대 예술상의 증가가, 부르디외가 이야기한 예술장 내의 두 경쟁적 경제 논리의 축, 즉 '반(反)경제적 논리'와 '상업적 논리'가 수렴해 가는 예술장의 역사적 변화와 관련되어 있다고 주장한다. 이제 "예술가들은 결국 지극히 상업적인 팝스타인 동시에 비주류 아방가르드로 인정받아야 한다. 이들은 자신들의 스타덤이 제공하는 재료들로 전혀 상업적 가치가 없는 작품들을 만들어 낸다."* 요컨대 현대의 예술상은 예전에는 분리되어 있던 상업적 성공과 아방가르드로서의 지위를 효과적으로 결합시키고 중재하는 장치로 기능한다. 기업 미술상은 예술을 브랜드라는 스펙터클로 포장하면서 동시에 예술로부터 그 아우라의 일부를 빌려 온다. 따라서 기업 미술상은 단순히 기업이 예술을 후원함으로써 기업의 평판을 제고하는 장치가 아니다. 기업 미술상을 통해 기업은 단순히 좋은 기업이 아니라 매력적인 기업이 되고 예술은 단순히 뛰어난 예술이 아니라 스펙터클이 된다.

그렇다면 도대체 미술장의 어떤 변화에 기업 미술상이 조응하고 있는가? 서구의 경우는 1970년대 이후, 한국의 경우는

---

* English, op. cit., p. 233.

1990년대 이후, 현대 예술은 경제와 정치에 대항하는 '부정성'을 통해 예술의 진지를 구축하는 시도를 포기하고 아방가르드를 하나의 스타일로 전환시켜 나갔다. 대규모화된 예술 시장, 중산층의 부상, 예술 제도의 소비문화에의 통합 등의 요인들은 반경제적 예술 경제 속에 마케팅, 스타 시스템, 블록버스터, 경영 등 산업 논리를 확산시켰다. 여기에는 자본주의 체제 자체의 변화도 있었다. 획일화된 대량생산과 대량소비로 유지되던 포디즘 체제가 몰락하면서 가치, 개성, 감수성 등 개인의 주체성을 강조하는 포스트포디즘 체제가 부상했다. 이제 '혁신'과 '창의성'이라는 모토 하에 기업은 노동자와 소비자를 '특별한' 주체로 관리하고 호명해야 하는 압력에 처해 있다. 이때 기업은 예술에 의존하는데, 그것은 예술이야말로 혁신과 창의성에 관한 한 가장 적절한 파트너이자 가장 풍부한 자원이기 때문이다. 이러한 변화 속에서 상징 자본과 경제 자본은 유기적으로 결합하며 단기간에 이윤과 인기를 동시에 창출할 수 있는 장치들을 개발해 나간다. 바로 이러한 장치들 속에 기업 미술상을 비롯한 아트 마케팅과 창조 경영 기법 등이 포함된다고 볼 수 있다.

기업 미술상은 무엇보다 그 규모와 브랜드의 평판에서 기존의 미술상과 차별된다. 대표적인 경우는 영국의 터너 프라이즈이다. 1984년 테이트 갤러리가 제정한 이 상의 총상금은 1987년부터 기업이 제공하기 시작했고 1991년 1만 파운드(한화 1600만 원)에서 2만 파운드로 올랐으며 현재는 총상금 4만 파운드 중에 수상자에게 2만 5000파운드(한화 4000만 원)가 지급되며 후보들

예술상(賞)과 예술장(場)

에게는 5000파운드씩 지급이 된다. 터너 프라이즈의 후원 기업은 드렉셀 번햄 램버트(증권회사), 채널 4(방송사), 고든스 진(주류회사) 등으로 변화했는데, 이들 기업들은 금융 또는 소비 산업을 주축으로 하는 포스트포디즘 체제의 대표적 기업들이라 할 수 있다. 터너 프라이즈는 경제계의 대자본과 예술장의 스타 시스템이 결합하면서 영국 미술장에서 권위를 지닌 대규모 미디어 이벤트로 단기간에 부상했다.(실제로 터너 프라이즈 시상식은 텔레비전을 통해 방송된다.) 터너 프라이즈의 권위는 지구적 차원에서도 매우 막강해서 심지어 한국의 기업 미술상들과 종종 비교되며 어떤 미술상은 아예 "한국의 터너 프라이즈"를 표방하며 제정되기도 했다.

한국에서는 터너 프라이즈에 버금가는 상은 2000년대에 에르메스 코리아가 제정한 에르메스 코리아 미술상(이하 에르메스 상)이 있다.* 에르메스 상은 여러 면에서 획기적이었다. 2000만 원이라는 적지 않은 상금뿐만 아니라, 선정된 작가들의 면면도 기존의 예술상들과 확실히 구별되었다. 에르메스 상의 역대 수상자는 장영혜(2000), 김범(2001), 박이소(2002), 서도호(2003), 박찬경(2004), 구정아(2005), 임민욱(2006), 김성환(2007), 송상희(2008), 박윤영(2009), 양아치(2010), 김상돈(2011) 등인데, 이들

---

* 2003년부터 2005년까지 에르메스 코리아는 아트선재센터와 공동 주관으로 에르메스 코리아 미술상을 운영했다. 그러나 2006년 에르메스 코리아가 독자적인 전시 공간을 확보하면서 에르메스 상은 에르메스 코리아의 독자 주관으로 추진되고 있다.

은 작품의 매체, 주제의식, 세대 등에 있어서 한국의 가장 혁신적이고 전위적인 작가군 축에 속한다 해도 무방할 것이다. 또한 심사위원들을 국내뿐만 아니라 해외의 작가들이나 미술관 디렉터들로 구성함으로써 심사가 글로벌한 기준에 따름을 분명히 하고 있다. 에르메스 상이 "한국의 젊은 작가 상당수가 수상을 꿈꾸는 상"*으로 부상하면서 2000년대 이후 금호, 두산, 삼탄, 한진해운 등의 대기업들도 미술상을 제정하기 시작했다.** 이들 대기업들에게 에르메스 미술상은 미술상이 미술장 내부에서 저비용으로 그러나 즉각적으로 정당성을 확보할 수 있는 효율적 수단이라는 것을 주지시켰던 것이다.

스타덤을 둘러싼 경쟁 체계로 변화한 예술장의 요구에 조응하며 발명되고 확산된 기업 미술상에 대해서 예술가들은 과거 예술상에 대해 취했던 태도들, 거부, 조롱, 또는 겸손함 등등, 즉 예술가의 초연함과 자율성을 입증하던 태도들을 취하지 못한다.(사실 예술상의 거부는 1970년대 이후 이미 시대 착오적인 제스처가 되어 버렸다). 사후의 명성이 아니라 당장의 성공을 추구해야 하는 압박에 처한 예술가들은 이제 자신에게 주어진 모든 기회에 명민하게 대응하면서 승자의 길을 밟아 나가야 한다. 이러한 상

---

* 유진상, 「에르메스 미술상 11년을 말한다」, 《art in culture》(2010년 8월호).
** 다른 한편으로는 사회 참여적인 예술가들을 대상으로 하는 '구본주 예술상'과 커뮤니티 아트를 대상으로 하는 '일맥 아트 프라이즈' 같은 상들도 형성되고 있다. 두 상 모두 2011년에 갓 제정된 상이기에 여기서는 상세히 논하지 않기로 하겠으나 기업 미술상에 대한 뚜렷한 대안을 제시하고 있다는 점에서 두 상은 주목할 만하다. 이 상들이 지니는 함의에 대해서는 결론에서 간략히 언급할 것이다.

예술상(賞)과 예술장(場)

황에서 기업 미술상을 거부한다면 예술가들은 분명 얻는 것보다 잃을 것이 많아 보인다. 과거에는 상징 자본이 충분한 예술가들은 미술상 게임을 거부하고 그 거부로 인해 상징적 이윤을 확보할 수 있었다. 그러나 더 이상 예술가의 상징 자본이 예술상의 상징/경제 자본을 압도하지 못한다. 미술장의 파워 플레이어로 등장한 기업은 미술상이라는 강력한 장치를 발명하고 확산시키며 예술가가 아니라 조직 행위자들을 중심으로 미술장의 규범과 사회관계를 재편하고 있다.

그렇다면 기업 미술상의 모방적 동형화 과정에서 예술가 숭배라는 신화와 예술가-전문가 중심의 공동체는 파괴되었는가? 그렇지 않다. 기업 미술상은 경제 자본의 논리에 직접적으로 종속되지 않는다. 그것은 여전히 상징에 매달리며 상징을 통한 커뮤니케이션과 경제를 추구한다. 기업 미술상은 그토록 불확실하고 모호했던 예술장 내에 가장 효과적이고 가시적인 상징 경제의 공간을 확보한다. 그것은 누가 승자인지 분명히 해 주며 승자에게 많은 신진 작가들이 부러워할 만한 돈과 명성을 안겨 준다. 이때 예술가 숭배 신화와 예술가 중심 공동체는 파괴된다기보다 재구성된다고 볼 수 있다. 현대의 예술장에서 예술가 숭배 신화는 믿음이나 이데올로기라기보다는 일종의 스타일과 스토리로 차용되고 있다. 또한 예술가를 중심으로 한 전문가-예술가 연대는 전략적이고 유연한 네트워크로 전환되고 있다. 이러한 변화 속에서 예술장의 영구 혁명(끊임없는 가치 전복을 추구하는)은 단기 게임(승자와 패자를 단번에 결정짓는)으로 대체되어 간다.

스캔들의 종언과 마술의 부활

기업 미술상은 기존 미술상들의 진정성 기획과는 확실히 구별되는 측면이 있다. 그것은 상의 주관 주체가 바로 '브랜드'라는 점이다. 명시적으로는 '미술의 발전'이라는 수사학을 차용하고 있으나 기업 미술상을 짧은 시기에 그토록 권위 있는 상의 반열에 오르게 한 것은 무엇보다 '브랜드 파워'이다. 브랜드는 편재하고 관통하는 이미지로서 그것이 부착되는 모든 사물을 욕망의 대상으로 전환시킨다. 그것은 어떤 공동체도 표상하지 않으며 동시에 어떤 사회 집단도 특권화하지 않는다. 그것은 부족의 토템도 아니며 귀족의 문장(紋章)도 아니다. 아니 그것은 어쩌면 둘 다이다. 그것은 누구나 권리 주장을 할 수 있다는 환상으로 인해 강력한 소유와 독점의 욕망을 불러일으키는 이미지이다. 바로 이 점에서 기업 미술상은 예술가에게 내재화되었던 진정성이라는 믿음 체계와 무관해지고 있다. 만약 상이 '명예'와 무관하다면, 즉 공동체의 정신과 예술가의 창의성을 합치시키는 데 있지 않다면, 오히려 그것이 목표하는 바가 스타덤과 아방가르드의 행복한 결합이라면, 혁신이라는 모토 아래 이루어지는 경제와 예술의 유기적 조합이라면, 그것이 타락했다는 사실을 어떻게 입증하며 비판할 수 있겠는가.

다시 플로베르로 돌아가 보자. 플로베르는 예술가들에게 "명예는 명예를 실추시킨다."라고 경고했다. 그러나 이제 변화된 예술장의 경제 메커니즘 속에서 명예는 오히려 명예를 배가

예술상(賞)과 예술장(場)

시키는 듯하다. 플로베르에게 명예는 진정한 명예와 가짜 명예로 나뉜다. 예술가가 추구할 것은 오로지 진정한 명예일 뿐이다. 반면 현대에 있어 명예라 불리는 것들은 브랜드들 간의 동종교배 속에서 증식하는 브랜드 파워의 다른 이름이다. 기업 미술상은 미술장이라는 게임 공간에서 예술가와 기업 모두에게 가장 강력한 브랜드 파워 업 장치로 부상했다. 그런데 플로베르의 논리에 따르면 이때 상이 예술가들에게 부여하는 명예란 진정한 명예가 아니다. 이때 명예는 동료 예술가들, 예술 공동체 구성원들의 상호 호혜적 인정이 아니라 외적 승인의 표식에 다름 아니다. 이 승인의 표식들은 예술가의 이력서를 채우고 그의 경력 발전에 도움을 주는 장치들에 불과하다.

　물론 이 같은 기업 미술상에 대한 대안으로서 새로운 미술상들이 제정되고 있다. 새로운 미술상들은 새로운 정체성, 새로운 심사 기준, 새로운 심사 방법들을 도입하며 기업 미술상이 지배하는 미술장에 진정성이라는 퇴색된 신념의 회복을 기하고 있는지도 모른다. 이 새로운 상들이 미술상 경제의 지형을 바꿀 수 있을지, 미술장 내부에 공동체의 일원이 다른 일원에게 무상의 증여로서 상을 부여하는 선물 경제(gift economy)의 논리를 도입할 수 있을지 지켜봐야 할 것이다. 모리스 고들리에에 따르면 선물이란 "계약으로부터 벗어난 물건, 양도될 수 없으며 상호성의 영역 너머에 존재하는 물건"으로서 이때 "선물의 증여는 개인과 집단의 상상적인 것 속에서, 한편으로 상업 관계와 이윤 추구를, 다른 한편으로 정치 관계와 권력 장악 및 행사를 내포하는 권력, 이해, 조작, 복종 관계와는 다른 '전도된 꿈', 반대되는 꿈을 표상"한다.*
그러나 다른 한편 이처럼 추가되는 새로운 상들은 오히려 상의
숫자를 늘리면서 미술장을 지배하는 상징 경제 속으로 편입되
어 모방적 동형화 과정을 반복하고 가속할 수 있다. 분명한 것은
아직 연혁이 짧은 새로운 미술상들은 인지도와 정당성의 측면
에서 기업 미술상의 지배 구도에 큰 위협이 되지 못하고 있다는
것이다. 새로운 상들은 또 하나의 상들로 막 부상했을 따름이다.
　현대의 예술장에서는 유례없는 경쟁이 벌어지고 있다. 과
거에는 예술상의 모순적 성격에서 스캔들이 일어나곤 했다. 상
을 거부하고 조롱하기, 심사위원과 주관 주체를 당혹스럽게 하
기, 그리하여 궁극적으로 예술의 자율성을 현실의 타락한 얼굴
에 들이밀기, 이것이 스캔들의 내용들이었다. 어쩌면 이러한 스
캔들의 가능성이야말로 예술장 내에서 예술상을 존속시켰던 역
설적인 힘 중의 하나였다. 스캔들이란 상반된 두 세계가 충돌할
때 발생하는 당혹스러움과 기괴함이 공적으로 드러나는 사건을
지칭한다. 다른 상과 달리 예술상을 둘러싼 스캔들이 종종 있어
왔던 것은 바로 그 때문이다. 예술상 자체가 예술(성스러운 것)과
상(속된 것)의 만남 아니던가. 그러한 만남 속에서 예술의 이상은
고통스럽게, 때로는 우습게 재확인되는 것이다. 그러나 예술의
진정성 기획이 쇠퇴하고 있는 현대의 예술장에서 예술과 상의
만남은 지극히 자연스럽고 편안한 것이 되어 버렸다. 상을 받는

---

* 모리스 고들리에, 오창현 옮김, 『증여의 수수께끼』(문학동네, 2011), 63쪽.

　　　　　　　　　　　　　　　　예술상(賞)과 예술장(場)

데는 어떤 주저함도 어색함도 없다. 그렇게 스캔들의 시대는 종언을 고했다. 물론 여전히 예술상을 둘러싼 이야기들은 번성한다. 그러나 그 이야기들은 스캔들로 공론화되지 못한다. 누구나 상을 받고 싶기에 단지 질투와 부러움만이 왁자지껄할 뿐이다. 이 왁자지껄은 공론화될 가능성도 필요도 없는 소음들이다.

스캔들이 사라지고 있다. 예술에 대한 평가는 반경제적 평가(나는 어떤 명분과 어떤 공동체를 위해 예술 활동을 하는가?)로부터 경제적인 평가(나의 예술 활동은 성공적으로 관심을 끌고 있는가?)로 옮아갔다. 그리하여 예술상은 예술장에서 가장 권위적이고 정당한 평가 기제가 되었다. 언제부턴가 예술가를 소개할 때, 가장 먼저 언급되는 것은 그들이 받은 상의 목록이다. 현대의 예술가들은 모두들 수상대를 향해 서 있다. 질투심과 열패감에 다른 쪽으로 방향을 돌려 보지만 어느 쪽이든 수상대는 있다. 수상대가 넘치는 시대다. 결국 예술가는 언젠가는 자신도 수상대 위에 서기를 내심, 때로는 노골적으로 소망하게 된다. 그렇게 당분간 우리는 상의 번성을 목격할 것이다. 그렇다면 그렇게 내버려 두자. 그러다 보면 언젠가는, 어쩌면 조만간 상이 지루해질 날이 올 것이다. 상의 과포화로 인해 그 효과가 사라지는 날, 다시금 스캔들의 꿈이 모락모락 피어오를지도 모르겠다. 그때 예술가들은 새로운 마술을 고안하기 위한 고민들을 시작할지도 모르겠다.

잔존하는
문학의 빛

사회 연결망(Social Network) 연구 분야는 사회학에서 오랫동안 막강한 위세를 떨치고 있다. 내가 공부했던 대학원에는 연결망 분야의 대가들이 포진해 있었다. 우선 해리슨 화이트라는 일흔 살이 넘은 연결망 이론의 대가가 있었다. 나는 그의 수업을 청강했는데, 학생 중 대다수가 그가 도무지 뭔 소리를 하는지 이해할 수 없다는 표정으로 앉아 있었다. 단지 기억나는 에피소드가 있다면, 학생 중 하나가 그를 "헤이, 해리."라고 부르자 그가 "음, 시대가 변했어. 옛날에는 다들 나를 화이트 교수님이라고 불렀는데 말이야."라고 말해서 순간 분위기가 썰렁해졌다는 것 정도다. 비교적 젊은 사람 중에는 피터 베어먼이 있었다. 그는 연결망 이론을 역사, 의료, 종교 등 다양한 분야에 적용한 중견 학자였다. 베어먼은 내가 화이트 교수의 수업을 들었다고 하니까 "나는 그 양반이 뭔 소리를 하는지 하나도 모르겠어."라고 말했다. 그때 나는 어찌나 반가웠던지 "나도요!" 하고 외치고는 그를 와락 끌어안을 뻔했다. 그리고 덩컨 와츠가 있었다.(국내에 그의 책『상식의 배반』이 소개되어 있다.) 그는 연결망 분야의 떠오르는 스타로 1960년대의 6단계 분리 이론(Six degree of separation)을 인터넷에서 실험하여 재해석하고 보완한 것으로 유명하다. 와츠가 부임한 첫 번째 학기 개강 파티에 그가 드디어 나타났을 때가 떠오른다. 과장해서 기억하자면, 나는 그 자리에서 사람들이 나눈 대화들에서 "천재"라는 단어가 빈번히 등장하는 것을 엿들을 수 있었는데, 그것은 예외없이 그들이 덩컨 와츠에 대해 수군거리고 있었기 때문이었다.

나는 연결망 이론에 대해 처음부터 시큰둥해했다. 너무나 당연하고 상식적인 주장을 복잡하고 세련돼 보이는 수학적 모델과 방법론으로 치장해서 주장하는 것이 연결망 이론의 실상인 것처럼 보였기 때문이다. 그러나 다수 학생들은 연결망 이론을 거의 숭배하다시피 했고 나는 대세를 마지못해 따라가는 것처럼 연결망 이론을 집중적으로 다루는 베어먼 교수의 수업을 수강했다. 한 학기 수업을 나름 충실히 듣고 기말 보고서로 예술 세계 내부의 연결망을 분석하는 연구 계획서를 제출하였다. 나는 베어먼의 평가가 매우 궁금했다. 내가 과연 연결망 이론을 제대로 이해하고 있는지 알고 싶기 때문이었다. 사실은 연결망 이론을 배척한다고 해도 그것을 충분히 이해한 후 그러고 싶다는 알량하고 유치한 자존심 같은 것도 없지 않았다. 결과는 'A 마이너'였다. 일반적으로 대학원 수업을 들으면 교수는 기말 보고서에 코멘트를 붙여서 돌려주곤 했는데, 이상하게도 베어먼 교수는 그러질 않았다. 나는 한참을 기다리다 베어먼의 연구실을 방문하여 그에게 코멘트가 달린 보고서를 돌려줄 것을 부탁했다. 그는 알았다면서 다음 주쯤 우편함에 넣어 놓겠다고 했다. 그러나 한 주가 지나서 가 보자 우편함은 비어 있었다. 나는 조금 더 기다리기로 했다. 결과는 마찬가지였다. 나는 이메일을 보내서 보고서에 대해 문의를 하였다. 그는 내게 답을 하지 않았다. 다시 메일을 보냈다. 역시 답이 없었다. 조금은 화가 났지만 너무 닦달하는 것 같아 조금 더 두고 본 후 조치를 취하자고 생각했다.

그러나 얼마 지나지 않아 그가 왜 그랬는지 알 수 있었다. 그는 비행기 안에서 학생들의 보고서를 채점하다 실수로 그것을 죄다 객실에 놓고 내리고 말았다. 그는 결국 학생들 모두에게 A 마이너를 일괄적으로 부여하는 폭거에 가까운 조치를 취했다. 나는 그 이야기를 듣고 더더욱 분노했다. 적어도 학생들에게 무슨 일이 있었는지는 말해 줘야 하지 않는가! 그 사건 이후로 연결망 이론에 대한 나의 관심은 사그라졌다. 마치 베어먼이 연결망 이론을 연구하는 학자의 표본이라도 되는 것처럼, '그런 인간이 소위 대표 학자로 칭송되는 분야라면 뻔하다!'라는 식의, 말도 안 되는 삐뚤어진 심사로 연결망 이론에 대한 반감을 증폭시켜 나갔다.

하지만 솔직히 말하면 나는 지금도 그 기말 보고서에 대한 미련을 버리지 못하고 있다. 어쩌면 베어먼 교수가 그 기말 보고서를 분실하지 않고 충실히 코멘트를 해서 돌려줬다면 나의

잔존하는 문학의 빛

전공 분야는 바뀌었을지도 모른다. 말하고 나니 좀 양심에 거리
낀다. 솔직히 그러진 않을 것 같다. 어쨌든 당시에 읽었던 논문
중에 헬무트 안하이어(Helmut K. Anheier)와 위르겐 게르하르트
(Jurgen Gerhards)가 쓴 「문학적 신화와 사회구조(Literary Myths and
Social Structure)」라는 논문이 기억난다. 이 논문은 독일의 어느 도
시에 거주하는 고급 문학 작가들 사이의 네트워크 구조를 밝히
고 그 구조를 문학적 신화, 소위 작가 숭배 신화와 연관해 분석하
였다. 작가들 사이의 네트워크는 대략 다음 그림처럼 나타났다.

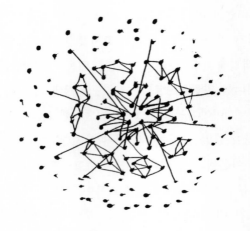

위 그림은 내가 논문을 읽고 상상해서 그린 것인데 저자들
의 의도를 정확히 담아내고 있는지는 모르겠다. 요약하자면 가
운데 중심부에는 저명 작가들이 존재한다. 이들은 사회적으로
존경을 받지만 정작 상호 간에는 연결되지 않은 개인들로 고급

문학계 내부에 존재한다. 소위 독야청청 유형의 작가들이라고 볼 수 있다. 중심부 주변에는 저명 작가들과 연결된 일군의 개인 작가들이 존재한다. 이들은 저명 작가들과 친분과 교류를 나누는 중견 작가들(first junior)이라 할 수 있는데 역시 상호 간 연결은 약하다. 그다음 주변 그룹은 저명 작가나 중견 작가들과는 연결되지 않은 채 자기네들끼리 교류하며 중심부에 도전하는 신예 작가(second junior)로 이루어져 있다. 그리고 마지막 주변부에는 무명 작가들이 엘리트와 연결돼 있거나 혹은 아무하고도 연결되지 않은 채, 인정받지 못하는 외로운 개인들로 존재한다. 논문의 저자들에 따르면 이러한 문학 세계의 관계적 구조는 문학 신화와 상응한다. 중심부의 저명 작가들을 둘러싼 소위 단독자(homo singularis)', '고독한 작가', '예언자' 등의 신화는, 숭배의 빛을 일방적으로 받으면서 자족적 개인으로 존재할 수 있는 그들의 엘리트적 지위에서 기인한다는 것이다. 반면에 중심으로부터 배제된 채 작은 서클로 존재하면서 중심에 도전하는 신예 작가들에게 상응하는 것은 소위 '궁핍한 시인(poor poet)', '인정받지 못한 천재(misunderstood genius)' 등의 신화이다.

나는 이 논문을 읽고 매우 흥미로웠다. 하지만 동시에 의문이 들기도 했다. 나는 그 의문을 연구 계획서에 담아냈다. 1990년대 초반 독일의 어느 한 도시의 문학계에 존재했다는 저러한 네트워크가 과연 2000년대 문학계에도 여전히 존재할까? 또다시 10년이 흐른 지금에 와서는 다음과 같은 질문이 추가된다. 특히 한국에서는 저러한 네트워크가 존재한다는 것은 더더욱 불가능

잔존하는 문학의 빛

하지 않은가? 나는 이 질문에 답하기 위해 위의 그림과 비교되는 문학계 내부의 네트워크를 아래와 같이 제시해 본다.

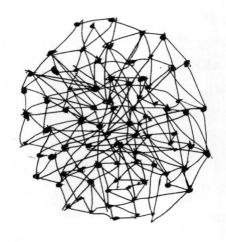

위 그림의 네트워크 구조는 무엇을 뜻하는가? 더 이상 중심-반주변-주변이 어떤 패턴을 통해 연결되는 구조가 문학계 내부에 뚜렷이 존재하지 않는다는 뜻이다. 쉽게 말하면 많은 작가들이 서로를 알고 사교를 하고 교류를 한다는 뜻이다. 그만큼 문학계의 네트워크가 (실질적인 친교의 관계망은 아닐지라도) 촘촘해졌다는 사실이다. (손으로 직접 그리느라 귀찮기도 하고 손가락이 아프기도 해서 끝까지 그리지 못했으나 위 그림은 관계 밀도가 더 촘촘하게 그려져야 한다.) 왜 그렇게 됐을까? 무엇보다 제도적 행위자들의 등장과 그들의 증가하는 영향력이 가장 핵심적인 변수다. 예를 들어 한국에서는 저명 작가와 무명 작가가 문예창작과의 선생-

학생 관계로 바로 연결된다. 또한 출판사의 편집자와 언론사의 기자, 잡지사의 편집 위원 등을 통해 작가와 작가, 작가와 기자, 작가와 편집자, 작가와 평론가가 연결되기도 한다. 매해 양적으로 증가하고 있는 이들 매체들이 주최하는 문학상 행사에 가면 저명 작가, 중견 작가, 신예 작가, 무명 작가들을 비롯하여 편집자, 평론가, 기자 등 거의 모든 종류의 문학적 행위자들이 총출동한다고 해도 과언이 아니다.

이제 문학계의 네트워크 구조는 페이스북이나 트위터와 같은 소셜 미디어 네트워크의 구조, 즉 모두가 모두에게 수평적으로 연결되고 누구나 '형식적으로' 쉽게 친구가 되는 양상을 닮아 가고 있다. 요컨대 제도적 장치(dispositive)의 영향 아래에서 문학계의 네트워크가 구성되는 것이다. 네트워크의 변화와 함께 고립과 숭배, 서클과 도전 등 과거의 사회적 관계 및 행동 양식과 결합돼 있던 문학적 신화들은 사라지고 있다. 소위 신비로운 작가, 위대하고 고독한 은둔 작가, 예언자적 아우라를 가진 원로, 도전하는 신참, 인정받지 못하는 천재, 궁핍하고 가난한 천재 시인 등에 대한 낭만적 소문과 담화가 희귀해지고 있는 것이다. 간혹 신화적 제스처나 말들을 구사하는 작가들이 있긴 한데, 주로 행사 뒤풀이나 언론사나 잡지사가 마련한 술자리, 심지어 트위터 상에서 그렇게 하면서 주변 사람들이나 '팔로워'들과 '소통'을 하곤 한다. 그것이 연극적이건 혹은 진심을 담고 있건, 나에게 그러한 제스처나 말들은, 뭐랄까, 이미 지나간 문학 신화의 허세 어린 차용 정도로 보일 따름이다.

잔존하는 문학의 빛

여기서 한 가지 짚고 넘어갈 점이 있다. 나는 이미 제도적 행위자들이 매개하고 중재하는 수평적 네트워크가 문학계의 관계적 구조를 지배하면서 문학 신화는 사라졌다고 주장했다. 그러나 수평적이라는 말은 평등하다는 말과는 명백하게 다르다. 우리는 문학 신화의 소멸과 함께 작가의 권위도 사라져 가는 것을 목도한다. 그러나 권위가 사라졌다고 해서 인기와 명성이 사라진 것은 아니다. 촘촘한 네트워크 속에서도 여전히 중심-반주변-주변의 위계는 존재한다. 비록 모두가 모두와 연결돼 있지만 그 안에서 제도적 장치들로부터 발산되는 선망의 빛(숭배의 빛이 아니라)은 "이 시대의 멘토"와 같은 광고 카피의 도움을 받아 특정 행위자들에게 집중된다. 더구나 모두가 모두에게 노출돼 있기 때문에, 즉 사회적 거리가 줄어든 만큼 '에고 게임'의 열기가 달아오르면서 그 같은 선망의 빛을 자기 쪽으로 선회시키기 위한 경쟁 또한 증가할 수밖에 없다. 결국 문학계는 마치 소셜 미디어에서 그러는 것처럼 겉으로는 '좋아요'를 누르고 리트윗을 하고 팔로잉을 하지만 속으로는 자신을 알리고자 하는 승부욕에 불타는 개인들의 네트워크로 숨 쉴 틈 없이 촘촘해지고 있는 것이다.

문학 제도는 이렇게 사람들에게 지대한 영향을 미친다. 단독성(singularity) 신화를 통해 작동하는 문학 제도는 '원하기만 한다면 언제나 자유 의지와 독창성을 발휘하여 자기만의 작품을 만들 수 있는 개인'에 대한 믿음을 강고히 한다. 그러나 개인의 자율성은 제도적 장치에 의해 그 형식과 내용이 마름질된다.

고독한 개인들과 저항하는 공동체의 소멸, 수평적 네트워크의 확산, 제도적 행위자들의 우세로 요약되는 현대의 문학장(場)에서, 이제 자율적 개인에게 집중되는 것, 자율적 개인들이 그토록 원하는 것은 명성이라는 선망의 빛이다. 이 빛의 영향력 아래 현대의 예술가들이 가장 오르고 싶은 지위는 '파퓰러 아방가르드(popular avant-garde)'이다. 파퓰러 아방가르드란 대중성과 전위성, 명성과 개성, 성취와 자유를 양손에 동시에 거머쥔 승자의 이름이다.

이쯤에서 나는 얼마 전 시인들과 만난 자리에서 나눈 대화 한 자락을 소개하고 싶다. 한 시인은 요새 시인들이 온라인 서점에서 책이 얼마나 팔리는지 보여 주는 세일즈 포인트의 등락에 온통 신경을 기울인다며, 심지어 시인들이 모이면 "오, 세일즈 포인트 많이 올랐던데!"를 칭찬처럼 주고받는다며 한탄 조로 이야기했다. 그러자 다른 시인이 조심스럽게 말했다. "사실 세일즈 포인트 누구나 다 보는 거 아닌가? 나도 가끔 보는데……." 그러자 한탄하던 시인이 웃으며 말했다. "그렇지! 하지만 혼자 보고 마는 거하고 그걸 사람들에게 말하는 거는 다르지!" 나는 생각했다. 그래, 누구나 선망의 빛을 원한다. 이제 차이란 게 있다면, 그 선망의 빛을 원하는 티를 노골적으로 내면서 원하느냐, 원하지 않는 척하면서 원하느냐 정도의 차이일 뿐이다.

숭배의 빛이 선망의 빛으로 대체됐을 때, 문학장에서도 승자 독식의 논리가 득세하게 된다. 과거에 숭배의 빛은 승패의 논리와 긴밀히 결합되지 않았다. 아니 오히려 반대였다. 예를 들어 사뮈엘 베케트는 "실패하라, 더 잘 실패하라."라고 일갈했다. 문

잔존하는 문학의 빛

학은 소위 '패이승(losers win)'의 논리를 따라 패배자들에게도 숭배의 빛을 던져 주었다. 가난한 시인, 은둔자, 예언자, 보헤미안, 인정받지 못하는 천재라는 패배자들의 영웅 신화는 그렇게 만들어진 것이었다. 그러나 이제 패배자는 패배자일 뿐이다. 그들은 소수의 승자(그러나 자신과 너무나 가까운)를 둘러싼 선망의 빛을 어둠 속에서 주시하며 언젠가 저 빛 속으로 진입하리라 절치부심하며 마음을 다잡다가도 성공의 가능성이 거의 없다는 사실을 떠올리고는 한없는 열패감에 빠진다.

나는 시인과 소설가들이 처한 상황에 대한 비관적 전망을 철회할 생각이 없다. 문학장은 더욱 공급 과잉으로 치달을 것이다. 그 과정에서 1퍼센트 소수의 승자만이 선망의 빛을 누릴 것이다. 이 소수의 승자 집단의 99퍼센트 또한 상품 유행의 흐름에 따라 한때의 명성을 누린 후에, 광막한 어둠 속으로 쓸쓸히 퇴장할 것이다. 결국 극소수만이 후광효과(되는 사람은 뭘 해도 되는)를 누리며 지속적인 명성을 유지할 수 있을 것이다. 과거에 공급 과잉은 기성 집단과 신예 집단 사이의 충돌을 예술운동이라는 형식을 빌려 격발시키는 구조적 조건이었다. 하지만 이제 공급 과잉은 네트워크 수준에서는 모두와 연결됐지만 실존적 수준에서는 모두와 분리된 불안한 신참들을 문학장 내부에 넘치게 하는 구조적 조건일 뿐이다.

누군가는 지금까지 내 말을 듣고 말할 것이다. 당신이 언급한 문제들에도 불구하고 변하지 않는 것이 있다. 문학장에서 근본적 불평등은 구조가 만들어 내는 불평등이 아니다. 더 근본적인 것은 재능의 불평등이다. 그것은 예나 지금이나 변함이 없다. 단지 과거에는 재능의 부족을 보완하는 상징적, 경제적, 관계적 기제가 존재했을 뿐이고 지금은 그런 보호 장치들이 없을 뿐이다. 재능이 없는 사람들은 과거에도 불행했다. 지금은 단지 더 불행할 뿐이다.

그렇다면 나는 되묻고 싶다. 재능이 없는 사람들로 하여금 그 모든 악조건을 무릅쓰고서라도 창작에 매달리게 하는 힘은 무엇인가? "사회학적으로, 경제학적으로 승자 독식의 논리가 문학장에서 확장되고 있습니다. 당신의 재능을 판단해 보건대 성공의 가능성은 거의 제로에 가깝습니다. 이 말은 아프게 들리겠지만 사실 당신을 위해서 하는 말입니다."라고 이야기를 해도 창작을 그만두지 않는, 혹은 창작을 그만두었다가도 언젠가는 창작으로 돌아오리라 결심하게 하는, 그리고 기어이 돌아오게 하는 힘은 무엇인가? 어리석음인가? 집착인가? 과욕인가?

창작을 하는 모든 이에게, 프로건 아마추어건, 누구에게나 드리우는 빛이 있다. 그것은 숭배의 빛도 선망의 빛도 아니다. 그것은 다름 아닌 문학적-예술적 제작, 즉 창작의 기쁨에서 오는 행복의 빛이다. 이 행복이야말로 창작자가 창작을 멈출 수 없는 첫 번째 이유이다. 니체는 예술이 창작자에게 "행복의 약속"을 제공한다면서 "사심 없음(disinterstedness)"이라는 관념에 기초한 칸트 미학을 비판한 바 있다.* 그는 예술이 너무나 "사심 있

---

* 프리드리히 니체, 김태현 옮김, 『도덕의 계보·이 사람을 보라』(청하, 1999).

　　　　　　　　　　　　잔존하는 문학의 빛

는(interested)"활동이라고 강조했다. 그런데 이때의 사심이란 위대한 단독자로 숭배를 받고 싶다거나, 대중적 인기를 끌고 싶은 사심이 아니다. 니체에 따르면 그것은 피그말리온이 자신이 만든 조각상이 아름다운 여인으로 살아나 자신과 영원히 살았으면 하고 바랄 때의 간절한 소망 같은 사심이다. 창작의 기쁨은 창작자가 자신에게 주어진 재료와 놀고, 싸우고, 씨름하고, 사랑을 나누면서 그것에 질서와 형태를 부여하고 그렇게 만들어진 작품과 마치 연인과도 같은 인격적 관계를 맺을 때 발생하는 것이다.

창작자에게 행복을 가져다주는 제작은 노동의 제작과는 차이가 있다. 카를 마르크스는 『자본론』에서 인간의 인간다움을 보장하는 첫 번째 자질이 '목적의식적 노동'이라고 주장했다. 마르크스에 따르면, 꿀벌이 인간보다 더 정교한 건축물을 지을 수 있다고 하더라도 인간이 꿀벌보다 더 우월한 점이 있는데, 그것은 인간은 노동으로 무언가를 만들 때, 그전에 이미 머릿속에 그 무언가에 대한 설계도가 '목적의식적'으로 존재한다는 사실이다. 그러나 예술적 제작은 노동의 목적의식적 제작과 다른 점이 있다. 예술적 제작에는 사전에 설계도가 없거나, 혹은 있어도 그것을 끊임없이 수정하고 다시 작성하고 심지어 지워 나가는 과정이 핵심적이다.

창작자에게 창작 이전에 절대적으로 존재하는 것이 있다면, 그것은 '목적의식'이 아니라 차라리 '소망'이라고 할 수 있다. 좋은 결과가 나왔으면 하는 간절한 소망 말이다. 이때의 좋은 결과란 것도 사실 지극히 막연하다. 창작자는 제작 과정에서 그 간절한 소망을, 재료를 통제하고 변화시키려는 의지로 전환시켜 최선을 다할 뿐이다. 창작에는 일종의 기적이 일어날 때가 있는데, 그것은 창작자의 막연한 그러나 간절한 소망이, 마치 피그말리온의 조각상이 아름다운 여인으로 태어나듯이, 눈앞에서 구현되는 일이다. 창작자는 이 기적 앞에서 "이것을 내가 어떻게 만들었지?" 하는 경이로운 기쁨, 행복을 느끼게 되는 것이다.(창작의 행복은 노동의 제작에도 적용될 수 있다. 만약에 노동자가 도면에 따라 자동차를 완성했을지라도, 거기에 재료와 노동 과정에 대한 장인적 통제와 자주적 관리가 개입된다면, 자신의 눈앞에 펼쳐진 최종 결과에 낯선 경이로움을 느낀다면 그때 노동은 창작의 요소를 포함하고 있다고 볼 수 있다.)

나는 여기서 "누구나 글을 쓴다면, 등단하지 않더라도 시인이요, 소설가다."라는 나이브한 주장을 펼치는 것이 아니다. 창작이란 창작자 자신도 명확히 알지 못하는 최선의 결과를 낳으려는 간절한 소망에서 출발하며 그 소망을 이루려는 의지를 발휘함으로써 중단 없이 이어진다. 나에게 문학적 재능이란 선천적으로 주어진 능력이 아니라 그 소망과 의지를 끝내 행복에 다다르게 하는 집중력과 주의력을 뜻한다. 그토록 쉼 없는 집중력과 주의력을 요한다는 점에서 창작의 행복은 달성하기가 결코 쉽지 않다. 창작의 행복을 달성하기 어려운 또 다른 이유도 있다. 창작의 행복은 지배적 사회질서를 따라 노동력과 자원을 분배하고 작동시키는 제도적 장치들이 강력하면 강력할수록 달성하기가 쉽지 않다. 자크 랑시에르를 따르자면 창작의 행복은 제도적인 장치들이 사회적 신체들에게 할당한 감각의 고정된 자리를 거스르고 가로지르며, 그것과 싸우며 성취되는 것이다. 요컨대 창작의 행복은 사회적으로 규정된 행복, 즉 '그저' 성공과 안정에 안주하기를 거부하며 어렵사리 지켜내는 것이다.

나는 문학 창작의 행복이 창작자 자신이 혼자서 느끼고 마는 자족적인 행복이라고 말하려는 것도 아니다. 창작자는 언제나 타인의 인정을 필요로 한다. 창작자는 자신의 행복이 타인의 행복으로 '나누어지기'를 원한다. 이것이 바로 인정 욕망이다. 그런데 현대의 예술장, 혹은 문학장은 인정 욕망을 소수에게만 선망의 빛을 허락해 주는 승인(approval) 장치들을 통해 충족시키려 한다. 상승하는 세일즈 포인트와 문학상 수상, 메이저 신문과 잡지의 언급, 비평가의 심오한 해석 등이 불안한 창작자들을 임시적으로 안심시키고 위로해 주는 것이 그 예이다. 그러나 인정(recognition)이란 무엇보다 '다시-알아봄(re-cognition)'이다. 인정이란 창작자가 제작 과정에서 작품에 투여한 열정과 의미를 독자가 다시 알아봐 주는 것이다. 따라서 인정은 외적인 척도들에 의해서 작품의 가치가 평가되는 '승인'과는 근본적으로 다른 것이다.

승인이 아닌 인정, 독자들에게도 마찬가지로 집중력과 주의력을 요하는 이 '다시-알아봄'의 몸짓, 시선, 끄덕임, 공감으로서의 미소 또는 찡그림이란 우정의 한 양상이다. 조르조 아감벤은 우정이란 "출생, 법, 장소, 취향"이 아니라 "존재한다는 사실, 삶 자체의 나눔, 존재한다는 순수한 사실을 함께-지각함"이라고 말했다. 독자가 창작자의 작품을 다시 알아본다는 것은 독자와 창작자가 함께 작품을 알아본다는 뜻이며 궁극적으로 작품을 통해 표현되고 구현된 삶을 함께 나누어 갖는다는 뜻이다. 그렇게 행복의 빛은 작가와 독자를 동등하게 비추며 서로의 비밀을 알아챈 친구 사이처럼 서로를 연결시켜 준다. 조르주 디디-위베르만의 표현을 빌리면 문학이 창작자와 독자 모두에게 가져다주는 행복의 빛은 가까스로 '잔존'한다.* 그것은 서치라이트처럼 강력하고 사나운 제도의 빛, 선망의 빛의 틈바구니에서 간신히 살아남은 반딧불의 미광처럼 드문드문 이곳저곳에서 잔존한다. 늦은 밤 반딧불처럼 어렴풋하게 빛나는 이 행복의 미광 아래서 창작자는 온몸으로 글을 쓰고 독자는 먼 곳에서 온 친구의 편지를 읽듯 기대감에 부풀어 책장을 넘긴다. 이것이 문학이 우리에게 허락하는 가장 근원적인 장면이다. 바로 이 장면에서 우리는 영웅도 아니요, 스타도 아니요, 다만 고유한 실존을 지닌 삶의 주인공으로 스스로를 드러내는 것이다.

---

* 조르주 디디-위베르만, 김홍기 옮김, 『반딧불의 잔존』(길, 2012).

잔존하는 문학의 빛

4부

'누구나'의
문학과 정치

노동의 와중에 지평선에 드리워진 붉은 저녁노을을 넋 놓고
바라보는 누군가의 얼굴은 세계의 비참과 인간의 행복을 고스란히
보여 준다. 누구나 그 얼굴을 소유하고 만들어 낼 수 있다.
예술은 그 얼굴로부터 출발하여 그 얼굴로 돌아가는 끝나지 않는
이야기를 우리의 귀에 대고 쉼 없이 들려주고 있다.

'천사'에서
'무식한 시인'으로

평론가들, 천사-되기의 꿈

"모든 것이 한 시인의 고뇌로부터 시작"했다.* 나에게 이 말
은 문학과 정치에 관하여 최근에 평론가들이 한 말 중 가장 눈
에 띄었다. 물론 이 평론가(신형철)는 문학과 정치에 대한 논의
전체의 기원을 한 시인의 고뇌에 정초시킨 것은 아니리라. 다만
그가 판단하건대 그 논의들이 중요한 방향으로 전개되기 시작
한 하나의 기원을 한 시인의 고뇌에서 찾은 것이리라. 사실 다른
몇몇 평론가들도 비슷한 취지의 발언을 했다. 문학과 정치라는
주제와 관련하여 평론가들은 대체로 "해야 한다."라는 정언명

---

* 신형철, 「가능한 불가능 — 최근 '시와 정치' 논의에 부쳐」, 《창작과비평》 147호
(2010년 봄호), 370쪽.

령의 형태로 자신의 의견을 시인들에게 제시했다. 예를 들어 백낙청은 "말들의 운행"에 천착하는 "특공대의 용맹"(김행숙이나 김언과 같은 소위 실험시를 쓰는 시인들)을 존중하면서도 그들에게 "대중과 함께하는 좀 더 다양한 공부와 사업을 게을리하지 말아야 할 것이다."라고 권고했다.* 그리고 아래와 같은 보다 구체적인 권고도 있었다.

> 시 쓰기는 고통 받는 이웃에게로, 노동자에게로, 자연에로, 사물에로, 시간에로, 장소에로, 언어에로, 이 모든 것들과 연결된 나 자신에게로 끊임없이 나아가려는 노력과 좌절 사이에서, 가능성과 불가능성 사이에서 폭주하는 균열과 전율을 살아 내고 기록해야 한다.**

이들은 시인의 고뇌를 "공부와 사업", "노력과 좌절" 같은 다분히 '주의주의(voluntarism)'적인 용어로 표현한다. 어쩌면 이들은 모든 시인이 자기만의 고뇌를 단단한 씨앗처럼 품은 열매이기를, 그리하여 시인 각자가 그 이후 전개될 사건의 유일무이한 기원이기를 바라고 있는지도 모른다. 어쨌든 평론가들이 말하는 문학과 정치에 대한 시인의 고뇌는 수학적으로 비유하면

---

* 백낙청, 「현대 시와 근대성, 그리고 대중의 삶」, 《창작과비평》 146호(2009년 겨울호), 37쪽.
** 김수이, 「자체 제작 소리를 내는 상자들, 그리고」, 《창작과비평》 150호(2010년 겨울호), 58쪽.

'자아로부터 타자로 다가가는 고뇌'라는 벡터로 표현할 수 있을 것이다. 그러나 수학적 양과 달리 시인의 고뇌를 측정할 수 있는 객관적 척도는 없다. 어느 시인의 고뇌가 가장 강한가? 개별적 고뇌들을 합하면 공동체의 고뇌가 되는가? 한국 시인들의 고뇌는 외국 시인들의 고뇌에 비해 얼마나 강한가? 그 고뇌가 귀속되는 장소 또한 불분명하다. 그 고뇌는 시인의 내면에 귀속되는가? 시인의 삶에 귀속되는가? 시 쓰기라는 행위에 귀속되는가? 혹은 그 모든 것에 동시에 귀속되는가?

이렇듯 고뇌라는 것은 정체불명이다. 실제로 백낙청은 이렇게 말한다. "물론 정치적인 것에 대한 관심을 작가가 생활에서는 어떻게 실험하고 작품으로는 어떻게 구현할지에 대해 정해진 답은 없고, 창작을 위해 어떤 생활을 해야 된다고 강요하는 일은 백해무익이기 쉽다. 이 대목에서도 각자 자기 방식으로 치열한 실험을 진행하는 것이 바람직한 것이다."* 그러므로 "시인이여, 더 많이 더 잘 고뇌하라!"라는 식의 포괄적이고 모호한 요청으로 압축되는 주의주의적인 정언명령은 정작 그 명령의 직접적 대상인 시인의 시 쓰기에 별로 도움을 주지 못한다. 그렇다면 우리는 이런 질문을 던질 수 있다. 왜 평론가들은 실제적인 효력을 갖지 못하는 주의주의적 정언명령을 구사하는가? 이 주의주의적 정언명령은 혹시 다른 효용을 갖고 있는 것은 아닌가?

평론가들은 문학과 정치에 대한 시인의 고뇌(무엇으로 확정될

---

* 백낙청, 앞의 글, 37쪽.

'천사'에서 '무식한 시인'으로

수도 없고 어디에도 귀속될 수 없는 벡터 값)에 대한 불가능한 셈을 하면서 하나의 우회로를 선택한다. 그것은 특정 시인들의 특정 시들을, 그들의 문학적이고도 정치적인 고뇌에 대한 '근삿값'으로 도입하는 일이다. 문학과 정치를 논하는 지면에서 평론가들은 문학적으로, 정치적으로 모두 바람직한 '본보기 시'들을 선별하고 해석한다. 정작 주목해야 할 것은 "공부하고 사업하고 노력하고 좌절하라."라는 명령이 아니라 이 본보기 시들의 효용이다. 평론가들은 일군의 시들을 시인들의 고뇌를 표상하는 본보기로 선별하고 해석하는데, 이 선별과 해석에서의 차이들이 서로 경합하고 참조하면서 또 다른 논의를 이끌어낸다. 이 과정에서 문학과 정치에 대한 논의들은 켜켜이 축적되어 모종의 정당성을 지닌 담론으로 사회화된다. 이것이 바로 주의주의적 정언명령의 진정한 효과이다. 고뇌라는 불확정적인 공백을 설정한 후 그것을 간접적으로 확정하기 위해 다양한 텍스트들을 도입하는 끊임없는 '차연(differance)' 속에서 문학과 정치에 대한 평론은 쓰이고, 또 쓰이는 것이다.

문학과 정치에 관해 이야기하는 일련의 평론들은 무엇보다 문학 제도의 전통적 분할 선들(시인과 독자, 시인과 평론가, 시인과 시인, 텍스트와 텍스트, 문학과 비문학 사이의 분리)을 문제 삼지 않는 것처럼 보인다. 가장 단순하고도 명백한 증거는 선별과 해석 대상이 되는 텍스트들이 예외 없이 등단한 시인들(그것도 대체로 알려진 시인들)의 시라는 사실이다. 제도적 절차를 거쳐 선택된 시인들을 한 번 더 걸러 낸 뒤, 이들의 시에 내리는 평가, 즉 "배제적 합의성"(랑시에르)이라 부를 수 있는 정식에 따라 문학과 정치라는 테마가 다루어지고 있는 셈이다. 오해하지 말기를 바란다. 나는 "새 술은 새 포대에!"라고 재청하는 것이 아니다. 처음부터 '새 술'은 없었다. 문학과 정치라는 테마는 문학이라는 술판에서 가장 오래된 술 중 하나다. 그러나 가장 위험해 보이는 이 술, 문학의 자율적 위상을 뒤흔드는 것처럼 보이는 이 독주(毒酒)야말로 실은 '문학(술)판'을 다른 (술)판들과 분리시키고 나아가 그 분리로부터 문학(술)판이 사회적 위신을 획득하도록 하는 데 가장 크게 기여해 왔다. 어떻게 문학과 정치라는 테마가 문학 제도의 '분리'를 가져오고 동시에 '분리의 이윤'을 문학에게 가져다주는가?

문학은 그것이 있다는 사실 하나만으로 문학을 이해하지 못하는 사람이 있다는 것을, 다시 말해서 무지를 추문으로 만든다. 아무러한 반성 없이, 9시에 회사 문에 들어서서, 잡담하고 점심 먹고 5시에 퇴근하는, 그런 일과가 월, 화, 수, 목…… 계속되는 일상인의 무딘 의식에, 지배적 이데올로기의 뒤를 보지 못하는 갇힌 의식에, 문학은 그것이 진실된 삶이 아니라 거짓된 삶이라는 것을 밝혀 주고 그것을 추문으로 만든다. 아니 더 나아가서 문학은 그것의 존재가 글을 못 읽고, 글을 읽을 수 없는 사람이 존재한다는 것을 사람들로 하여금 부끄럽게 만드는 어떤 것이다. (중략) 문학은 인간의 실현될 수 없는 꿈과 현실과의 거리를 자신에 의사에 반하여 드러낸다. 그 거리야말로 사실은 인간이 어떻게

억압되어 있는가 하는 것을 나타내는 하나의 척도이다. 불가능한
꿈이 아름다우면 아름다울수록, 삶은 비천하고 추하다.*

　위의 인용문은 1977년에 처음 출간된 김현의 『한국 문학의
위상』에서 가져온 것이다. 김현에 따르면 문학은 언제나 꿈과
현실과의 "거리"를 둔 채, 그 거리를 하나의 "척도"로 견지하여
'세계의 비참'을 견딜 수 없는 추문으로 드러낸다. 이때 문학은
천사이다. 엄밀히 말하면 천사가 되는 아름답고 불가능한 꿈이
다. 어디까지나 꿈이기 때문에 문학의 천사-되기의 꿈은 구원을
가져다주지 못한다. 그러나 그 무능력으로 인해 세계의 비참이
드러난다. 자신을 접근 불가능하고 아름다운 꿈으로 드높임으
로써 세계를 더욱 비참하게 폭로하는 것이 문학의 정치이다. 글
을 못 읽고, 글을 읽을 수 없는 사람이 처한 비참한 현실을 폭로
하기 위해 아이러니하게도 문학은 그와 거리를 두고(비록 팔은 뻗
겠지만) 그가 그 현실 바깥으로 나올 수 있는 탈주로에 시선을 던
지지 않는다.
　문학과 정치에 대한 시인의 고뇌 이야기로 다시 돌아오자
면, 평론가들은, 타자에게 다가가려는 시인의 노력과 좌절, 공부
와 사업을 시 텍스트가 내는 "자체 제작 소리"(김수이)를 '간접
적 증거'로 삼아 판별한다. 그들은 시라는 제작된 꿈에서 천사

---

* 김현, 『한국 문학의 위상/문학사회학』, 『김현 문학 전집』 1권(문학과지성사,
1991), 52쪽.

가 된 시인이 지상을 향하여 다가가려는, 불가능을 가능성으로 만들려는 시도를 추론적으로 검수한다. 문학이 불가능하고 아름다운 천사-되기의 꿈이라는 믿음, 이 믿음에 따른 텍스트 중심주의, 문학과 현실의 거리 두기, 문학과 비문학을 분리하기는 이미 1970년대 김현의 평론에 내장되어 있었으며 2000년대 시를 둘러싼 문학과 정치에 대한 최근의 평론들에도 동일하게 작용하는 규범이자 기제이다. 더 자세히 이야기하겠지만, 이와 같은 규범과 분리를 문제 삼지 않을 때, 문학과 정치에 대한 논의는 민주주의의 가장 중요한 의제인 평등의 문제를 간과한다. 이제 나는 문학과 정치에 대한 그간의 논의를 주로 랑시에르의 이론을 경유하여 살펴볼 텐데, 이때 평등의 문제가 사태를 파악하고 비판하는 가장 핵심적인 문제 틀이 될 것이다.

김수영, 진은영, 지게꾼-되기의 시

신형철이 모든 것의 기원, 최초의 고뇌를 시작한 시인으로 진은영을 호명했을 때, 당사자는 거기에 어떻게 반응했을까? 진은영은 당황하지도 우쭐하지도 않았으며 다만 진지하게 자신에게 내어진 자리를 거부하였다. 진은영은 마치 날아온 화살을 받아 또 다른 활로 또 다른 과녁을 향해 쏴 보내듯이 첫 번째 호명을 두 번째 호명으로 전환시킴으로써 논의를 한 발 더 진척시켰다. 진은영은 "모든 것이 한 시인의 고뇌로부터 시작"되었다는

'천사'에서 '무식한 시인'으로

신형철의 주장이 틀리지는 않았다고 하면서 이때 한 시인은 자신이 아니라 김수영이라고 했다. 김수영이 쓴 "온몸으로 쓰는 시"에 대한 시론이야말로 문학과 정치 논의의 기원이라는 것이다. 여기서 진은영은 김수영의 '온몸'의 시론을 전유하여 "지게꾼-되기의 시"라는 개념을 새로이 제시한다. "지게꾼이라는 타자를 만나는 새로운 방식 속에서 시인은 기존의 분배 방식에서 특수한 영역으로 할당된 자신의 존재를 지우고 지게꾼도 시인도 아닌 동시에 지게꾼이며 시인인 존재가 된다. (중략) 시는 온몸으로 살아 보는 것에 대해 씌어지고, 그렇게 살아 본 만큼 씌어진다고 김수영은 확신한다. 그렇다면 이제 중요한 일은 우리의 삶에 '살아 보는' 여러 방식을 도입하는 일이다."*

그렇다면 우리는 다음과 같은 질문들을 던져 볼 수 있다. 온몸으로 살아 봄으로써 만들어지는 지게꾼-되기의 시는 어떻게 문학적이면서 동시에 정치적인 시를 구현할 수 있는가? 시인은 어떻게 텍스트의 문턱 안쪽에 머무르는 천사가 아니라 문학과 현실, 문학과 비문학의 분리를 철폐하고 넘어서는 작인(agency)으로 존재할 수 있는가?

지게꾼-되기의 시는 "글 쓰는 나와 이야기하는 나 사이에 어떤 '그', 즉 타율성을 기입하는" 시라고 정의할 수 있을 것이다.** 평론가들이라면, "글 쓰는 나"는 실존하는 나이고 "이야기

* 진은영, 「한 진지한 시인의 고뇌에 대하여」, 《창작과비평》 148호(2010년 여름호), 28쪽.
** 자크 랑시에르, 양창렬 옮김, 『정치적인 것의 가장자리』(길, 2008), 208쪽.

하는 나"는 화자인 시인, 즉 천사라고 정의할 것이다. 평론가들의 주의주의적 정언명령에 따르자면 '나'는 충분한 고뇌를 거쳐 아름답고 불가능한 꿈의 주인공인 '시인-천사'로 변모해야 한다. 평론가들이 보기에 천사-되기의 꿈은 실존하는 나와 시인-천사의 계약이고 평론가의 직분은 그중에서 잘된 계약 결과를 독자들에게 설명해 주는 일이다. 이때 계약의 내용은 이렇다. '천사'는 '나'가 고뇌한 만큼, 공부한 만큼, 노력한 만큼, 딱 그만큼 노래할 것을 합의한다. 그러나 랑시에르에 따르자면, 문학은 실존하는 나와 시인-천사 사이에 지게꾼이라는 딴사람('그'라는 타율성)을 끌어들임으로써 그 둘의 계약과 합의를 해체한다. 그리고 바로 이 지점에서 문학은 정치의 문제, 평등의 문제, 민주주의의 문제와 만난다.

문학과 민주주의는 공동체의 부분들의 셈 위에 그리고 합의하고 동의하는 신체들의 완결성 위에 이중 인화됨으로써 어떤 신체와도 일치하지 않는, 교환 가능한 사물들의 특성들도 아니고 교환 관계의 협약들도 아닌 말(mots)로 이루어진 존재들, 신체 없는 존재들의 존재를 창시한다. 이 독특한 존재의 핵심에 모든 자아를 자기 자신과 분리하는 타율성이라는 특질이 있다. 그렇지만 이 타율성이라는 특질은 바로 평등의 특질이며, 이 평등은 언제나 은밀하게 공동체를 가로질렀다. 왜냐하면 평등은 공동체 내의 신체들의 어떤 분배에서도 정당화된 자리를 갖지 않으며, 언제나 일시적으로만, 언제나 국지적으로만 신체들을 그들의 장소 바깥

'천사'에서 '무식한 시인'으로

에, 그들의 고유함 바깥에 둘 수 있기 때문이다. 평등은 문학이나 프롤레타리아트라고 부를 수 있는 부유하는 존재 형태로, 또 어떤 특성도 사라지지 않은 채 부인될 수 있는 존재들, 독특한 다수성들(신체들과 호칭들의 관계 체계는 이 다수성들 때문에 여기저기로 자리 옮겨진다.)이 존재하게 만들 수 있는 존재 형태로 사회체 안에 효과를 만들어 낸다.*

이렇듯 지게꾼-되기의 시는 "합의하고 동의하는 신체들"로 이루어진 치안적 질서 사이를 은밀하게 가로지르면서, "말로 이루어진 존재들, 신체 없는 존재들"이 거주할 시간과 장소를 설립하고 채우면서, 자신의 고유한 정치를 수행한다. 지게꾼-되기의 시에서 관건은, 시라는 텍스트의 제작뿐만이 아니다. 이때 관건은 그 시 쓰기가 지게꾼이 되는 기존의 방식과 단절된 새로운 지게꾼-되기를 작동시키는가, 그렇게 존재하게 된 지게꾼이 세계의 비참에 대해 고유한 증언을 발언할 수 있는가, 그리고 그 발언을 위한 시간과 장소를 분할하여 합의체 안에 기입할 수 있는가이다.

지게꾼-되기의 시는 세계의 비참과 거리를 두고 그것을 폭로하는 데 그치지 않는다는 점에서 천사-되기의 꿈과 대조된다. "아무도 세계의 모든 비참을 수용하려 하지 않았다. 그렇지만 우리는 적어도 그것에 대해 말하고, 그것과 함께 말하며, 그것과

---

* 위의 책, 209쪽.

같이 이름들, 독특성들, 새로운 다수성들을 발명하는 말하기의 독특성에 눈뜨는 법을 배울 수 있다."* 요컨대 지게꾼-되기의 시는 지게꾼이라는 딴사람(타자)의 독특한 말-신체를 구현한다. 그리고 지게꾼-되기라는 말-신체를 구현하는 말하기의 독특성은 곧바로 평등과 관계한다. 말하기의 독특성, "이는 평등을 측정하는 것을 뜻한다. 이 측정은 가까움과 멂을 조절하는 기술이다. 여기에서 실험되는 정언명령은 다음과 같이 표현될 수 있을 것이다. 늘 가까이하는 동시에 멀리하는 식으로 행동하라. 이는 곧 끊임없이 측정하고 평가하고 매번 이 가까움과 멂(이것들은 평등한 공동체의 틈새들을 정의한다.)을 재창조하는 법을 배우라는 뜻이다."**

여기서 평등은 단순히 정치적 권력과 경제적 몫을 공정하게 나누는 것이 아니다. 평등이란 말할 수 있는 신체와 말할 수 없는 신체의 분리를 독특한 말-신체로 폐지하고 그 사이에 그 같은 신체로 구성된 공동체의 틈새를 기입하는 것이다. 따라서 지게꾼-되기의 시가 표명하는 "늘 가까이하는 동시에 멀리하는 식으로 행동하라."라는 실천적 정언명령은 "더 많이 더 잘 고뇌하라."라는 주의주의적 정언명령뿐만이 아니라 "지게꾼의 이해관계와 당신의 이해관계를 일치시켜라."라는 현실주의적 정언명령, 그리고 "지게꾼의 심장과 당신의 심장을 일치시켜라."

---

* 위의 책, 213쪽.
** 위의 글.

'천사'에서 '무식한 시인'으로

라는 도덕적 정언명령과도 구별된다. 진은영은 "문학과는 다른 ('딴') 자리들을 문학의 자리로 만들고 문학을 다른 자리로 만드는 왕복운동"을 제안한다.* 문학과 세계의 비참 사이의 거리의 견지나 거리의 말소가 아닌 거리의 조절, 가까이하는 동시에 멀리하면서 독특한 말-신체의 장소, 평등한 공동체의 틈새를 모색하는 왕복운동이야말로 문학의 정치와 민주주의적 글쓰기에 내재하는 고유한 "진동"(진은영)이라고 할 수 있다.

그리하여 지게꾼-되기의 시는 천사-되기의 꿈과 달리 문학제도를 포함한 치안적 질서 전체의 분할 선을 위협한다. 문학은 세계의 비참에 대해 독특하게 말하는 타자, 즉 누구에게도 어느 곳에도 확정적으로 귀속되지 않는, 그럼으로써 누구에게나 어느 곳에서나 사용될 수 있는 새로운 말-신체를 창안한다. 말할 수 있는 신체와 말할 수 없는 신체의 분리(시인과 독자의 분리, 문학과 비문학의 분리, 사유와 노동의 분리, 지식인과 대중의 분리, 정신노동과 육체노동의 분리, 전문가와 비전문가의 분리)를 고수하려는 치안적 질서는 이 새로운 말-신체, 수다스럽게 부유하는 유령이라는 존재 때문에 골치를 썩게 된다. 이 유령과 접촉하고 유령이 되려는 모든 이들은 하나하나 기원이 될 수 있는데, 이때 기원은 심오한 고뇌가 시작하는 출발점이 아니라 세계의 비참에 대해 말하려는 의지**와 말할 수 있는 감성적 역량이 시작하는 출발점이다.

---

* 진은영, 앞의 글, 27쪽.
** 나는 이 글에서 "고뇌", "공부와 사업", "노력과 좌절"을 '주의주의'적 용어들이라 부르면서 "말하려는 의지"와 대비시킨다. 이는 오해를 불러일으킬 수 있다. 일반

문맹자들, 무식한 시인-되기의 시

지게꾼-되기의 시는 강제된 노동과 부과된 정체성, 그에 따라 보고 말하고 생각하는 감각의 불평등한 분배로 이루어진 (문학 제도를 포함한) 치안적 질서에 독특한 말-신체를 침입시키는 행위라고 할 수 있다. 모든 지게꾼-되기의 시 쓰기가 침입이며 지게꾼-되기의 시를 쓰는 모든 이는 침입자라고 본다면 소위 등단 여부, 작가와 독자의 구분, 전문가와 비전문가의 차이 등은 전혀 중요치 않다. 지게꾼-되기의 시 쓰기는 이렇게 말할 수 있다.

말로 행동하는 인간들과 괴로워하고 소란스러운 목소리의 인간들, 행동하는 인간들과 단순히 살아갈 뿐인 인간들 간의 구분을 폐기한다. 글쓰기의 민주주의는 소설 속 영웅들의 삶을 전유한다든지, 스스로 작가가 된다든지, 또는 공동 관심사에 대한 토론에 몸소 참여하는 것 등을 통해 각자가 자기 몫을 챙길 수 있

적으로 주의주의는 지성에 대해 의지를 맞세우기 때문이다. 그러나 나는 주의주의에서 이야기하는 정신 작용으로서 의지와 "말하려는 의지"를 구별하고 싶다. "말하려는 의지"는 자크 랑시에르의 『무지한 스승』에서 빌려 온 개념이다. 랑시에르에 따르면 의지는 "욕망의 긴장"과 "상황의 강제" 등에 의해 발휘되는 힘이다. 간단히 말하면, 이때의 의지는 외부와의 긴밀한 관계를 전제로 하되 그것에 제약당하지 않고 그것을 넘어서려는 작인이라고 할 수 있다.(자크 랑시에르, 양창렬 옮김, 『무지한 스승』(궁리, 2008), 29쪽.) 이 점에서 "말하려는 의지"는 주체 안에 내재하는 본질적 속성으로 정의되는 주의주의의 의지와는 구별될 수 있을 것이다.

'천사'에서 '무식한 시인'으로

는 자유로운 문자 체제이다. 이는 저항할 수 없는 사회적 영향력이 아니라 말의 행위, 이 행위가 형태를 만드는 세계와 이 세계를 채우고 있는 인민들의 역량들 간의 새로운 관계, 새로운 감성의 분할과 관계된다.*

  그렇다면 지게꾼-되기의 시는 앞서 김현이 이야기했던 바, "글을 못 읽고, 글을 읽을 수 없는 사람"의 무지와 비참을 다만 추문으로 드러내는 것으로 문학의 정치를 한정시키는 천사-되기의 꿈을 문제 삼는다. 왜냐하면 지게꾼-되기의 시는 글을 못 읽고, 글을 읽을 수 없는 사람이 자신에게 할당된 자리에 상응하는 보기, 말하기, 생각하기의 한계를 넘어서며 쓰는 시이기 때문이다. 그러므로 지게꾼-되기의 시는 김수영의 "지게꾼의 시"에 대한 논의조차 문제 삼는다. 김수영은 자신이 살던 시대에 시를 쓰는 지게꾼이 나오지 않는 것은 "여러 가지 사회적 조건의 결여" 때문이고 지게꾼이 쓰는 문학은 "장구한 시간이 필요한 자유로운 사회의 실현과 결부되는 문제"이므로, 우선은 "현재의 유파의 한계 내에서라도" "시인의 양심이 엿보이는 작품"을 생산하는 것이 중요하다고 말한다.** 그러나 지게꾼-되기의 시는 사회학적 결정론에 반하는 시이다. 지게꾼-되기의 시는 시를 쓸 수 없는 지게꾼이 사회적 조건의 결여에도 불구하고 쓰는 시, 사

---

* 자크 랑시에르, 유재홍 옮김, 『문학의 정치』(인간사랑, 2009), 27~28쪽.
** 김수영, 「생활 현실과 시」, 『김수영 전집 2 ― 산문』(민음사, 1981), 260쪽.

회적 조건의 결여를 문제 삼으면서 쓰는 시, 문단 내 유파의 한계 바깥에서 쓰는 시, 양심이 아니라 말하려는 의지와 말할 수 있는 감성적 역량을 작동시키는 시, 딴사람-되기를 감행하며 쓰는 시이기 때문이다.

이 점에서 지게꾼의 시와 지게꾼-되기의 시의 구별은 재검토될 필요가 있다. 지게꾼이 쓴 시조차 지게꾼-되기의 시인 한에서, 즉 주어진 정체성을 탈전유(disappropriation)하여 말하기의 독특성을 창안하는 한에서, 말할 수 없는 신체를 가졌던 자가 말의 의지와 역량을 작동시켜 자신에게 할당된 감각을 재분할하는 한에서, 자신의 정치를 수행하는 것이다.* 지게꾼의 시는 지게꾼이 쓰는 시이고 지게꾼-되기의 시는 지게꾼 아닌 시인들이 쓰는 시라는 진은영의 암묵적 가정은 의도하지 않았겠지만 치

---

* 나는 "박노해와 백무산이 김수영이 말한 '시를 쓰는 지게꾼'의 전범이며, 이들의 등장이 새로운 미학적 주체의 탄생을 보여 준다."라는 진은영의 주장에 절반만 동의한다. 노동자 문학은 프롤레타리아트라는 평등 공동체를 발명하여 당대의 감각의 분할에 저항했다. 그러나 노동자 문학은 사회적 조건이 무르익어 탄생한 것이 아니라 당대의 사회적 조건을 거슬러 탄생한 것이다. 그 점에서 노동자 문학 또한 지게꾼의 시가 아니라 지게꾼-되기의 시라고 봐야 한다. 사실 박노해와 백무산 이전에 "시를 쓰는 지게꾼"이 존재하지 않았다고 가정해야 할 이유는 없다. 이때 독특한 말-신체의 이름은 프롤레타리아트가 아니라 '지게꾼'일 수도 있고, '농사꾼'일 수도 있고, '나무꾼'일 수도 있고, '그'일 수도 있고, '그녀'일 수도 있다. 이들의 시는 발표되지 않았더라도, 종이 위에 쓰이지 않았더라도, 밤에 부엌 바닥에 부지깽이로 남몰래 쓰였다 지워졌을지라도, 새벽에 빈 지게를 지고 산으로 향하는 흙길 위에 나뭇가지로 쓰였다 지워졌을지라도, 그 시가 자신이 처한 비참에 대한 독특한 증언인 한, 지게꾼-되기의 시들이 그로부터 계속해서 출발하고 다시 출발하는, 흩어졌다 모이고 모였다 흩어지는, 의지와 역량의 기원들이라 불릴 수 있을 것이다.

'천사'에서 '무식한 시인'으로

안적 질서의 분할선을 뒷문으로 재도입한다. 그러나 랑시에르는, 침입이라는 관점에서 보면, 말라르메의 시와 노동자의 편지 사이에는 아무런 본질적 차이가 없고, 오히려 말라르메가 노동자들을 흉내 냈다고 본다.

시인은 해방된 노동자의 자리, 낮에는 빵을 위해 혹독하게 일해야 하고 밤에는 사유와 시의 황금에 전념하면서 두 삶을 살아야 하는 침입자의 자리를 훔친다. 벌써 "엉망진창이 된"하루 일과와 시작(詩作)을 위해 수면 시간을 줄여야 하는 구속감을 진술하는 청년 말라르메의 편지는, 노동의 낮과 사유의 밤을 계속해서 유지시켜야 한다는 급박한 사태에 빠져 있는 프롤레타리아[노동자]들이 썼던 편지들을 모사하는 것처럼 보였다.*

다시 강조해서 말하겠다. 지게꾼-되기의 시에 있어 관건은, 시라는 텍스트의 제작뿐만이 아니라 시 쓰기가 새로운 지게꾼-되기를 작동시키는가, 세계의 비참을 증언하는 지게꾼의 말-신체를 위한 시간과 장소를 사회적 합의체(문학 제도를 포함하여) 안에 기입할 수 있는가이다. 말라르메와 노동자 모두 침입자인 이유는 휴식을 취해야 할 "밤에 사유와 시의 황금에 전념하면서" "생산과 재생산의 순환을 와해시키고", 궁극적으로 자신에게 부과된 "실존의 조건들과 사회적 질서의 토대를 파괴"하기 때문이

---

* 자크 랑시에르, 앞의 책, 162쪽.

다.* 결국 시 텍스트 자체뿐만이 아니라 시 쓰기를 위한 시간의 할애와 장소의 확보 또한 침입의 행위에 포함된다. 말라르메나 노동자, 등단한 시인이나 등단하지 않은 시인 그 모두에게 창작에 필요한 시간과 장소는 여분의 것이 아니라 초과의 것이다. 그들은 그 시간과 장소를 사유와 열정으로 채워 넣는다. 지게꾼의 독특한 말-신체란 시간, 장소, 사유, 열정, 쓰기, 살기, 말하기, 행동하기 이 모든 것들의 합이며, 그 합에 또다시 "하나-더(un-en-plus)의 무한한 가능성"을 더하기를 원함이며, 그럼으로써 "배제적인 합의성의 정식"에 끝까지 저항하는 것이다.** 우리는 더, 하나 더, 그리고 또 하나 더, 더, 더······를 원한다. 우리의 몸은 그 무한한 가능성을 원한다고 말하고, 행동하고, 쓰고, 사는 몸이다. 어쩌면 김수영의 '온몸'이란, "하나-더"를 무한히 욕망하고 추구하는 몸, 즉 치안적 질서가 할당한 자신의 신체를 끊임없이 초과하려는 말-신체를 지칭하는 것이 아닐까?

드디어 "글을 못 읽고, 글을 읽을 수 없는 사람"이 쓴 시들에 대해 이야기할 때가 됐다. 이제 나는 문맹자였다가 일흔 살이 넘어 글쓰기를 배운 할머니들이 쓴 시들을 '문학의 정치'의 '본

---

* 자크 랑시에르, 위의 글. 랑시에르는 초과하는 말(excess of words), 수다스러운 말이 민주주의의 중요 요소라고 보며 이를 문학성(literary)이라고 칭한다. 이때 문학성이란 "사물에 이름을 붙이는 데 있어서 가용한 말들의 초과, 삶을 생산하는 요건들과 관련된 말들의 초과, 그리고 마지막으로 소위 '적절한 것' 자체를 정당화하는 커뮤니케이션 양식에 대비되는 말들의 초과"를 뜻한다. Davide Panagia, "Dissenting Words: A Conversation with Jacques Rancière", *Diacritics* Vol. 30 No. 2, p. 115.
** 자크 랑시에르, 양창렬 옮김, 『무지한 스승』(궁리, 2008), 214쪽.

'천사'에서 '무식한 시인'으로

보기'들로 제시할 것이다. 이 시들은 최근 문학과 정치에 대한 평론을 포함해 지금까지 거의 모든 평론들이 배제해 온 소위 아마추어라 불리는 이들의 시들이다. 시를 천사-되기의 꿈이라고 보는 관점에 따르면 이들은 세계의 비참을 문학적으로 사유할 수 없는 무지한 존재이다. 그 관점에 따르면 이들은 시 바깥에 존재해야 하는, 그래서 시라는 천상으로부터 내리쬐는 빛에 의해 자신의 비참한 진실을, 그것도 추문의 형태로만 내보일 수 있는 존재이다. 내가 이들의 시를 본보기로 제시하는 이유는, 시를 천사-되기의 꿈이라고 보는 관점과 반대로, 문학의 정치를 수행하는 의지와 역량이 누구에게나, 어디에나 귀속되고 발휘될 수 있음을 보이기 위함이다. 이 증언을 통해 나는 "고뇌하는 등단 시인들"만을 본보기로 제시하면서 그간의 논의들이 배제해 온 문제, 말할 수 있는 신체와 말할 수 없는 신체의 분리를 극복하는 문제, 요컨대 문학의 정치를 논함에 있어 가장 핵심적이라 할 수 있는 평등의 문제를 다뤄 볼 것이다.

이 시 쓰는 할머니들은 고등교육을 받지 못했고 충청북도 음성에서 평생 농사일로 생계를 이어 왔고 현재 음성 노인종합 복지관에서 시 쓰기를 배우고 있다.* 나는 이들의 시를 '무식한 시인-되기'의 시라고 부를 것이다. 나는 "무식한 시인"이라는

---

* 나는 두 할머니들의 시 쓰기와 삶에 대한 이야기를 CBS 라디오 PD 정혜윤이 2011년 1월 3일 《한겨레》에 쓴 「그런 뒤에야 해피 뉴이어!」라는 에세이를 통해 알게 됐다. 정혜윤은 자신이 직접 취재해서 제작한 라디오 다큐멘터리 「인생이 시다」 (2010년 12월 31일)에 기초해서 이 에세이를 썼다.

말을 아래의 시에서 빌려 왔다.

시는 아무나 짓는 게 아니야
배운 사람이 시를 써 읊는 거지
가이 갸 뒷다리도 모르는 게
백지장 하나
연필 하나 들고
나서는 게 가소롭다

꽃밭에서도 벌과 나비가
모두 다 꿀을 따지 못하는 것과 같구나
벌들은 꿀을 한 보따리 따도
나비는 꿀도 따지 못하고
꽃에 입만 맞추고 허하게 날아갈 뿐

청룡도 바다에서 하늘을 오르지
메마른 모래밭에선 오를 수 없듯
배우지 못한 게 죄구나

아무리 따라가려 해도
아무리 열심히 써도
나중엔
배운 사람만 못한

'천사'에서 '무식한 시인'으로

시, 시를 쓴단다

— 한충자, 「무식한 시인」

위의 시는 어떻게 문학의 정치를 수행하는가? 첫 구절 "시는 아무나 짓는 게 아니야 / 배운 사람이 시를 써 읊는 거지"는 말할 수 있는 신체와 말할 수 없는 신체의 분리라는 치안적 질서를 재확인한다. 그리고 "아무리 따라가려 해도 / 아무리 열심히 써도 / 나중엔 / 배운 사람만 못한 / 시, 시를 쓴단다"라는 마지막 연은 배우지 못한 사람들이 무지로부터 끝내 빠져나올 수 없음을 단언한다. 그렇다면 이 시는 늙은 문맹자의 슬픈 고백에 불과한가? 만약 그렇다면 비참한 현실을 확언하는 시의 처음과 마지막 사이에 있는 "가이 갸 뒷다리"* 같은 허구적 말, "꽃밭", "바다", "메마른 모래밭"과 같은 허구적 장소들, "벌", "나비", "청룡"과 같은 허구적 동물들을 상상하는 역량, 그리고 이 모든 것들로 허구적 이야기를 짓는 역량은 도대체 누가 소유한 감성적 역량인가? 여기서 등장하는 인물이 바로 "무식한 시인"이라는 딴사람이다. 무식한 시인은 '쓰는 나(못 배운 자)'와 '이야기하는 나(시인)' 사이의 합의, 즉 "내가 말할 수 있는 것만 말하라. 내가 말할 수 없는 것은 말하지 말라."라는 비트겐슈타인적 계약을 해체하고 '내가 말할 수 없는 것을 말하게 하는' 딴사람이다.

---

* 정혜윤에 따르면 한충자 할머니는 자신이 유독 받침에 약하다면서 받침을 뒷다리라고 부른다고 했다.

이 무식한 시인, 딴사람은 한충자와 마찬가지로 문맹자였다가
시를 쓰게 된 이명재의 시에서도 등장한다.

> 내 인생 눈 뜬 장님인데
> 세상에 태어나 글을 모른다는 것이
> 얼마나 답답한 일인가
> 가슴속 구석구석은 하고픈 말들로 꽈악 차여
> 부풀어 오르는 것 같다
> 살아가며 돌아보며
> 기쁜 일들 얼마나 많은데
> 슬픈 일들 또 얼마나 많았는데
> 그래서
> 무언가 이야기를 하고 싶어
> 할 말들이 철철 넘치는데
> 눈 뜬 장님인 나는
> 어진 것들의 몸부림을 글로 표현할 수가 없다
> 오늘도 살펴보며 새겨 보며
> 어제의 흔적들을 글로 써 보려 하나
> 그러기엔 아직도 아는 게 없다
> 내 연필 끝이 무디다는 것밖에는
> — 이명재, 「연필 끝이 무디다」*

---

* 본문에 소개한 한충자와 이명재의 시는 음성군 노인종합복지관 시 창작 교실의

'천사'에서 '무식한 시인'으로

이명재도 한충자와 마찬가지로 자신이 처한 비참인 "눈 뜬 장님"(문맹자)의 무능력을 고백한다. 그러나 이 시에서도 "무식한 시인"은 문맹자로 하여금 "꽈악 찬 말들과 철철 넘치는 말들", 랑시에르 식으로 표현하면 "말들의 초과", "수다스러운 말들"을 말하게 한다. "어진 것들의 몸부림을 글로 표현할 수가 없다"는 표현은 마치 에스허르의 「그림 그리는 손」을 연상시킨다. 그러나 이 표현이 에스허르의 그림과 다른 점은 두 연필 중 하나는 끝이 무디고 다른 하나는 끝이 날카롭다는 사실이다. 무식한 시인은 이렇게 두 개의 연필, 문맹자의 무딘 연필과 시인의 날카로운 연필 사이를 쉼 없이 오가는 시 쓰기, 그 자신 "어진 것들의 몸부림"인 독특한 말하기의 의지와 역량을 구사한다.

글을 깨친 지 몇 해 안 되는 70대 할머니들이 쓴 시들에 등장하는 무식한 시인은 "공부와 사업"을 통해 문맹을 극복한 시인도 아니요, "노력과 좌절"을 통해 문맹자에게 다가가는 시인도 아니다.* 무식한 시인은 문맹자와 시인 사이를 왕복운동하면

시문학 동아리 '시갈골문학회'에서 2010년에 펴낸 시집 『벌 나비 날아들면 열매 맺는다』에 수록되어 있다.

* 이들에게도 공부와 사업, 노력과 좌절은 있다. 그러나 이는 주의주의적 평론이 언급하는 "대중과 함께하고" 타자에게 다가가려는 고뇌와는 사뭇 다르다. 정혜윤에 따르면, 한충자 할머니는 시인이 되겠다는 생각보다 그저 시를 읽고 쓸 시간과 장소가 있으면 참 좋겠다고 했다. 이명재 할머니는 그저 배우고 싶다고 책만 내내 읽고 싶다고 했다. 결국 읽고 쓰고 배울 장소와 시간의 확보가 최우선의 고민거리였다. 시 창작 수업은 두 할머니에게 "시인의 고뇌"를 학습시킨 것이 아니라 말하려

서, 그 둘을 가까이하는 동시에 멀리하면서, 평등의 공동체가 자리할 수 있는 틈새를 측정하고 모색하는 침입자다. 한충자는 낮에 농사를 짓고 밤에는 불을 밝히고 남편도 시어머니도 모르게 수백 편의 시를 쓰면서 "휴식과 재생산의 밤"으로부터 "사유와 시 쓰기의 밤"을 지켜내야 했다. 이렇듯 무식한 시인은 말할 수 없는 신체(못 배운 자, 문맹자)와 말할 수 있는 신체(시인)를 결합하여 치안적 질서가 부과한 정체성과 감각에 침입하는 새로운 말-신체를 창안하고, 그럼으로써 기존의 지배적 분할 선을 재분할한다. 그러므로 무식한 시인은 문맹자를 막 벗어나 시를 쓰기 시작한 이들을 지칭하는 '실정적(positive)' 용어가 아니다. 그렇다고 모순형용으로 이루어진 기호학적 '명사'도 아니다. 무식한 시인은 자신이 결박된 세계의 비참을 사유하고 그것에 대해

는 의지와 말할 수 있는 감성적 역량이 발휘될 수 있는 환경을 제공한 것이다. 정혜윤은 또 다른 일화를 소개한다. "정반헌 할머니는 평범한 가정주부였다. 그녀가 요즈음 매일 외치는 구호가 있다. 바로 이 구호다. '이대로 늙을 수는 없다!' '내 가슴 속엔 젊음만이 있다.' 그녀는 이 구호를 노트북 앞에도 붙여 놓았다. 글을 쓰기 전에는 반드시 이 구호를 보고 맹세한다. 살아오면서 시 비슷한 것을 써 본 적은 없어도 그녀는 다른 것을 써 보기는 했다. 쇠죽을 끓이다가 막대기로 쇠죽에다가, 밥을 짓다가 부지깽이로 흙바닥에. '나는 왜 이럴까?' '달아, 달아 너는 내 맘을 아니?' '나는 왜 이렇게 태어났니?' '나도 교복 입고 학교에 가고 싶구나.' 이런 것들이었다. 부모에게 말하면 부모가 속상할까 봐 친구에게 말하면 미쳤다고 할까 봐 속에 담고만 있던 말들이 쇠죽의 뽀글거리는 거품 위에, 부엌의 흙바닥 위에 쓰였다가 사라져 갔다."(정혜윤, 「그런 뒤에야 해피 뉴이어!」) 그렇다면 시 창작 수업은 그들이 가져 보지 못했던 새로운 말하기의 의지와 역량을 부여한 것이라고 볼 수 없다. 시 창작 수업은 그들이 이미 구사해 왔던, 오래전에 부엌 바닥에 쓰였다가 사라져 간 말하기를 새로운 환경에서 다시 시작하게끔 도와준 것이다.

'천사'에서 '무식한 시인'으로

말함으로써 세계의 비참 바깥으로 탈주하는 신체의 '동사'이다. 무식한 시인은 배웠건 못 배웠건, 글을 읽건 못 읽건, 누구나 말하려는 의지와 말할 수 있는 감성적 역량을 소유하고 발휘할 수 있다는 평등의 전제를 시 쓰기를 통해 반복적으로 선언하는 자이다.

신학적 평면에서 내재적 평면으로

들뢰즈에 따르면 스피노자는 신체-동물, 소리, 영혼, 관념, 언어 등등-가 관련하는 두 개의 평면을 제시한다. 첫 번째는 내재적 평면이다. 이 내재적 평면은 "'형식을 갖지 않는(non formés) 요소들' 사이의 빠름과 느림, 운동과 정지의 관계들"이라는 경도와 "매 순간 한 신체를 실행시키는 '익명의' 어떤 한 '힘'(존재의 힘, 변용 능력)"의 전체로 이루어진 위도로 짜여 있다. 이 평면은 "언제나 가변적이며, 개체들과 집단들에 의해서 끊임없이 개조되고, 구성되고, 재구성된다." 두 번째 평면은 신학적 평면으로 "천상으로부터 내려오는 모든 조직화", 즉 "신의 정신적 구도, 자연의 가상적 심원(profondeurs) 속에서의 전개, 혹은 한 사회에서의 권력의 조직화"와 상관한다. 이 평면은 "우리가 그것에 대해 무엇이라고 말하는지에 상관없이, 형식들과 주체들을 통제하는 초월성의 평면"으로, "은폐된 채로 있으며, 결코 주어지는 법도 없고, 그것이 부여한 것을 토대로 단지 추측되고,

유도되고, 추론되어야 한다."*

주의주의적 평론이 표명하는 천사-되기의 꿈은 신학적 평면 위에서 작동한다. '시인-천사의 고뇌'(사실 우리가 그것을 고뇌라 부르건 혹은 다른 무엇이라 부르건 아무 상관없다.)는 은폐돼 있고, 주어져 있지 않고 단지 그들이 쓴 텍스트를 통해 추측되고, 유도되고, 추론될 뿐이다. "공부와 사업", "노력과 좌절"의 정도와 수준을 평가하고, 선택과 배제의 장치들을 가동하여 주체들을 호명하고, 그들을 억견(doxa)의 내부로 통합하면서 말이다. 그리하여 평론가들은 텍스트에서 다음과 같은 보이지 않는 층위들을 발견해야 한다. "미학적인 것의 문을 열면 그 안에 사회학적인 것의 문이 있고 그 문을 열면 다시 정치학적인 것의 문이 있다."** 평론가들은 이렇게 천상에서 땅으로 단계적으로 하강하는 천사의 숨은 운동을 밝혀야 한다. 그렇게 텍스트의 진리 값을 계산하여 내놓으면 독자들은 그에 반응하여 광장으로 걸음을 옮길지도 모른다! 미학적인 것과 사회학적인 것과 정치학적인 것 사이의 문턱들을 가정하는 이 단계적 발전의 알레고리는 다음과 같은 질문들을 동반한다. 누가 그 문턱들 안에 갇혀 있고 누가 그 문턱들을 넘어설 수 있는가? 이 질문에 답하기 위해 평론가들은 또다시 추측하고, 유도하고, 추론할 뿐이다. 분리된 문턱들의 한계 안에 감각의 능력을 분배하고, 그 문턱들을 넘을 수

* 질 들뢰즈, 박기순 옮김, 『스피노자의 철학』(민음사, 2001), 189~190쪽.
** 신형철, 앞의 글, 385쪽.

225

있는 자들과 넘을 수 없는 자들을 분리하고, 의도하건 의도하지 않건, 그렇게 문학적 형식들과 주체들을 통제하고 조직화하면서 말이다.

반면에 지게꾼-되기의 시, 무식한 시인-되기의 시에 내재하는 "익명의 힘들", 말하고자 하는 의지와 말할 수 있는 감성적 역량으로 신체를 변용하는 힘들은 내재적 평면 위에서 작동한다. 이 힘들은 누구에게나, 어디에나 귀속되고 발휘될 수 있다는 점에서 지배가 아니라 민주주의를 작동시킨다. 이 힘들은 신학적 평면의 질서, 즉 형식과 주체를 통제하고 조직화하는 치안적 질서에 맞선다. 여기서 정치적 효과인 평등 공동체의 구성은 수직적으로가 아니라 수평적으로, 단계적으로가 아니라 동시적으로, '언젠가'의 가능성이 아니라 '지금 여기'의 잠재성으로, '무에서 유로의' 창조력이 아니라 '느리거나 빠르게, 흩어지거나 모이는' 구성력으로 드러난다. 텍스트의 진실은 단계적 발전에 따라 미학적인 것으로부터 사회학적인 것을 거쳐 정치학적인 것으로 나아가지 않는다. 텍스트 안에 숨은 진실, 숨은 천사는 없다. 다만 미학적인 것으로 사회학적인 것에 저항하는 정치학적인 말-신체가 존재하고, 텍스트 내부와 외부를 쉼 없이 가로지르며 세계를 개조하고 구성하고 재구성하는 말-신체의 질주가 존재할 뿐이다.

들뢰즈는 "전자와 후자의 평면[신학적 평면과 내재적 평면] 위에 있을 때, 우리는 동일한 방식으로 살지 않고, 동일한 방식으로 사유하지 않으며, 동일한 방식으로 글쓰지 않는다."라고 말했다.* 문학 제도 안에 거주해 온 '우리'는 어느 평면 위에서 살고 사유하고 쓰고 있는가? 서글프게도 대답은 이미 나와 있다. 지금까지 우리는 신학적 평면 위에서 천상의 천사들을 올려다보았고 그들이 언젠가 거대한 진실의 날개로 지상의 비참을 덮어 주리라는 난망한 꿈을 꿔 왔다. 그러면서 우리는 정작 다른 평면 위에서 무수히 나타났다 사라지는 다른 존재들을 외면해 왔다. 수많은 익명의 힘들이 '지게꾼-되기', '무식한 시인-되기', 그 외의 다양한 '딴사람-되기'를 감행해 온 길고 오랜 모험들에 대하여 입을 다물어왔다. 문학의 정치가 이미 사회체 안에 내재된 초과로 존재하면서 민주주의적 글쓰기를 실행해 왔음을 인정하지 않았다. 따라서 지금 필요한 것은 이 평면에서 저 평면으로 말과 사유와 삶을 자리 옮김 하는 일이다. "자리를 옮겨라.", 이것은 "더 많이 더 잘 고뇌하라."에 대비되는 또 하나의 실천적 정언명령이다. 우리가 '딴 자리'로 옮겨갈 때, 지상의 수많은 틈새들에서 수많은 시인들이 솟아오를 것이다. 이때, 평등에의 옹호는 "등단을 했건 안 했건, 시를 쓰는 이들은 모두 시인이다."라는 식의 태도, 흔히 '정치적 올바름(political correctness)'이라 불리는 안이한 태도와 단호하게 결별한다. 옥타비오 파스는 보르헤스가 우리 모두가 동시에 활 쏘는 이, 화살, 과녁임을 일깨워 줬다고 말했다. 그렇다. 우리는 활 쏘는 이, 화살, 과녁, 이 모든 다수성들이다. 그러나 우리는 팽팽하고, 날카롭고, 정확

* 질 들뢰즈, 앞의 책, 190쪽.

'천사'에서 '무식한 시인'으로

한 다수성들이야 한다. '온몸'으로 다수성이어야 한다. 그러지 않으면 우리는 현재의 노예 상태의 비참으로부터 한 발짝도 벗어날 수 없을 것이다.

'누구나'의
얼굴을 보라

2008년 이후 '문학의 정치'를 테마로 하는 논의는 꽤 오랫동안 문학 잡지들의 지면을 차지해 왔다. 나는 「'천사'에서 '무식한 시인'으로」(이하 「무식한 시인」)에서 문학의 정치에 대한 기존 논의들이 실은 여전히 문단 평론의 관행을 따르고 있다고 지적하였다. 나는 문단을 중심으로 진행된 그간의 논의들이 시인과 비시인, 문학과 비문학 사이의 분리와 위계를 고수하고 있으며, 여전히 '좋은 시인, 좋은 작품 선별하기'의 논리를 반복하고 있다고 보았다. 나에게 이러한 논의 방식은 문학의 정치가 포함하는 가장 중요한 원칙으로서의 평등 전제(말할 수 있는 자와 말할 수 없는 자, 보이는 자와 보이지 않는 자 사이의 분리 철폐)를 간과하는 것으로 보였다.

평론계가 암묵적으로 합의하는 문학의 정치에 대한 정의와 내가 생각하는 문학의 정치 사이에 근본적인 괴리가 존재함을 인정해야 할 것 같다. 다소 단순화하자면 평론계는 작가의 주관적 고뇌와 그것의 산물인 작품이, 혹은 텍스트 자체가 지배적 질서에 대하여 행하는 비판을 '문학의 정치'라고 정의한다. 이 정의에는 작품과 작가를 향한 거의 절대적인 믿음, 소위 '자율성'에 대한 믿음이 뿌리를 내리고 있다. 그러나 피에르 부르디외에 따르면 문학을 비롯한 예술의 자율성은 현대사회에 들어 심각한 위기에 처해 있다. 현대의 예술 생산은 경제 논리에 침윤되어 가고 있다. 작가와 작품은 스타를 둘러싼 선망의 빛을 이윤의 원천으로 삼는 시장의 압력에 종속되어 간다. 이러한 환경에서 작가는 시장 행위자로, 작품은 상품으로 변화해 간다.

나는 자크 랑시에르의 이론에 공감하면서 문학의 정치란, 글쓰기가 기존의 지배적 질서에 대항하여 수행하는 이견적(dissensual) 주체의 발명이자 감각의 재분배라고 본다. 이때 문학의 정치는 인식론적이고 존재론적인 특권을 가진 이들의 선지자적이고 전위적인 실천을 뜻하지 않는다. 문학의 정치는 오히려 자신에게 부과되는 규범적이고 기능적인 역할과 정체성을 거슬러, 누구나, 자유롭게, 느끼고 표현할 줄 아는 역량을 선언하고 수행함을 뜻한다. 문학의 정치는 고유한 실천("할 수 없는 것을 하기")과 그 실천에 수반되는 (탈)정체화("될 수 없는 존재가 되기")로 요약될 수 있다. 그러므로 문학의 정치는 오히려 한계를 벗어나려는 말과 행동이라고 할 수 있다. 행위자가 처한 구조적 위치에 따라 분배되는 '말할 수 있는 능력'의 한계, 예술을 속박해 오는 시장 규칙의 한계를 벗어나려는 말과 행동이 문학의 정치의 요체라고 할 수 있다.

여기서 영화 두 편을 잠깐 언급하고 넘어가려 한다. 이 두 편의 영화는 자율성 신화가 흔들리고 있는 시대에 시의 존재 양상을 보여 준다. 첫 번째 영화는 홍상수 감독의 「하하하」(2010)이고 두 번째 영화는 이창동 감독의 「시」(2010)이다.* 「하하하」에서 시는 자신을 둘러쌌던 아우라의 후광을 깨끗이 지워 버리고, 단지 지식인과 예술가들의 연애와 사교의 도구로만 사용된다. 본래 시는 세계와 불화하는 지식인과 예술가들의 사회적 위신을 보장해 주는 상징적 자원이었다. 그런데 「하하하」는 시가 지녀왔던 '부정성의 정신' 따위는 아랑곳하지 않는다는 듯 그것을 지식인과 예술가라는 속물의 장난감 정도로 묘사한다. 이때 시는 그들이 서로의 지적 허영과 누추한 욕망을 있는 그대로 받아들이면서 서로를 귀여워해 주는 데 매우 쓸모 있는 도구이다. 「하하하」는 문학적 자율성에 대한 믿음을 가차 없이 파괴시켜 버림으로써 한없이 가벼워진 시의 효용을 유쾌하게 보여 준다.

「시」에서는 시를 쓸 줄 모르는, 시에 대해 아는 바가 없는 평범한 할머니(미자)가 주인공으로 등장한다. 「시」에서 시는 이기적이고 적나라한 생존 본능으로 굴러가는 (지역)사회의 동물화 과정에 저항하는 무기로 나타난다. 시는 연약하고 모호하기 그지없는 '말'에 불과하지만 미자가 그것을 배우고 쓰려고 시도

* 나는 이 두 영화에 대하여 이미 분석을 시도한 바 있다. 심보선, 「'삶의 시 되기'와 '시의 삶 되기' ─ 영화 「시」와 「하하하」를 통해 본 미학의 정치」, 《사이》 9권(2010), 221~257쪽.

'누구나'의 얼굴을 보라

하는 순간부터 그녀에게 사회와 맞서 싸울 용기를 부여한다. 시의 세계로 들어선 미자는 한 소녀의 자살을 야기한 한 마을의 집단적 강간과 공모에 대항하는 유일한 주체로 나선다. 이때 시는 무엇인가? 가장 초라하고 가장 무력한 이가 가장 숭고하고 가장 영웅적인 주체로 변신케 하는 묘약이다. 죽은 소녀에게 축복의 말을 건네는 능력을 부여하는 성스러운 기도문이다. 그러나 여기에는 대가가 있다. 미자는 시를 한 편 쓰고 결국 사라진다. 영화의 마지막 장면은 미자가 강물로 뛰어들어 자살했음을 강력하게 암시한다. 「시」에서 권위를 상실해 버린 시는 한 평범한 할머니를 통해 영웅적으로 부활하는데, 이때 시는 비극적 죽음과의 관계 속에서, 극단적 부정성의 육화로서, 한없이 무거워져서 감히 공감할 수 없는 숭고한 아름다움의 형태로서 존재한다.

두 영화는 이 시대에 우리가 시에 대하여 가질 수 있는 두 가지 선택지를 제시하는 것 같다. 지나치게 가벼워질 것이냐, 아니면 지나치게 무거워질 것이냐, 시를 속물들이 가지고 노는 장난감으로 사용할 것이냐, 아니면 시를 동물과 싸우는 최후의 무기로 사용할 것이냐. 전자를 선택한다면 시는 우리의 사교와 연애를 풍요롭게 만들어 줄 것이지만 더 이상 어떤 진실도 표현하지 못할 것이다. 후자를 선택한다면 시를 쓰는 사람은 평범한 촌부일지라도 누구도 감히 따라 할 수 없는 마술적이고 초월적인 능력을 갖게 될 것이다. 그러나 이때 시를 쓰는 자는 스스로를 소멸시킬 위험을 감수해야 할 것이다. 시의 권위를 가볍게 포기하고 가지고 놀기, 아니면 스스로를 파괴시키면서까지 끝까지

끌어안기, 우리에게는 이 두 선택지밖에 없는가?

　나는 「무식한 시인」에서 제삼의 길을 보여 주려 했다. 나이 일흔 살이 넘어서 한글을 배우기 시작한 할머니가 쓴 시에 등장하는 "무식한 시인"에게 시는 친교의 장난감도 아니요, 정의를 위한 순교의 무기도 아니다. 할머니는 지나치게 가볍지도 않으며 지나치게 무겁지도 않다. 「무식한 시인」에 등장하는 문맹자 시인은 자신의 무지를 인정하면서 그것을 넘어서려 하는 자, 농부로서 자신이 해야 할 노동의 과업을 받아들이면서 그것을 거부하는 자이다. 나는 할머니 시인 한충자가 쓴 또 다른 시에 대한 이야기를 정혜윤에게서 들었다. 시의 내용은 대강 이러하다. 어느 날 할머니는 밭일을 하러 나갔다. 그러나 그녀는 하루 종일 시 생각만 났다. 시가 쓰고 싶었고 시상만 떠올랐다. 그래서 밭일을 제대로 할 수 없다. 그녀는 지평선의 노을을 헛헛하게 바라보다 집으로 돌아왔다. 이 이야기는 딴 생각을 하다 정작 해야 할 일을 못 했다는 정도의 일화로 해석될 수 있다.

　그러나 나는 문득 그런 생각이 들었다. 할머니에겐 무엇이 본 생각이고 무엇이 딴 생각일까? 할머니는 시를 쓰면서 원래 본 생각이었던 게 딴 생각이 되고 딴 생각이었던 게 본 생각이 되는 경험을 한 것이 아닐까? 할머니는 시를 쓰면서 평생을 의무적으로 복무해야 했던 농사일로부터 비로소 해방된 것이 아닐까? 낮에는 농사일을 하고 밤에는 시를 쓰는 일이 자신에게는 피곤하고 남들에게는 하찮아 보일지라도 할머니는 시를 쓰면서 "말할 수 없는 것을 말하고", "될 수 없는 존재가 된" 것이 아닐

　　　　　　　　　　　'누구나'의 얼굴을 보라

까? 할머니의 시에 등장하는 무식한 시인은 자신의 숙명을 수용하는 동시에 거부하는 주체, 평범하면서 비범하고 궁색하면서 위대한 주체가 아닐까? 그렇다면 시 쓰는 문맹자 노인 한충자는 「시」와 「하하하」의 시인들과는 사뭇 다르다. 그녀는 시를 쓰면서 자신의 존재를 갱신하고 고양시킨다. 그녀는 누구나 자신에게 부과된 사회적 숙명과 싸울 수 있는 의지와 역량을 발휘할 수 있음을 자신의 시를 통해 증언하고 있다. 그런데 그녀의 시에서 드러나는 무식한 시인은 경박하지도 비장하지도 않다. 그녀의 얼굴은 수줍게 웃고 있고, 그녀의 신체는 생생하게 살아 있다. 그녀는 「하하하」의 속물과 달리 귀엽다고 말하기에는 진지하고, 「시」의 미자와 달리 비극적이라고 말하기에는 행복한 사람이다.

나는 한충자의 시를 통해, 수많은 아마추어 예술가들의 작품을 통해, 그들의 고유한 몸짓과 표정을 통해, 동일한 몸짓과 표정이 예술을 전공한 전문 예술가들에게도 나타난다는 사실을 통해, 예술에 관한 어떤 진실들을 깨닫는다. 예술이 작품의 제작인 동시에 삶의 제작이기도 하다는 것, 예술적 제작 활동에 몰두하면서 인간은 자신의 삶에 대한 장인으로 등장할 수 있다는 것, 그러한 몰두가 자아에 대한 배려인 동시에 사회질서가 자신에게 부과한 정체성으로부터 해방되려는 모험이라는 것을 말이다. 물론 이 진실들은 지극히 개인적이고 비밀스럽고 소박한 말과 행동들 속에서 표현되곤 한다. 이 진실들은 "그저 좋아서, 그저 살고 싶어서 하는 거지요." 식의 동기, 성공이라 하기엔 덜 도구적이고 성취라고 하기엔 덜 자의식적인 목표 의식, 말하자면 "잘하고 싶을 따름이지요."라는, 막연하지만 뜨거운 열정 속에서 표현된다.

나는 예술적 제작 활동에 참여하는 '누구나' 자신의 감성적 역량과 의지를 작동시킨다는 점에서, 그럼으로써, 시인 김수영의 표현을 빌리면 "딴사람"이라는 주체로 갱신되고 고양된다는 점에서, 예술은 고유의 민주주의를, 평등의 정치학을 구현하고 있다고 본다. 이러한 이야기는 예술을 숭배하는 이들, 작품의 질을 따지는 이들, 예술가의 선지자적 역할을 믿는 이들에게는 씨알도 먹히지 않을 수 있다. 물론 정치와 민주주의를 사회구조의 조직화와 지배 체제의 개혁으로 보는 이에게도 나의 이야기는 낭만주의적 꿈 정도로 치부될 것이다. 그러나 이 두 의견이 제시하는 예술적 진보와 사회적 진보의 기획들, 재능 있는 예외적 개인과 시스템의 효과적 통제가 좋은 사회를 가능케 할 것이라는 시나리오야말로 사실상 현대사회에서 매번 실패하고 우리를 끝없이 좌절시킨다. 반면에 스스로의 삶을 가꾸고 만들어 가면서, 자유가 없는 사회에서 자유를, 예속된 사회에서 해방을 추구하는 익명적 개인들과 공동체의 픽션은 모든 실패한 진보의 기획이 끊임없이 회귀하고 그로부터 재출발할 수 있는 장소와 관계들, 표정과 몸짓을 희미하게 밝혀 준다. 나는 한충자의 일화를 이미 이야기했다. 시 생각에 빠져 농사일을 그르치고 집으로 돌아온 그녀의 이야기를 나의 친구로부터 들었고 다시 독자들에게 들려주었다. 노동의 와중에 지평선에 드리워진 붉은 저녁노

'누구나'의 얼굴을 보라

을을 넋 놓고 바라보는 누군가의 얼굴은 세계의 비참과 인간의 행복을 고스란히 보여 준다. 누구나 그 얼굴을 소유하고 만들어 낼 수 있다. 예술은 그 얼굴로부터 출발하여 그 얼굴로 돌아가는 끝나지 않는 이야기를 우리의 귀에 대고 쉼 없이 들려주어 왔다. 그것은 지금도 그러하고 앞으로도 그럴 것이다.

5부

예술과
민주주의

삶과 상상력의 결합, 이 결합 속에서 사람들은 삶의 주인으로
갱신되고 고양됩니다. 그 결합이 해방된 자아의 표현과 호혜적
협력의 행복감에 가까울수록 우리는 예술과 민주주의가 만나는
생생한 시간과 장소를, 공통의 상상력으로 새로운 현실을
창조하는 마술을, 누구나 생각보다 조금은 위대해질 수 있는
구체적 계기를 발견할 수 있을 것입니다.

부르디외와 랑시에르

예술과 정치, 특히 예술과 민주주의의 관계에 대해 이야기를 할 때 대립되는 두 가지 주장이 있습니다. '예술은 정치로부터 자유로워야 한다.'라는 주장, 주로 '자율성', '무관심성', '초연함' 등의 용어들을 통해 개진되는 주장이 있습니다. 또 다른 주장은 예술이 비판적 실천으로 사회적, 정치적 진보, 민주주의에 기여해야 한다고 말합니다. 역사적으로 연원이 깊고 아직도 반복되고 있는 '순수/참여 논쟁'이 두 주장의 대립을 잘 보여 줍니다. 저는 이번 강의에서 이와 같은 이분법적인 논쟁 구도에 대해서 다시 생각을 하고, 예술과 민주주의의 관계를 재정립해 보려 합니다.

이 대립되는 두 주장에는 의외의 공통분모가 있습니다. 그

예술과 민주주의

것은 "예술가와 예술은 독창적이다."라는 전제입니다. 이러한 전제는 예술을 사회주의 혁명의 도구로 보았던 레닌이 톨스토이를 평가할 때도 나타났습니다. 레닌은 톨스토이가 독창적인 이유는 농민의 삶을 담아내고 있는 그의 작품들이 농민이 주체인 러시아 혁명의 특수하고도 모순적인 조건을 특출하게 표현하기 때문이라고 보았습니다. 톨스토이 말고는 누구도 혁명의 숨은 진실을 보여 주지 못했다는 것입니다. 톨스토이에 대한 레닌의 존경심은 칸트의 천재(genius) 정의에서 그 이론적 근거를 찾을 수 있습니다. 칸트에 따르면 천재의 첫째 요건은 독창성(originality)입니다. 즉 천재의 작품은 기존의 작품들과 달라야 한다는 것이죠. 두 번째 요건은 바로 전범(model)적 속성입니다. 천재의 작품은 다르기만 한 것에 그치지 않고 모종의 보편적 진리를 제시해야 합니다. 세 번째 요건은 천재의 작품은 보편적이지만 동시에 기계적으로 모방 불가능하다는 것입니다. 누구나 따라 할 수 있다면 천재의 작품이 아닌 거죠. 그렇기에 마지막으로 칸트는 천재의 작품은 바로 천재 내부의 자연(nature)에서 유래한다고 보았습니다. 천재 예술가한테 "당신은 이 작품을 어떻게 만들었습니까?"라고 묻는다면 예술가는 이렇게 말합니다. "모릅니다." 칸트는 천재가 자신의 작품을 설명할 수 없는 것은 너무나 당연하다고 봤습니다. 왜냐하면 그/그녀의 작품은 의식적인 통제의 결과가 아니라 자신 안에 숨은 자연적 힘의 산물이기 때문입니다.

그러나 사회학은 예술을 예외적 개인의 초월적 활동으로

보는 관점을 비판합니다. 피에르 부르디외의 저서 『구별 짓기(distinction)』의 부제는 '판단력에 대한 사회적 비판(social critique of judgement)'인데요. 바로 칸트가 취향과 예술에 대해 논한 저서 『판단력 비판(critique of judgement)』에 대한 일종의 사회학적 풍자였던 것이죠.* 부르디외가 여기에서 칸트의 미학을 비판할 때 사용하는 핵심 개념 중 하나가 바로 '문화 자본'입니다. 부르디외는 예술을 만들고 이해하는 능력으로서 '취향(taste)'을 문화 자본이라고 정의하는데, 이때 취향은 칸트가 이야기한 것처럼 사회를 초월한 개인의 자연적 자질의 표현이 아닙니다. 예술의 제작과 감상 능력에는 숨겨진 사회적 메커니즘이 있습니다. 부르디외에 따르면 문화 자본은 교육 수준과 신분에 의해 결정됩니다. 그런데 여기서 말하는 신분이란, 전통사회의 양반이나 귀족 같은 신분과 다르면서도 유사합니다. 예컨대 예술의 제작과 감상 능력은 어릴 적부터 집안에서 자연스럽게 장기적으로, 지속적으로 육성되는 감각, 직관, 분위기 파악의 능력이란 것이죠.

문화 자본은 개인의 인생을 통해서도 축적되지만 사회적, 역사적으로 축적된 구성물이기도 합니다. 부르디외에 따르면, 19세기 유럽에서 "예술을 위한 예술"이라는 모토로 대변되는 미적 자율성을 표방하는 예술가/지식인들이 등장했습니다. 특히 이들은 칸트 미학의 천재, 독창성 개념 등을 자신들의 예술

---

* 피에르 부르디외, 최종철 옮김, 『구별 짓기』(새물결, 2005).

예술과 민주주의

적, 사회적 위신을 정당화하는 데 주요한 이데올로기적 자원으로 활용했습니다. 부르디외에 따르면 이 새로운 예술가/지식인들은 당시 '지배계급 내 피지배 분파'였습니다. 계급적으로는 지배계급에 속하지만 그 안에서는 피지배자들이었다는 것이죠. 쉽게 말하면 문화 자본은 있는데 경제 자본은 없는 사람들이었습니다. 당시 예술가/지식인들은 경제적으로는 가난했지만 문화적으로, 지적으로 엘리트였습니다. 그렇기 때문에 이들에게 가장 중요한 정서는 부르주아에 대한 증오였습니다. 구스타브 플로베르는 친구인 조르주 상드에게 보낸 편지에서 이렇게 이야기했다고 합니다. "부르주아에 대한 증오는 미덕의 출발점입니다. 여기서 내가 말하는 부르주아란 프록코트를 입은 부르주아와 작업복을 입은 부르주아를 모두 이야기합니다. 오로지 우리만이, 지식인들만이 민중입니다. 더 정확히 말하자면 우리만이 인류의 전통을 대변합니다." 흥미롭게도 플로베르가 말하는 부르주아란, 지배계급과 노동자계급 모두를 의미합니다. 그들은 진정한 인간인 자신들과 달리 돈과 허영을 추구하는 속물이거나 생존에 급급한 동물이라는 것이죠.

부르디외는 자율적 예술이 역사적으로 보면 부르주아라는 속물 집단과 노동자계급이라는 동물 집단에 대한 이중 비판을 수행하면서 등장했다고 주장합니다.* 예술가와 지식인은 그런

---

* 피에르 부르디외, 하태환 옮김, 『예술의 규칙 — 문학장의 기원과 구조』(동문선, 1999). 위의 플로베르의 일화도 이 책에 소개되어 있다.

의미에서 자본주의 시대의 '귀족 계층'이라고도 볼 수 있습니다. 따라서 이 관점은 예술과 민주주의의 관계를 다소 부정적으로 파악합니다. 즉 예술은 지배계급을 비판하지만 그렇다고 무조건 민중 편을 들지는 않습니다. 오히려 예술가들은 천박함으로 치자면 부르주아나 민중이나 매한가지라고 볼 때가 많습니다. 그런데 부르디외는 귀족적 오만함에 젖어 있는 예술가와 지식인들이 수행하는 고유한 정치적 역할이 있다고 강조합니다. 예술가와 지식인들은 자신들이 차지하고 있는 독특한 사회적 위상(지배계급에 대해 비판적이고 피지배계급에 대해 거리를 두는) 때문에 종종 핍박받는 민중의 대변자 역할을 해 왔으며 앞으로도 그러해야 한다는 겁니다. 여기서 부르디외가 끝까지 포기하지 않는 전제가 있습니다. 그것은 세계에 대해서 성찰적이고 비판적인 말과 행동을 할 수 있는 능력을 가진 사람은 여전히 지식인과 예술가라는 점입니다. 민중은 자신의 비참한 상황을 표현할 수 있는 문화적, 상징적 자본, 즉 보편적 언어의 구사 능력이 결여되었기 때문에, 지식인과 예술가들에게 의존하고 그들의 언어를 빌려 올 수밖에 없다는 것입니다. 아무리 예술가와 지식인이 민중의 이익을 위해 지배 체제와 자본주의를 비판할지라도, 그리고 결과적으로 민주주의에 이바지할지라도, 보편적 언어를 통한 비판과 진리 주장에 있어서는 엘리트와 민중 사이의 불평등이 여전히 작동하는 셈입니다.

이에 대해 철학자 자크 랑시에르는 부르디외의 예술사회학이 겉으로는 지배 체제를 비판하는 것 같지만 본질적으로는 구조적 불평등을 그대로 승인해 버린다고 지적합니다.* 랑시에르는 예술과 민주주의의 관계를 달리 파악하면서 먼저 민주주의에 대해 질문을 던집니다. 민주주의란 무엇일까요? 일반적으로 민주주의는 demo(민중) + cracy(통치), 즉 민중이 통치하는 체제를 뜻합니다. 그런데 다수의 민중이 직접 통치를 하는 것은 현실적으로 불가능하고 또 비효율적이기에 민중으로부터 주권을 위임받고 그들의 의지를 대리해서 통치하는 체제가 필요합니다. 의회 민주주의나 대의 민주주의라는 형식으로 민중의 뜻을 위임하고 대리하는 통치 체제가 우리가 일반적으로 생각하는 민주주의의 적합한 모양새입니다. 랑시에르는 그렇게 정의되고 실행되는 민주주의는 '능력자들의 통치'에 불과하다고 비판합니다. 진리를 담지할 수 있는, 보편적인 진리를 이야기할 수 있는 소수 능력자들의 통치라는 거죠. 랑시에르는 플라톤의 『공화국』에 등장하는 민주주의 정의를 새롭게 해석하여 우리에게 제시합니다. 랑시에르가 플라톤을 전유하여 새롭게 내린 민주주의에 대한 정의는 바로 "자격 없는 자들의 통치"입니다. '누구나(anybody)' 통치의 자격을 갖는 것, 신분, 연령, 권력 등 기존의 통치 자격을 부정하는 통치가 바로 민주주의라는 것입니다. 랑시에르는 그런 의미에서 민주주의는 하나의 체제가 아니라 자격 없는 자들이 자격을 요구하고 진리에 대한 이견을 제시하고

---

* 자크 랑시에르의 미학과 민주주의론에 대해서는 다음 책을 참조하라. 자크 랑시에르, 주형일 옮김, 『미학 안의 불편함』(인간사랑, 2008); 자크 랑시에르, 허경 옮김, 『민주주의는 왜 증오의 대상인가』(인간사랑, 2011).

그것을 행동으로 입증하는 중단 없는 과정이라고 정의합니다.

랑시에르는 이 자격 없음에 기반한 민주주의가 미학의 본질과 연결된다고 주장합니다. 랑시에르에 따르면 미학이란 무엇보다 감성에 대한 이야기입니다. 이때 예술과 민주주의가 서로 통할 수 있는 것은 감성이야말로, 권리를 박탈당한 이들에게 말과 행동을 할 수 있는 역량과 의지를 부여하기 때문입니다. 자격 없는 자, 몫 없는 자, 목소리 없는 자들은 감성적 활동을 통해 자신을 배제시켰던 질서를 거스르고 넘어서려고 합니다. 그렇기 때문에 미학은 그 자체로 민주주의적 정치를 내포합니다. 사회 구조에 속박되어 스스로를 주체로 드러내고 세계를 이해할 수 있는 지적 능력을 결여한 인간들이 감성적 실천의 영역에서는 자유롭고 해방된 주체로 갱신되고 고양되는 것입니다. 랑시에르는 특히 노동자들이 쓴 글에 관심을 가집니다. 그는 문서고에서 루이 가브리엘 고니라는 목수의 이야기를 접하는데요. 그 이야기에서 목수는 어느 부유층의 집에서 마루를 깔다가 방의 배치와 창밖의 풍경을 감상합니다. 그 이야기는 목수가 그때 집주인보다 더 그 집을 즐기고 있었노라고 전합니다. 랑시에르는 이 감성에 관한 이야기를 19세기 노동자들에 관한 자료를 연구하다 발굴했습니다. 그는 이 일화에서 자격 없는 자, 부르디외 식으로 표현하면 문화 자본을 결여한 자의 감성적 역량을 발견합니다. 랑시에르는 이 목수의 에피소드가 권력 구조의 재편을 목표로 하는 정치혁명과 구별되는 감성 혁명의 한 장면을 보여 준다고 주장합니다.

예술과 민주주의

저는 여기서 존 버거의 『랑데부』에 나오는 페르디낭 슈발이
라는 시골 우편배달부에 관한 일화를 소개하고 싶습니다.* 그
는 농부로 태어나 1879년부터 33년 동안 우편배달을 하면서 주
운 자갈과 조개껍질로 성을 지었습니다. 그 성 앞에는 이런 글
귀가 적혀 있다고 합니다. "농부의 자식으로 태어나 농부로 살
아온 나는, 나와 같은 계층의 사람들 중에도 천재성을 가진 사
람, 힘찬 정열을 가진 사람이 있다는 것을 증명하기 위해 살고
또 죽겠노라." 그가 지은 성은 어떤 양식에도 속하지 않습니다.
그는 독학자였지만 기존의 양식을 숭배하지도 않았고 다른 대
안적 양식을 모색하지도 않았습니다. 그는 "이 성을 만들 때, 다
른 성들과 다르게 보이게 만들어야지."라는 강박에 구애받지 않
았습니다. 중요한 것은 양식이 아니라 돌들을 수집하고 그것을
쌓고 무질서 속에서 어떤 고유한 형태들을 제작해 가는 과정 그
자체였습니다. 33년간 성을 쌓았다니 그는 그리 조급해하지는
않았던 것 같습니다. 그러나 그는 끝내 성을 완성시켰습니다. 그
는 길에서 주운 하찮은 자갈과 조개껍질로 성을 지음으로써 농
부의 천재성을 입증했습니다. 그는 사회질서가 자신에게 할당
한 한계를 넘어서 스스로를 주체로 드러냈습니다. 슈발이 수집
한 자갈과 조개껍질, 그가 끝내 완성한 성은 그의 말이자 행동이
었습니다. 그것은 평범하면서도 비범하고, 궁색하면서도 위대
한 말과 행동이었습니다. 그는 농부로서, 우편배달부로서 자신

---

* 존 버거, 이은경 옮김, 『랑데부』(동문선, 2002).

의 천재성을 입증했습니다. 그는 자신을 부정하지 않으면서 자신을 넘어섰습니다.

사실 농부이자 우편배달부인 슈발이 홀로 성을 짓는다는 것은 얼마나 피로한 일이었겠습니까? 그런데 그것은 아마도 행복한 피로였을 겁니다. 우리가 알고 있는 위대한 작가들 또한 이 행복한 피로를 고백했습니다. 카프카는 보험 회사의 직원이었고 말라르메는 고등학교 영어 교사였습니다. 그들은 낮에 일하느라 피로에 절은 몸으로 새벽까지 글을 썼습니다. 그들은 낮에 일하느라 글 쓸 시간이 모자라다며 불평을 하곤 했습니다. 그런데도 그들은 휴식을 취하기는커녕 더한 피로를 감수하고 글을 썼습니다. 슈발도 마찬가지였을 겁니다. 그의 몸 또한 농사일에 우편배달에 피로에 젖었을 테지만 그럼에도 성 쌓기를 멈출 수 없었을 겁니다. 최근에 '피로 사회'라는 말이 인구에 회자되고 있습니다. 현대인들이 과잉 성취욕에 젖어 끊임없이 스스로를 착취하고, 이것이 사회 전반에 피로를 만연케 한다는 것입니다.*
그런데 슈발, 카프카, 말라르메의 행복한 피로는 피로 사회의 피로와는 다른 것 같습니다. 피로 사회의 피로가 궁극적으로 자본주의 체제의 유지와 재생산에 기여한다면 감성적 활동과 예술 제작의 피로는 자본주의 질서의 효율성과 생산성과 무관하거나 도리어 그것들에 역행하기까지 합니다.

랑시에르는 휴식을 취하고 잠을 자야 할 시간에 이루어지

---

* 한병철, 김태환 옮김, 『피로 사회』(문학과지성사, 2012).

예술과 민주주의

는 감성적 활동은 자본주의가 설정한 시간의 규칙과 흐름을 교란시킬 수 있다고 주장합니다. 노동력을 유지시키고 소진된 노동력을 회복시켜야 하는 자본주의의 사회적 신체에 밤 새워 글을 쓰고, 노래를 하고, 그림을 그리는 감성적 신체가 개입하여 훼방을 놓는다는 것입니다. 그런데 이 신체는 도대체 어떤 신체일까요? 예술적 제작 활동 속에서 탄생하고 뜨거워지고 활성화되는 이 감성적 신체는 한편으로는 능동적 신체입니다. 우리에게 주어진 "너는 이런 사람이고, 이렇게 느껴야 하고, 이렇게 행동해야 해."라는 명령에서 벗어나게 하는 신체입니다. 우리는 예술적 제작에서 만들어지는 감성적 신체의 능동성을 마르크스의 노동 개념과도 비교해서 생각해 볼 수 있습니다. 마르크스는 『자본론』에서 인간의 노동을 꿀벌의 노동과 비교하여 '목적의식성'이라고 부릅니다. 아무리 꿀벌이 인간이 짓는 건물보다 정교한 벌집을 지을 수 있다고 해도 벌은 벌집의 설계도를 의식 속에 갖고 있지 못하다는 것입니다. 반면에 인간의 노동은 이미 생산물에 대한 설계도를 의식하고 그것을 현실화하면서 이루어진다는 것이죠. 하지만 예술적 제작은 마르크스가 강조한 노동의 목적의식성만으로 설명될 수 없습니다. 예술적 제작은 설계도가 존재한다면 그것을 끊임없이 변화시키는, 심지어 설계도를 수정하고 지워 나가는 활동이라고 할 수 있습니다. 예술적 제작의 결과물은 애초에 의도했던 것과 완전히 다른 것일 수도 있습니다. 예술적 제작에 임하는 감성적 신체는 이 과정에서 자유와 기쁨을 느낍니다. 축적된 지식과 즉흥적 직관 사이를 오가며

매 순간 자신에게 주어진 재료와 도구를 통제하고 변화시키는 자유와 기쁨 말입니다.

그런데 한편으로 이 신체는 수동적인 신체이기도 합니다. 감성적 활동에 빠져 있는 신체는 주체적인 결단으로 활동을 진행하거나 중단시킬 수 없는 신체이기도 합니다. 예를 들어 보겠습니다. 어느 날 저는 새벽에 시를 쓰다가 다 완성하지 못하고 잠을 청하게 됐는데 자꾸 시상이 떠올라서 다시 컴퓨터 앞에 앉았습니다. 누웠다 일어나기를 수없이 반복하다가 이런 식으로는 잠을 못 자겠다는 생각에 컴퓨터 전원을 아예 껐습니다. 전원을 켜고 부팅을 하는 데 시간이 걸리니 귀찮아서 다시는 일어나지 않겠지 하는 생각이었습니다. 하지만 웬걸요. 저는 다시 일어나서 컴퓨터를 켰다 끄기를 수도 없이 반복했습니다. "이번엔 반드시 일어나지 말고 자야지." 하고 결심을 했지만 소용이 없었습니다. 저는 결국 그날 잠을 이루지 못했습니다. 안타깝게도 시도 완성하지 못했고요. 모리스 블랑쇼는 감성적 활동에 빠진 신체에 대해 말한 바가 있습니다. 정확히는 기억나지 않지만 대략 "글을 쓰는 손은 오른손이지만 글을 멈추는 손은 왼손이다." 라는 식의 말이었던 것 같습니다. 글을 쓰는 오른손은 스스로 멈출 수 없어서 왼손이 그 오른손을 잡아서 억지로 멈추게 해야 한다는 것이죠. 그러므로 이 감성적 신체는 능동적이면서 동시에 수동적인 신체, 내가 이끌고 가면서 동시에 이끌려 가는 신체라고 할 수 있을 것입니다.

부르디외는 자신의 사회학 이론에 의거해 사회적 신체와 감성적 신체를 인과적으로 연결시켰습니다. 사회적 행위자의 교육 수준, 계급적 위치에 따라 구성된 사회적 신체가, 문화 자본이라는 감성적 능력으로 신체 내부에 축적된다는 것이죠. 그는 감성적 신체까지 통치하는 강력한 사회의 불평등 구조를 밝혔습니다. 하지만 여기에는 지불해야 하는 대가가 있습니다. 보편적 언어의 능력, 비판적 행동의 능력을 특정 계급에만 귀속시키는 엘리트주의가 바로 그것입니다. 그리고 결국 인간은 사회의 구조적 질서에 예속되며, 단지 그 구조적 질서가 허락하는 가능성의 한계 안에서만 자유로울 수 있다는 숙명주의 역시 우리가 지불해야 하는 대가입니다. 하지만 랑시에르는 감성적 신체에 내재하는 민주주의적 힘을 강조합니다. 감성적 활동과 예술적 제작에서 작동하는 자격 없는 자들의 역량과 의지를 발견합니다. 사회적 신체의 구속에서 스스로를 자유롭게 하는 해방의 정치, 누구나 말을 하고 행동을 할 수 있는 평등의 정치를 발견합니다. 여기서 저는 솔직해져야 할 것 같습니다. 저는 인간을 사회구조에 종속된 존재로 보는 부르디외의 이론보다는 스스로를 사회구조에서 해방시킬 수 있는 존재로 보는 랑시에르의 이론에 '심정적'으로 더 기울고 있음을 고백해야겠습니다. 또한 시를 쓰는 사람으로서 경험적으로 체득한 감각 또한 랑시에르의 이론에 찬성표를 던지게 합니다. 그러나 현실은 둘 중 한 편의 손을 들어 주기에는 매우 복잡하고 다차원적입니다. 그러니 이야기를 더 진척시키면서 예술과 민주주의의 관계를 면밀히 따져 볼까 합니다.

아마추어 예술

아마추어라 하면 일반적으로 프로페셔널과 구별되는 뜻을 가지고 있죠. 그럼 프로페셔널은 뭐고 아마추어는 뭘까요? 예술에 있어서 아마추어는 뭐고 프로란 뭘까요? 예를 들어 야구에서 프로는 명확합니다. 돈을 받고 일하는 선수죠. 돈을 받지 않고 취미로 하면 아마추어겠죠. 하지만 예술의 경우 경제적 보상의 측면에서 아마추어와 프로를 구별하기란 쉽지 않습니다. 일단 객관적으로 보면 (장르에 따라 다르겠지만) 예술가는 안정적으로 봉급을 받는 조직이나 환경에 속해 있지 않습니다. 대부분 프리랜서입니다. 심지어 프리랜서조차 아닌 경우도 많습니다. 어떤 경우는 예술 활동으로 얻는 경제적 보상만으로는 생계 자체가 불가능합니다. 시인이 대표적이죠. 또한 주관적으로도 보면 예술가들은 자신이 종사하는 예술을 직업이라고 여기지 않는 경우가 많습니다. 예를 들어 시 쓰는 게 직업일까요? 시인 중에 시인 아무개라는 명함을 가지고 다니는 사람이 얼마나 될까요? 왜 시인들은 명함에 시인 아무개라고 찍어서 다니는 사람들을 보고 한심하게 생각할까요? 이런 이유로 예술의 경우는 일반적인 의미에 직업이라는 개념을 적용하기가 어렵습니다. 따라서 직업이나 취미냐의 구분법을 프로와 아마추어를 정의하는 데 사용할 수 없다는 것이죠.

그렇다면 생계 수단으로서 직업이라는 기준이 아닌 다른 기준으로 프로와 아마추어를 정의해 보도록 하겠습니다. 저는 이 기준이 더 적절할 수 있다고 보는데, 바로 제도적 관행이라는 기준입니다. 예술의 경우 소위 전문 예술가가 되는 제도적 관행들이 있습니다. 교육 과정이 가장 대표적인 경우죠. 많은 예술가들이 관련 전공 학과의 교육 과정을 거칩니다. 그리고 졸업 이후에는 일종의 표준화된 이력을 따라 프로 예술가의 길을 가게 되고 그러한 정체성을 갖게 됩니다. 문학에는 신춘문예나 문학 잡지를 통한 등단, 그 후에 이어지는 작품 발표와 작품집 출간이라는 절차가 있죠. 미술에는 졸업 이후의 전시회가 프로 작가가 되는 일반적인 절차일 겁니다. 하지만 이 경우에도 자비를 내서 대관을 하는 전시와 지원금을 받아서 하는 전시, 미술관의 초대를 받아서 하는 전시 사이에는 분명히 차이가 있을 겁니다. 자비를 내서 대관 전시만하는 작가를 프로라고 부를 수 있을까요? 자비를 내서 자가 출판하는 소설가를 프로라고 부르지 않듯이 말입니다. 결국 예술에서 프로와 아마추어의 구별은 제도적으로 구축된 교육, 경력, 창작, 배급, 경쟁, 인정의 체계와 긴밀히 연관되어 있느냐, 아니냐의 여부에 따른다고 봐야 할 것입니다.

결국 아마추어는 프로와 다른 장소에 있는 사람들이라고 볼 수 있습니다. 단순히 작품의 질이 떨어지거나 기예의 숙련도가 떨어지는 사람들이 아니라 제도 바깥의 다른 세계에 있는 사람들이라고 볼 수 있습니다. 리처드 세넷은 『투게더』에서 17세기 서구의 아마추어는 "여러 가지 일에 호기심을 보이는 사람들을 가리키는 말이었지, 솜씨의 수준을 평가하는 말은 아니었다."라고 말합니다.* 오히려 아마추어들은 전문가들과 달리 생계에 연연하지 않으면서 여러 장르와 분야를 옮겨 다니는 "지식의 산책자" 역할을 할 수 있었다는 것입니다. 만약 이 정의를 더 밀어붙이면 아마추어는 매우 정치적인 의미를 띨 수가 있습니다. 마셜 매클루언이 아마추어에 대해 『미디어는 마사지다』에서 이렇게 말합니다. "프로페셔널리즘은 환경의 소산이다. 그러나 아마추어리즘은 반환경적이다. 프로페셔널리즘은 개인을 총체적 환경의 유형으로 흡수한다. 이에 반해, 아마추어리즘은 개인의 총체적 자각과 사회 법칙에 대한 비판적 자각의 발전을 도모한다. 아마추어는 상실을 용납할 수 없다. 그러나 프로페셔널리즘에는 분류하고 전문화시키고 환경의 규범을 전적으로 받아들이는 경향이 있다. (중략) 전문가란 제자리에서 계속하는 사람을 말한다."** 물론 아마추어가 세계에 대한 총체적 자각과 사회법칙에 대한 비판적 자각을 할 수 있다고 말하는 것은 다소 지나친 강변 같습니다. 왜냐하면 비판적이고 총체적인 자각이란 말은 합리적이고 종합적인 논증이나 진리에 대한 간파 능력을 전제하는데, 사실 다수의 아마추어들은 오히려 "나는 잘 몰라요."라는 식의, 겸손하거나 심지어 열등감이 밴 태도를 보이기 일쑤이니까요. 아마추어만이 진리 주장이 가능하다는 과도한 평가는 피해야겠지만 아마추어들과 그들의 예술 활동에 대해서는 보다

---

* 리처드 세넷, 김병화 옮김, 『투게더』(현암사, 2013), 189쪽.
** 마셜 매클루언·퀜탱 피오르, 김진홍 옮김, 『미디어는 마사지다』(커뮤니케이션북스, 2001), 93쪽.

예술과 민주주의

진지한 검토가 필요합니다.

저는 이미 페르디낭 슈발의 사례에 대해서 이야기를 했습니다. 33년 동안 길에서 주운 자갈과 조개껍질로 성을 만든 농부이자 우편배달부 이야기였죠. 그는 어떻게 보면 아마추어 성곽 건축가라고 할 수 있을 것입니다. 그가 성과 성을 둘러싼 세계에 대한 총체적이고 비판적인 자각을 했는지는 장담할 수 없겠지만, 적어도 그는 농부와 우편배달부의 세계에서 천재성이라는 자질을 보여 주고자 했습니다. 그리고 작은 자갈과 조개껍질로 만들어진 성을 지음으로써 대리석과 샹들리에 등의 값비싼 재료로 만들어지는 기념비적 건축물로서의 성이라는 상식에 도전을 제기했습니다.

저는 (앞의 글 「무식한 시인」에서도 소개했던) 또 다른 사례를 예로 들고자 합니다. CBS의 PD 정혜윤이 제작한 라디오 다큐멘터리 「인생이 시다」에 소개된, 연세가 여든두 살인 한충자 할머니에 대한 이야기입니다. 그분은 일흔 살이 훌쩍 넘어 비로소 노인복지회관에서 글을 배우고 시를 쓰게 됐습니다.

한충자 할머니는 예술 학교에서 제공하는 전문적 교육을 받지 않았습니다. 등단과 같은 제도적 과정도 밟지 않았습니다. 시인으로 유명해지겠다는 욕심도 없습니다. 시인이라고 부르면 어색해합니다. 소위 아마추어 시인입니다. 하지만 할머니는 노인복지회관에서 다른 할머니, 할아버지 들과 열심히 시를 배웠습니다. 낮에는 농사일을 하고 밤에는 잠을 줄여 가며 '행복한 피로'에 젖어 꾸준히 시를 썼습니다. 그리고 결국에는 시집을 냈답니다. 할머니가 쓴 시 중에 '무식한 시인'이라는 제목의 시가 있는 것은 흥미롭습니다. 그것은 매클루언이 이야기한 아마추어의 총체적이고 비판적인 사회법칙의 자각과는 거리가 멉니다. 시 제목만 보면 할머니는 자신이 시를 쓰는 것에 대해 매우 겸손해합니다. 그러나 한충자 할머니의 시는 아마추어 예술의 미학적 정치를 잘 보여 주고 있는 것 같습니다. 할머니의 역할은 문맹의 무지한 노인, 여성, 농부였습니다. 그런데 할머니는 자신에게 부과된 정체성에서 벗어나는 말로, 자신의 역할을 규정하고 강제하는 환경에 대한 침입의 행동으로 시를 썼습니다. "배운 사람만 못한 시, 시를 쓴단다"라는 서글프고 자기 비하적인 결론에 이르기까지 할머니는 자신의 시 쓰기를 나비의 초라한 입맞춤, 청룡의 실패한 승천에 빗대어 묘사했습니다. 문맹인 농부 할머니는 시 쓰기를 통해 사랑과 신화의 세계를 엿보고 그 세계를 자신의 삶에 겹쳐 놓았습니다. 보이지 않던 것을 보고 그동안 익숙히 봐 왔던 것을 새롭게 보게 되었습니다. 말할 수 없던 것을 말하고 그동안 똑같이 말해 왔던 것을 새롭게 말하게 되었습니다. 그런 의미에서 무식한 시인이라는 말은 겸손하게 들리고 모순적으로 보이지만, 다른 한편으로는 자신이 살아왔던 사회적 신체의 이름에 저항하는 새로운 감성적 신체의 이름이라고도 할 수 있습니다.

물론 이러한 사례에 대한 저의 해석은 아마추어 예술을 보는 하나의 급진적 버전이라고 볼 수도 있습니다. 그러면 이제 보다 온건하고 현실적인 버전을 소개하겠습니다. 최근에 아마추

예술과 민주주의

어 예술에 대한 정책적, 학문적 관심이 높아지고 있습니다. 몇몇 학자들이나 정책 입안자들은 기존의 전문 예술이 경쟁과 개인적 성취를 강조하는 데 반해, 아마추어 예술은 개인 삶의 질과, 인간과 인간 사이의 신뢰와 호혜성을 동시에 높일 수 있다고 봅니다. 사회학자 로버트 퍼트넘은 『나 홀로 볼링』이라는 책에서 지역사회의 동호회 활동이 사람들 사이의 결속을 강화시키고 또 집단과 집단 사이의 연계를 매개하면서 공동체를 재생시키고 나아가 민주주의에 기여할 수 있다고 주장합니다. 퍼트넘은 예술 동호회도 마찬가지라고 말합니다. "남북전쟁 이후 70년 동안 참여자들은 지적 '자기 계발'에 노력을 기울였으나, 독서회는 또한 자기 표현, 돈독한 우정, 그리고 후일 세대가 '의식화'라고 부르는 것들도 장려했다. 이들의 활동 초점은 지적 탐구에서부터 사회, 정치 개혁을 북돋는 운동의 일환으로서 지역 공동체 봉사와 시민 의식의 향상으로까지 점차 확대되었다."* 즉 선량하고 각성된 시민을 육성하는 데 동호회가 긍정적 역할을 한다는 것입니다. 퍼트넘은 공동체 의식이 파괴되고 사람과 사람 사이가 점차 멀어지고 경쟁과 성공 논리가 판을 치는 현대사회의 문제에 대해 동호회 활동을 활성화시키는 것이 효과적인 처방이 될 수 있다고 믿습니다.

하지만 아마추어 예술 동호회를 계몽주의적 관점에서 옹호하는 이 같은 시선은 당장 냉혹한 현실 앞에서 좌절할 수도 있

---

* 로버트 퍼트넘, 정승현 옮김, 『나 홀로 볼링』(페이퍼로드, 2009), 243쪽.

습니다. 제가 연구한 바에 따르면 모든 예술 동호회가 우정과 신뢰를 배양시키는 모태 역할을 하지는 않습니다. 특히 퍼트넘이 예를 든 독서회의 경우는 역사적으로 부르주아의 문화 자본을 교양이라는 이름으로 그럴듯하게 포장하여 축적하고 거래하는 사교의 장이었습니다. 독서회가 내부 구성원들의 호혜적 관계와 정치적 각성을 촉진시켰는지는 모르겠지만 계급적으로는 매우 폐쇄적인 집단이었음을 부정할 수는 없습니다. 현대의 동호회들에도 유사한 속성이 발견됩니다. 현대의 어떤 동호회들은 자신들의 예술적 기예를 숙련시키기 위해 과도하게 전문가 교사에게 의존하고 또 실력에 따라 회원들을 분리시키고 상호 간에 경쟁의식을 강화시킵니다. 극단적인 경우 동호회는 매우 권위적이고 비민주적인 문화에 물들게 됩니다. 어떤 동호회들은 프로 예술가에 대한 강렬한 동경을 지니고 있습니다. 프로 예술가처럼 전시와 공연을 하고 궁극적으로는 등단을 해서 명성을 쌓고 싶어 합니다. 다른 한편 어떤 동호회들은 예술을 핑계로 한 여가 모임에 지나지 않기도 합니다. 예를 들어 기업에서는 직장 내 동호회들을 지원하는데 간혹 사람들은 지원금을 받기 위해서 형식적으로 동호회를 만들고 지원금은 대부분 유흥비로 씁니다. 결국 적지 않은 수의 아마추어 예술 동호회는 엘리트들의 자족적인 사교나 프로 예술에 대한 속물적 모방이나 스트레스를 해소하는 가벼운 여가 활동을 주요 목표로 삼고 있습니다. 이때 활성화되는 감성적 신체란 결국 경쟁과 불평등을 부추기는 사회적 신체의 기능과 명령을 그대로 받아들이거나 혹은 사회

예술과 민주주의

적 신체에 누적된 피로를 풀어 주는 정도의 역할만 수행할 따름입니다. 순진한 농부였던 슈발과 한충자 할머니가 이들 아마추어 예술 동호회에 회원 가입을 했다면 성을 쌓고 시를 쓰기는커녕 얼마 못 견디고 바로 탈퇴했을 거란 생각이 듭니다.

지역의 작업장 공동체

그러나 적지 않은 아마추어 예술 동호회들은 정치적이고 윤리적인 말과 행동을 적극적으로 구사하고 수행합니다. 이들 동호회의 회원들은 예술적 기예의 숙련과 내적인 친교, 사회적인 활동 사이에 균형을 맞추고 있습니다. 이들은 사람과 사람 사이에 오가는 인간적 호흡의 교환, 협력적 작업, 자신의 삶을 자율적으로 꾸려 나가는 데서 오는 행복감에 초점을 맞춥니다. 저는 이러한 예술 동호회를 '작업장 공동체'라고 이름 붙이고 싶습니다. 작업장 공동체는 특정 지역에 자리를 잡고 사람들을 끌어모으고 이들에게 예술 프로그램을 제공합니다. 그런데 지자체나 문화 재단, 혹은 백화점 같은 상업 기관이 제공하는 프로그램과 달리 작업장 공동체의 동호회는 가르치는 교사와 배우는 학생들 사이의 관계를 부각시키지 않습니다. 이들 동호회는 예술에 대해 진지하지만 예술적 성취에 대한 과도한 강박에서 벗어나 있습니다. 그렇기 때문에 예술적 전문가나 교사의 권위가 강하게 작동하지 않습니다. 지역의 작업장 공동체를 지향하는 예술 동호회들은 일종의 피난처라고 부를 수 있습니다.

리처드 세넷은 『투게더』에서 미국의 사회복지관 운동을 '협력의 정치'의 한 모델로 이야기하고 있는데, 저는 이것이 지역의 작업장 공동체의 좋은 사례라고 봅니다. 헐 하우스 같은 19세기의 사회복지관은 연극, 음악, 목공이나 제본 기술 등을 빈민층에게 가르치는 작업장 역할을 했는데, 여기서는 "돕기는 하되 지시하지 말라."라는 지침이 매우 중요한 원칙으로 자리 잡고 있었다고 합니다. 세넷은 사회복지관이 빡빡하고 공식적인 프로그램보다는 느슨하고 자유로운 프로그램을 통해 운영이 되고 공간적으로는 사람들이 편히 만나고 모일 수 있는 식으로 디자인되었다고 말합니다. 그럼으로써 이곳에 모인 다양한 인종의 사람들은 편견을 넘어서 협력하는 방법을 알아냈고, 자본주의 질서에 대항하는 "공동체의 세포"를 배양해 나갔다고 주장합니다. 그러나 주로 임시적이고 즉흥적인 방식으로 사람들이 만나고 교류하는 사회복지관에 대한 비판도 무시할 수 없습니다. 회의주의자들은 말합니다. "그것은 좋은 경험은 되지만 삶의 방식은 아니다. 협력하니까 기분은 좋았지. 그래서 어쩌라고?"*

한국에서 작업장 공동체의 가장 훌륭한 사례는 인천의 '문화바람'이라는 동호회 연합회일 것입니다. 저는 최근에 경희사이버대학교 문화예술경영학과 교수 강윤주와 공동 연구를 진행하

---

* 리처드 세넷, 앞의 책, 101쪽.

예술과 민주주의

는 과정에서 문화바람을 접하게 됐습니다. 문화바람은 1996년에 설립된 이래 진화를 거듭하여 현재는 예술 동호회 연합회의 형태로 운영되고 있습니다. 후원 회원을 포함하여 1000여 명의 회원, 10여 개의 동호회로 구성된 문화바람은 인천시 부평구에 '놀이터'라는 문화 공간을 운영해 왔습니다. 이곳에는 예술에 관심 있는 지역 주민들이 모이는데, 이들은 평균 소득이 중산층에 가깝거나 못 미치고 연령이나 성별은 비교적 다양하게 분포되어 있습니다. 상근자들은 학생운동, 사회운동 출신들이 다수이지만 흥미롭게도 이들 또한 "돕기는 하되 지시는 하지 말라."라는 원칙을 엄수하고 있습니다. 대표를 비롯한 문화바람 상근자들은 '행정적 도우미' 역할을 고수합니다. 동호회의 예술 교사들 또한 동호회 회원들 중에서 가입한 지 오래됐거나 실력이 있는 사람들이 무보수로 맡는 경우가 대부분입니다. 상근자와 교사들은 행정적으로, 예술적으로 권위를 행사하지 않습니다. 또한 문화바람은 예술에 대해 진지하되, 지나치게 진지하지 않기를 회원들에게 권합니다. 예를 들어 기타 동호회의 발표는 언제나 신참자들에게 우선권을 줍니다. 기타를 잘 치는 사람은 뒤로 빠지고 못 치는 사람이 공연의 중심이 됩니다. 신참들에게 예술적으로 성장할 기회를 줘야 한다는 것입니다. 문화바람은 자격 있는 자와 없는 자, 실력 있는 자와 없는 자 사이의 구별을 금지하고 대화와 협력을 강조하는 '비교조적, 비공식적 원칙'들을 일상적 차원에서 작동시키려 합니다. 가장 흥미로운 것은 '뒷풀이'에 대한 강조입니다. 연습 시간보다 오히려 술 마시고 수다를 떠는 뒷풀이 시간이 더 길어지는 경우가 태반입니다. 공간적으로 '놀이터' 1층은 전체가 카페 겸 식당이라서 이곳에서 사람들은 자연스럽게 모이고 흩어지며 술을 마시고 차를 마시고 식사를 하고 대화를 나눕니다.

미국의 사회복지관과 마찬가지로 문화바람에 대해서도 같은 비판이 가능합니다. "기분은 좋아. 그래서 어쩌라고?" 이런 비판은 예술적으로도 적당히 진지하고 사회적으로도 적당히 진지한 작업장 공동체의 어중간함을 공격 대상으로 삼습니다. 그러나 이런 비판은 '기분이 좋은 것'이 가지는 정치적, 윤리적 의미를 간과합니다. 문화바람에서 근무하는 비운동권 출신 상근자 중에는 다니던 직장이나 사업을 그만두고 임금이 더 낮아지는 것을 감수하면서 문화바람에 취직한 이들도 있습니다. 그들은 그동안의 삶, 직장인으로서의 삶, 주부로서의 삶의 '무의미'를 견디지 못하고 문화바람에서 일하기로 했다고 말합니다. 문화바람에서 일하는 기쁨은 '바람직하고 즐거운 일을 사람들과 함께 하고 있다.'라는 사실에서 유래합니다. 그것은 자아 발견의 기쁨이자 협력의 기쁨입니다. 이 기쁨을 매개하는 것이 바로 예술의 기쁨입니다. 자아 발견의 기쁨, 협력의 기쁨, 예술의 기쁨, 이 세 가지 기쁨은 그들이 속해 왔던 직업 체계가 제공하지 못했던 기쁨입니다. 경쟁적 관계로 사람들을 내몰고, 소외된 노동을 강요하고, 자율적 삶을 거세하는 시스템에 대항하여 이들은 새롭게 발견한 기쁨들을 지키고 유지시키려 합니다. 동호회 회원들과 상근자들은 말합니다. "정말 살고 싶어서, 안 그러면 죽

예술과 민주주의

을 것 같아서 여기 오는 거예요." 자율적 삶의 추구와 행복에의 욕망으로 인해 이 피난처와 같은 작업장 공동체는 지속되고 있는 것입니다. 이 작업장의 지속성은 윤리적으로는 호혜성과 우정의 가치를 되살리고 정치적으로는 더 이상 종속되지 않겠다는 자율성의 에너지들을 응집시킵니다.

"살고 싶어서, 죽기 싫어서" 사람들이 모여드는 작업장 공동체의 정치적 윤리적 의미는 현대 자본주의 사회에서 점점 커지고 있습니다. 앙드레 고르는 『프롤레타리아여 안녕』에서 "이윤 창출의 원칙, 공격성, 경쟁, 위계적 훈련 등의 규칙에 지배되어 있는 세상에 대항"하는 "독립성의 공간"이 확장되어야 하고, 이것이 새로운 좌파의 기획이 되어야 한다고 주장합니다.* 저 또한 「강남 좌파에서 신신 좌파로 — 행복의 정치를 위한 시론」이라는 글에서 다음과 같이 말한 바가 있습니다. "사회의 기능적 메커니즘에 종속되거나 배제되면서, 그 과정에서 수동적으로 혹은 능동적으로 소진되면서, 사람들은 숨 막히는 불안을 극복할 수 있는 네트워크 바깥의 시간과 장소, 말과 행동이 자유롭게 교환되는 관계를 갈망하게 된 것이다. (중략) 자율성을 확보할 수 있느냐 없느냐, 내가 사회라는 기계 안으로 빨려들 것이냐 말 것이냐가 이데올로기적인 싸움보다 더 본질적인 싸움으로 부상하고 있다."** 특히 고르는 이 독립성의 공간 한가운데에 예술이 차지하

---

* 앙드레 고르, 이현웅 옮김, 『프롤레타리아여 안녕』(생각의나무, 2011), 129쪽.
** 심보선, 「강남 좌파에서 신신 좌파로 — 행복의 정치를 위한 시론」, 심보선·장석준 외, 『지금 여기의 진보』(이음, 2012), 33~34쪽.

고 있다는 사실을 강조합니다. "개인들이 미학적 가치나 이용가치를 얻을 수 있는 모든 것을 만들거나 생산할 수 있도록, 그런 도구들을 자유롭게 이용할 수 있어야 할 것이다. 아파트, 구, 시, 읍, 면에, 개인들이 상상력을 좇아 무언가를 수리하고 자율적으로 제작할 수 있는 아틀리에를 만들 필요가 있다."* 고르가 말하는 예술은 사회적 신체의 지배력에 맞서 감성적 신체의 자율성을 지켜내는 삶의 기술을 뜻합니다. 작업장에서의 예술은 말 그대로 무언가를 만드는 제작 활동입니다. 우리는 제작을 통해 자신의 감성을 표현하고 타인에게서 인정을 받음으로써 기쁨을 누립니다. 또한 미국의 사회복지관과 문화바람의 사례에서 보이듯 예술은 협력의 도구이기도 합니다. 예술은 공동 학습, 합평, 공연, 협연, 단체전 등의 협력 프로젝트를 통해 문제를 해결하고 목적을 성취하게 합니다. 이때 예술은 친구 사이에 교환되는 선물처럼 우정과 신뢰, 공통의 기쁨을 고양시키는 사용가치를 갖습니다.

물론 최근에 자본주의 시장과 정부의 정책은 작업장 공동체에 대한 수요를 적극적으로 공략하고 있습니다. 현대의 틈새시장에서 부상하고 있는 DIY(Do It Yourself) 트렌드만 봐도 그렇습니다. 프랜차이즈 공방 산업이 그 규모를 키워 나가고 있는데, 이들은 작업장을 아카데미 식으로 운영하면서 회원들의 가구 제작 활동을 가르칠 뿐만 아니라 가구나 건축 상품들을 판매하고 인테리어 공사를 하는 영리 사업으로 수익을 얻고 있습니다.

---

* 앙드레 고르, 앞의 책, 141쪽.

예술과 민주주의

이때 작업장이란 또 하나의 소비 시장에 불과합니다. 회원들은 공동체의 구성원이라기보다는 DIY 서비스와 상품의 구매자에 불과하고요. 지자체들 사이에서는 최근 생활예술을 지원하는 프로그램들이 퍼져 나가고 있습니다. 이때 아마추어 예술 동호회들은 지원금을 받으면서 긍정적 변화를 겪기도 합니다. 예컨대 자폐적인 문화를 벗어나 사회적 활동의 범위를 넓혀나가기도 합니다. 하지만 이 같은 사회적 활동이 일종의 의무처럼 형식화되는 경우도 있습니다. 마치 지원금을 받으니 그 대가로 봉사 활동을 나가고 지자체가 주최하는 프로그램에 참여한다는 식이죠. 어떤 경우 예술 동호회들은 이익단체처럼 지자체의 지원금을 받기 위해 상호 경쟁하고 정보를 독점하기도 합니다. 전문 예술가 단체들은 지자체의 이런 움직임을 견제하고 아마추어들에게 공공 기금이 투하되는 것에 반대 의사를 표명하기도 합니다. 지자체의 생활예술 지원은 이런 식으로 또 하나의 시장을 조성합니다. 그리고 그 안에서 자원과 유명세를 둘러싼 새로운 종류의 경쟁이 격화됩니다.

결론

저는 우리가 예술에 대해서 지니고 있는 선입관 때문에 주목하지 못했던 사례들을 검토하면서 예술과 민주주의의 관계의 문제를 다른 방식으로 다뤄 보고자 했습니다. 앞서 말했듯이 우리는 위대한 예술가의 독창적 작품 속에서 섬광처럼 번득이는 진리의 빛을 발견하여 진보를 위한 지침으로 해석하는 것에 익숙합니다. 그러나 레이먼드 윌리엄스는 『기나긴 혁명』에서 이 같은 관점이 가져오는 문제를 지적합니다. "'계시'의 개념 혹은 '우월한 현실'이라는 생각 또한 유지되고 있으며, 물론 우리에게 예술가의 작업은 세계를 새롭게 발견하는 것이라고 믿도록 만든다. 그러나 이는 엄청난 양의 예술, 그것도 우리가 이해할 책무가 있는 게 분명한 예술을 배제해 버린다."* 저는 지금껏 배제되어 온 "엄청난 양의 예술" 중에서도 지극히 작은 부분을 조망했습니다. 이렇게 작은 부분이지만 막상 드러냈을 때, 저에게 가해질 수 있는 비판은 예상컨대 다음과 같은 논리를 따릅니다. '자본주의 질서가 안정적으로 재생산되는 이유 중의 하나는 바로 여가와 취미와 소비 활동들이 제공하는 소박한 감성적 보상들이 진정한 해방의 욕구를 억압하고 민주주의적 공론장을 왜곡시키기 때문이다.'

우리는 예술을 아끼고 존중하는 위대한 지식인들에게서 종종 이러한 우려의 목소리들을 수 있습니다. 사회학자 중에서는 보기 드물게 문학작품을 자주 인용하는 지그문트 바우만은 소비문화적 취향을 매개로 형성된 공동체를 '미학적 공동체'라고 부릅니다. 그는 표피적이고 과도기적인 관심으로 사람들을 결속시키는 미학적 공동체의 지속 가능성에 지극히 회의적인 시

---

* 레이먼드 윌리엄스, 성은애 옮김, 『기나긴 혁명』(문학동네, 2007), 66쪽.

예술과 민주주의

선을 보냅니다. "[미학적 공동체들은] 말 그대로 '결과 없는 결속'이다. 그것들은 정작 인간적 연대가 절대적으로 필요한 순간, 즉 서로의 부족함과 무능을 보완해야 할 순간에는 사라져 버린다."* 비슷한 우려가 예술을 사회운동에 직접 연결시키는 현장 활동가에게서도 발견됩니다. 제가 만난 미국의 헌신적 공동체 예술 활동가 돈 애덤스 또한 자신의 저서에서 재능 있는 예술가의 역할을 강조합니다. "예술적 능력과 이해가 없는 조직가는 작업의 잠재력을 최대한 발현시킬 수 없다. 생명력 넘치는 창조성, 포괄적인 문화적 어휘력, 이미지를 통해 정보를 전달할 수 있는 능력, 미묘한 의미에 대한 예민함, 상상적인 공감 능력, 사회적 단면들의 조각들을 만족스럽고 완성도 높은 예술 작품의 체험으로 전환시킬 수 있는 공예 능력, 이런 것들이 능력 있고 헌신하는 예술가가 갖춘 자원들이다. 그것들 없이는 공동체 예술의 기획은 그저 선의의 사회적 치료나 선전 선동에 그치고 만다."** 이러한 논의들은 일상생활에서 분출되는 감성적 욕망이 자본주의에 대적하기에는 너무도 무력하게 사그라질 뿐만 아니라 심지어 자본주의 질서가 야기한 심리적 좌절을 일시적으로 위로하는 데 그친다고 봅니다.

위의 이야기들을 듣자니 우리에게는 마치 두 가지 선택지가 놓여 있는 것 같습니다. 천재 예술가들이 우리에게 던져 주는 고

---

* Zygmunt Baumann, *Community*(Cambridge: polity, 2001), p. 71.
** Don Adams & Arlene Goldbard, *Creative Community: the art of cultural development* (NY: Rockefeller Foundation, Creativity and Cultural Division, 2001), p. 67.

귀한 계시를 선택하는 대가로 엄청난 양의 예술을 외면할 것이냐, 혹은 모든 이들이 참여하는 소박하고 단순한 문화적 민주주의를 선택하는 대가로 진정한 공동체를 향한 순례의 길에서 이탈할 것이냐. 그러나 이러한 선택지는 애초부터 잘못된 것일 수 있습니다. 저는 정치철학가 김항이 '비판(critique)'에 대해 설명하는 것을 들은 적이 있습니다. 그는 미셸 푸코가 비판을 "그렇게 통치당하지 않으려는 기술(예술)"이라고 정의했는데, 이때 중요한 것은 "그렇게"라는 한정적 용어라고 말했습니다. 즉 "무조건 통치당하지 않겠다."가 아니라 "적어도 그런 식으로는 통치당하지 않겠다."라는 의지와 역량을 고유한 기술(예술)을 통해 수행하는 것이 비판이라는 것입니다. 따라서 푸코에게 비판은 절대적이고 초월적인 지평에서 이루어지는 부정이 아닙니다. 우리는 순수하고 투명한 진리에 속함으로써 부정의 능력을 갖게 되는 것이 아닙니다. 우리는 다만 우리가 처해 있는 역사적이고 사회적이고 심지어 지극히 개인적인 맥락들 속에서, 지극히 불투명하고 불순한 그 맥락들 속에서, 몸과 영혼을 옥죄는 통치의 손길을 향해 거부와 저항을 감행할 수 있을 뿐입니다. 그것이 바로 비판(비평)인 것입니다. 그렇다면 엘리트이건 범부이건 어느 누구나 자신의 몸짓 속에 비판의 역량과 의지를 담아내고 표현할 수 있습니다.

저는 아마추어 예술과 작업장 공동체의 사례들을 통해 "적어도 그건 아니야!"라는 비판의 몸짓들을 발견하고자 했습니다. 이 비판의 몸짓들은 사회적 신체의 통치성에 대항하여 감성

예술과 민주주의

적 신체가 수행하는 예술(기술)의 사례들입니다. 그 몸짓의 꿈틀
거림은 개인적 삶의 주름 속에 비밀처럼 숨어 있을 수 있습니다.
새벽에 남몰래 쓰는 시, 수십 년에 걸쳐 쌓는 성과 같은 고독한
작업처럼 말입니다. 혹은 그것은 동호회나 작업장 같은 공통의
장소에서 이루어지는 소박한 협력과 교환의 형태를 갖기도 합
니다. 이때 사람들이 구사하는 예술(기술)은 평범하고 궁색합니
다. 그러나 그들이 작품 제작에 쏟아붓는 열정은 거의 필사적입
니다. "적어도 그렇게는 못 살겠다."와 "적어도 나는 시를 쓰고
기타를 치고 노래를 부른다.", 이 두 말의 결합은 삶과 상상력의
결합을 대변합니다. 이 결합 속에서 사람들은 삶의 주인으로 갱
신되고 고양됩니다. 이 결합이 세계를 향한 원한 감정과 정복 욕
망에 가까울수록 우리는 그것을 자아의 우월성을 입증하려는
과시적 생산/소비의 한 버전이라고 부를 수 있을 것입니다. 그
러나 그 결합이 해방된 자아의 표현과 호혜적 협력의 행복감에
가까울수록 우리는 그것을 자율적 삶의 형태를 만들고 나누는
비과시적 제작/사용의 전범이라고 부를 수 있을 것입니다. 후자
의 경우에서 우리는 예술과 민주주의가 만나는 생생한 시간과
장소를, 공동의 상상력으로 새로운 현실을 창조하는 마술을, 누
구나 생각보다 조금은 위대해질 수 있는 구체적 계기를 발견할
수 있을 것입니다.

* 이 책에 실린 원고의 초본은 다음에서 확인할 수 있다.

1부

환승, 인간적인, 가까스로 인간적인 「환승, 인간적인, 가까스로 인간적인」,《1/n》
3호(2010년 여름호).

1987년 이후 스노비즘의 계보학 「1987년 이후 스노비즘의 계보학」,《문학동네》
54호(2008년 봄호).

2부

불편한 우정과 어떤 공동체 「불편한 우정 — 어떤 공동체의 발견」,《문학과사
회》87호(2009년 가을호).

우리가 누구이든 그것이 예술이든 아니든 「우리가 누구이든 그것이 예술이든
아니든」,《자음과모음》통권6호(2009년 겨울호).

두리반, 자립 의지의 거점 「두리반, 폐허의 자리에서 자립의 거점으로」,《인문
예술잡지 F》1호(2011년 9월호).

예술가의 (총)파업 「행복한 상상력으로 신체를 해방시켜라」,《프레시안》(2012년
4월 29일).

3부

저자, 전자책, 전자 문학 「저자, 전자책, 전자 문학 — 교환가치에서 사용가치
로」,《세계의 문학》139호(2011년 봄호).

예술상(賞)과 예술장(場) 「예술상(賞)과 예술장(場) — 기업 미술상에 대한 분석
을 중심으로」,《美術史學報》제38집(2012년 6월).

잔존하는 문학의 빛 「문학의 빛 1 — 소셜 네트워크, 신화의 종언」,《수유너머
위클리》132호(2012년 10월 17일);「잔존하는 문학의 빛 2 — 행복이라는 빛,
그것의 잔존과 나눔」,《수유너머 위클리》136호(2012년 9월 7일).

4부

'천사'에서 '무식한 시인'으로 「'천사-되기'에서 '무식한 시인-되기'로 — 평론
가, 시인, 문맹자의 문학적 정치들」,《창작과비평》152호(2011년 여름호).

그을린 예술

예술은 죽었다
예술은 삶의 불길 속에서 되살아날 것이다

1판 1쇄 펴냄 2013년 5월 24일
1판 5쇄 펴냄 2019년 6월 5일

지은이   심보선
발행인   박근섭·박상준
펴낸곳   (주)민음사

출판등록 1966. 5. 19. 제16-490호
주소   서울특별시 강남구 도산대로1길 62(신사동) 강남출판문화센터 5층
            (우편번호 06027)
대표전화 02-515-2000 | 팩시밀리 02-515-2007
홈페이지 www.minumsa.com

ⓒ 심보선, 2013. Printed in Seoul, Korea

ISBN   978-89-374-8772-9 (03810)

이 책은 2007년 정부(교육과학기술부)의 재원으로 한국연구재단의 지원을 받아
수행된 연구임(KRF-2007-361-AM0005).